AF235063

Geraubte Seelen

Von H.C. Scherf

Thriller

Bibliografische Information der Deutschen Nationalbibliothek:
Die Deutsche Nationalbibliothek verzeichnet diese Publikation in der
Deutschen Nationalbibliografie; detaillierte bibliografische Daten sind im
Internet über http://dnb.dnb.de abrufbar.

Geraubte Seelen

Aktives Mitglied im Selfpublisher-Verband e.V.

Covergestaltung: VercoDesign, Unna
Bilder von:
Maximillian Cabinet / Shutterstock
Serkan Mutan / Shutterstock
Yiannisscheidt / Shutterstock
Ollyy / Shutterstock

Lektorat/Korrektorat: Heidemarie Rabe
rabe.heidemarie47@googlemail.com

Herstellung und Verlag:
BoD – Books on Demand, Norderstedt

ISBN: 978-3754318492

Geraubte Seelen

Von H.C. Scherf

Kinder, die man nicht liebt,
werden Erwachsene,
die nicht lieben.

1

Der dunkle Schatten hob sich kaum gegen den Hintergrund ab, da das Mondlicht von den dicht stehenden Bäumen eingefangen wurde. Trotzdem bewegte sich der Mann trittsicher durch den Wald, als würde er diesen Weg täglich gehen. Die Last auf seinem Rücken schien ihn kaum zu stören. Nur mit einer Hand verhinderte er, dass der Körper auf seiner Schulter verrutschte. Ab und zu blieb er stehen, sah sich um, als würde er Witterung aufnehmen oder prüfen, ob man ihm folgte. In diesem Zeitraum schienen sogar die nachtaktiven Tiere den Atem anzuhalten, so als würden sie befürchten, von diesem Besucher entdeckt zu werden. Als für einen kurzen Augenblick der Mondschein den Weg durch eine Lücke zwischen den Baumkronen fand, war die Silhouette der Frau erkennbar, die wie ein Sack auf seiner Schulter lag. Ihr Kopf wippte mit jedem Schritt, der den Mann immer tiefer in das Dunkel führte. Ein letztes Mal stoppte er und betrachtete den Waldrand. Er stand vor einer kleinen Lichtung, auf der der Schatten einer Holzhütte verriet, dass er wohl sein endgültiges Ziel erreicht hatte.

Ohne dass eine Bewegung beim Besucher erkennbar war, schob sich die schwere Holztür zur Seite. Das Haus verschluckte die beiden Personen förmlich, bevor die Tür wieder wie von Geisterhand gelenkt zurückfuhr. Dunkelheit umhüllte weiter dieses geheimnisvolle Haus, das nur aus nächster Nähe und mehr durch Zufall von Wanderern ent-deckt werden konnte. Kein Weg führte hierher, keine Wanderkarte wies auf das Vorhandensein hin. Zwischen den Ritzen zweier Blendladen blitzte nur kurz schwaches Licht auf. Es war nicht stark genug, um den Waldboden erreichen zu können. Kein Geräusch erklang aus der Hütte. Tiefe Stille erfüllte wieder diesen Komplex des Waldes, selbst das wenige Licht erlosch nach einer Weile.

Die hölzerne Abdeckung neben dem Teppich schloss sich fast geräuschlos und präzise, zeigte kaum eine Fuge, an der man sie hätte auf dem Boden zwischen den wenigen Möbel-stücken entdecken können. Es schien, als würde hier schon seit langer Zeit keine Menschenhand mehr gewirkt haben. Dafür entstand Bewegung in dem riesigen Raum, der sich bis weit über die Außenwände der Hütte hinaus unter der Erde erstreckte. Nach und nach entzündete der Fremde dicke Kerzen, die im flackernden Licht erkennen ließen, welch grausige Welt sich hier unten präsentierte. Die Regale an den Wänden waren mit sauberen weißen Decken abgehängt und verdeckten die Gegenstände, die dahinter aufbewahrt wurden. Der Lichtschein der Kerzen drang jedoch nicht in alle Bereiche des verwinkelten Raumes, ließ nur erahnen, dass der Gang tiefer in den Waldboden hineinführte. Für einen Moment verschmolz der Schatten des Mannes mit dem dunklen Hintergrund, zumal er in eine Starre zu verfallen schien. Nur seine Lippen bewegten sich ganz leicht, ließen jedoch keinen Ton heraus. Seine stechenden Augen waren auf den Körper der Frau gerichtet, die nun still auf einem Tisch lag und den Anschein erweckte, dass sie längst nicht mehr unter den Lebenden weilen würde. Fast in Zeitlupen-tempo bewegte sich der Mann auf den Tisch zu und begann, die Frau zu entkleiden. Sorgfältig legte er die Stücke neben sich über die Lehne eines Stuhls. Er entnahm aus dem Regal daneben einen weißen Umhang, den er ihr stattdessen über den jetzt nackten Leib zog. Erst als er damit fertig war, legte er ihr um Hals, Fuß- und Handgelenke breite Ledergurte, die er unter dem Tisch schloss. Ohne fremde Hilfe würde sie sich daraus niemals mehr befreien können. Genau das lag vermutlich auch in der Absicht des Fremden, dessen Kopf von einer Baumwollmaske verdeckt wurde, in der lediglich die Augenbereiche freigeschnitten worden waren. Für kurze Zeit blitzte dort etwas wie Traurigkeit oder Mitleid auf, das jedoch schnell wieder verschwand. Mit geübtem Griff entnahm er einer seitlich neben ihm stehenden Kiste eine breitklingige Schere. Fast liebevoll drang er damit in das herrlich lockige, dunkelbraune Haar der Frau ein und durchtrennte die einzelnen Strähnen kurz über der Schädeldecke. Große Teile des Haares fielen auf den Boden. Die jetzt durch Stoppeln verunstaltete Kopfhaut nahm dieser Frau einen wesentlichen Teil ihrer Attraktivität. Natürlich blieb der klare Ausdruck einer vorhandenen Schönheit, doch fehlte nun ein dominierendes Element ihrer Weiblichkeit. Zufrieden mit seiner Arbeit verstaute der Mann sämtliches Haupthaar der Frau in einer Tüte und sortierte diese in einen besonderen Bereich innerhalb des Regals direkt neben der schmalen Holztreppe, die zurück in den oberen Raum führte.

Als würde er befürchten, unnötige Geräusche zu verursachen, war der Entführer mittlerweile barfuß und schritt fast feierlich auf den Tisch zu. Seine Hände hatte er wie zum Gebet zusammengelegt und seine Lippen formten Worte, die unausgesprochen blieben. Seine Augen besaßen wieder diese außergewöhnliche Traurigkeit, als er den gewölbten Bauch der schwangeren Frau betrachtete. Er zog sich einen Holzstuhl heran und stellte ihn neben den Tisch. Während er geduldig darauf wartete, dass ihre Betäubung nachlassen würde, legte er das Ohr an ihren Bauch und lauschte. Immer wieder fuhren seine gepflegten Hände äußerst zärtlich über den Leib der Frau, wobei er sogar hin und wieder die Augen schloss. Er nahm den Kopf erst vom Körper seiner Gefangenen, als er Bewegungen spürte, die auf ihr Erwachen hindeuteten. Während er eine Hand weiter auf dem Bauch beließ, rückte er den Stuhl näher an den Kopfbereich der Frau, beobachtete unentwegt das Flackern ihrer Lider. Unvermittelt riss sie ihre Augen weit auf, um sie angsterfüllt im Raum umherirren zu lassen. Nur ein kaum hörbarer erstickter Schrei entfuhr ihren Lippen, als sie endlich den Mann mit der schwarzen Maske erblickte. Ihr Kopf ruckte hoch. Erst als sie aufspringen wollte, bemerkte sie mit Erschrecken die Fesselung. Die Panik, die in ihr aufstieg, war unverkennbar. Immer wieder zerrte sie an den Gurten, bis sie einsah, dass es zwecklos war. Die Verzweiflung in ihren Augen wurde ersetzt durch ein flehendes Bitten.

»Was ... warum bin ich hier? Was tun Sie da? Ich kenne Sie nicht und habe Ihnen nichts getan – warum tun Sie mir das an?«

Die Stimme verlor immer mehr an Kraft, versagte zum Schluss gänzlich. Sie drehte ihr Gesicht weg, als der Fremde versuchte, darüber zu streichen. Es war spürbar, dass sich ihr Körper versteifte, als seine Finger über ihre Stirn strichen. Selbst das Atmen hatte sie für einen Moment eingestellt. Als er die Hand wieder von ihrem Gesicht entfernte, suchte sie vorsichtig den Blickkontakt und schien sich allmählich zu beruhigen.

»Bitte, lassen Sie mein Kind in Ruhe. Nehmen Sie Ihre Hand da weg. Tun Sie meinem Kind nicht weh.«

Mit anwachsender Angst verfolgte die Frau, wie der Fremde erneut sein Ohr auf ihren Bauch legte und horchte. Das Beben ihres Körpers konnte sie nicht verhindern, gab es schließlich auf, sich dagegen zu wehren. Stattdessen überfiel sie ein Weinkrampf, der ihren gesamten Körper erschütterte. Sie konnte nur die letzten Worte des Mannes verstehen, als er auf sie einredete.

»... nichts tun. Sie müssen sich nicht vor mir fürchten. Ich musste es tun, glauben Sie mir. Aber Ihrem Kind wird nichts geschehen.« Nach einigen Sekunden des Schweigens überraschte er sie mit einer Frage. »Es ist ein Junge, nicht wahr? Und Ihr Name ist Daniela. Ich weiß alles über Sie und Ihre Familie.«

»Sie ... Sie wissen, wer ich bin? Wieso sagen Sie so was? Das können Sie nicht wissen, erst recht nicht, dass es ein Junge ist. Ich habe es noch niemandem gesagt und habe es selbst erst vor wenigen Tagen erfahren. Sie lügen mich an oder haben geraten. Das konnten Sie nicht wissen.«

Es klang unter der Maske wie ein kurzes Lachen, bevor sie wieder seine Stimme vernahm.

»Machen Sie sich keine Gedanken darüber, woher ich das alles weiß. Nehmen Sie es einfach als gegeben hin. Nichts würde sich ändern, wenn ich es Ihnen verraten würde, außer, dass ich Sie dann töten müsste. Verstehen Sie mich? Ich müsste Sie zum Schweigen bringen, um mich zu schützen. Also lassen Sie es gut sein und warten einfach ab.«

Daniela, wie sie tatsächlich hieß, schluckte mehrfach und versuchte, ihren Hörsinn zu schärfen, um den Mann möglicherweise an seiner Stimme erkennen zu können. Sie hatte sich in ihrem Beruf als Logopädin angewöhnt, Menschen allein an ihrer Körpersprache und der Klangfarbe zu unterscheiden, da sie von Kindheit an Probleme hatte, sich

Namen einzuprägen. Doch nichts an diesem Mann kam ihr auch im Mindesten vertraut vor.

Ich brauche Zeit. Diesem Kerl bin ich niemals begegnet. Wie kann ich ihn nur dazu bringen, mich und mein Kind zu verschonen? Warum hat er uns überhaupt entführt? Er wirkt nicht wie ein Wahnsinniger, der mich quälen und anschließend töten will.

»Es muss doch einen Grund geben, warum Sie gerade mich ausgesucht haben.«

Verzweifelt versuchte Daniela, ihn in ein Gespräch zu verwickeln. Sie wollte sich auf keinen Fall ihrem möglicherweise schlimmen Schicksal ohne Gegenwehr ergeben.

»Wie darf ich Sie nennen. Wie heißen Sie? Immerhin kennen Sie meinen Namen und ich finde, dass ich ein Recht darauf habe, zu wissen, wer mir das alles antut. Also – nennen Sie mir Ihren Namen. Sie bringen mich doch sowieso um.«

Sie glaubte, ein Flackern in den Augen des Fremden erkannt zu haben, kurz bevor er ein kaum vernehmbares Lachen ausstieß.

»Sie gefallen mir, Daniela. Wirklich, es gefällt mir, wie Sie versuchen, etwas über mich herauszufinden. Nennen Sie mich einfach Klaus ... oder warten Sie ... besser noch Michael. Was sagt Ihnen mehr zu? Mir ist es egal. Suchen Sie sich einen von beiden aus. Sagte ich Ihnen nicht schon zuvor, dass ich Ihnen etwas antun müsste, wenn Sie wüssten, wer ich wirklich bin? Seien Sie vernünftig und ...«

»Michael ... ich werde Sie Michael nennen. Der Name gefällt mir. Also, Michael, warum halten Sie mich gefangen? Es ist doch nicht normal, dass man eine hochschwangere Frau entführt und ihr gleichzeitig versichert, dass Sie den Tod nicht zu befürchten habe.«

Lange glaubte Daniela, der Mann habe ihre Frage einfach überhört und würde sie schlichtweg ignorieren. Trotz ihrer misslichen Lage nahm sie erfreut seine Erklärung zur Kenntnis, die zumindest einen Einstieg in einen Dialog bedeuten könnte.

»Normal? Sie wollen mir andeuten, dass ich nicht normal bin?«

»Nein, nein, Michael. So habe ich es nicht gemeint. Ich meinte nur ...«

»Schweigen Sie, Daniela! Mir sagt das Wort normal nichts. Wer bestimmt in Teufels Namen, was auf dieser Welt normal ist? Meiner Meinung nach existieren Milliarden von Normalitäten, weil jeder Mensch eine eigene Vorstellung davon hat. Ich lehne es ab, so zu sein, wie man mich gerne sehen möchte. Glauben Sie mir, dass ich aus meiner Sicht völlig normal bin. Sie mögen das anders sehen. Von mir aus. Es ist mir ... verzeihen Sie ... scheißegal. Wir werden uns die nötige Zeit nehmen, damit Sie meine Normalität erkennen können.«

Aus Michaels Stimme konnte Daniela sehr gut heraushören, dass er innerlich erregt war. Sie wollte ihn nicht zu unbedachten Handlungen provozieren und überlegte sich, wie sie mehr aus ihm herausholen konnte. Seine plötzliche Frage löste in ihr, ohne dass sie es logisch erklären konnte, Panik aus.

»Ist es nicht um den Fünfundzwanzigsten herum, an dem Sie gebären würden? Fühlen Sie sich gut?«

»Woher wissen Sie ...? Sie machen mir Angst, Michael. Das können Sie doch gar nicht wissen. Das weiß nicht einmal der Vater. Woher ...?«

Die nun anschwellende Stimme ihres Entführers mahnte Daniela, jetzt vorsichtig zu sein und besser abzuwarten.

»Hören Sie endlich damit auf, mich auszuhorchen. Ich werde es Ihnen eh nicht verraten. Alles geht seinen Weg – alles.«

Mit weit aufgerissenen Augen verfolgte Daniela jede Bewegung des Mannes. Sie bemerkte auch die Spritze, die er hinter einem Vorhang hervorholte, eine Flüssigkeit aufzog und sich ihr damit näherte.

Oh Gott, hilf mir. Verschone mein Kind, denn es hat verdient zu leben.

2

Das grelle Licht blendete, obwohl Daniela ihre Augen noch immer geschlossen hielt. Viele Hände berührten ihren Körper und Stimmen im Raum sendeten ihr Signale, dass sich eine Menge Menschen um sie bemühte. Der typische Geruch eines Krankenhauses weckte in ihr die letzten Lebensgeister, sorgte dafür, dass sie die Augen weit aufriss.

»Sie ist wieder da, Herr Doktor. Wir haben es geschafft. Gott sei Dank, der Blutdruck steigt an und der Puls ist regelmäßiger. Wo bleibt das Blut? Wie lange sollen wir noch auf die Transfusion warten?«

Das ungewöhnlich helle Licht sorgte dafür, dass Daniela ihr Umfeld kaum erkennen konnte. Gestalten in grünen Kitteln bewegten sich scheinbar unkontrolliert durch einen weiß gefliesten Raum und steckten Nadeln in ihren Körper. Sie war nicht in der Lage, sich dagegen zu wehren, wusste jedoch gleichzeitig, dass dies nicht ohne wichtigen Grund geschah. Sie schloss ihre Augen wieder und ergab sich willenlos der Situation.

Ich lebe. Er hat mich nicht getötet. Michael hatte sein Wort tatsächlich gehalten.

Ganz weit zurück gingen ihre Gedanken, drangen ein in ein Gewirr von Bildern und Tönen, die ihr die Erinnerung lieferte. Eine schwarze Kapuze – diese ihr unbekannte Stimme – der geheimnisvolle Raum, in dem es nur sie, den

13

Mann und Regale gab. Nichts davon ergab einen Sinn. Fragmente, die lediglich weitere Fragen aufwarfen. Eine von ihnen stach besonders hervor: *Wie komme ich hierher, in ein Krankenhaus?* Mit müden Bewegungen fuhren ihre Hände über die Unterlage, auf die man sie gebettet hatte. Sie konnte nicht direkt sagen, warum sie es tat. Es geschah aus einem inneren Antrieb. Schließlich blieben sie auf ihrem Unterleib liegen. Es möge nur Sekunden, vielleicht sogar Minuten gedauert haben, bis sie es bemerkte. Er war weg. Unterhalb ihres Busens gab es nicht mehr diesen gewaltigen Hügel, in dem der Kleine heranwuchs und auf die Geburt wartete. Woher Daniela die Kraft nahm, den Kopf zu heben und mit weit aufgerissenen Augen auf ihren Bauch zu starren, konnte sie sich nicht erklären. Sie spürte nur die Hände, die versuchten, ihren Kopf wieder herunterzudrücken. Gleichzeitig drangen schwach die Worte einer Frau wie durch einen dichten Nebel an ihr Ohr.

»Beruhigen Sie sich. Sie befinden sich in Sicherheit. Wir kümmern uns um Sie. Ich gebe Ihnen jetzt etwas, das Sie beruhigen wird. Sie werden danach eine Weile schlafen.«

»Ich ... ich will nicht schlafen«, versuchte Daniela sich zu wehren, spürte jedoch gleichzeitig eine gewaltige Müdigkeit, die in ihr jede Gegenwehr erstickte.

»Wo ist mein Kind? Ich will sofort ...«

Weiter kam sie nicht, da die Wirkung des Beruhigungsmittels prompt einsetzte.

Sie schaffte es nicht, ihre Hand wegzuziehen. Etwas hinderte sie daran.

Krankenhaus, ein Fremder, Maske, Ärztin ... wo ist mein Kind?

Alle Gedanken überfielen sie gleichzeitig, konzentrierten sich allerdings am Ende auf das Kind, das sie scheinbar geboren und es nicht einmal bewusst mitbekommen hatte. Sie riss ihre Hand mit aller Kraft zurück und befreite sie aus der von Rico, der erst entsetzt, schließlich aber verständnisvoll und gütig auf sie herabsah.

»Was tust du hier, Rico? Wo bin ich? Gebt mir mein Kind. Ich will sofort meinen Sohn sehen, ihn in meinen Arm nehmen. Gib ihn mir, Rico!«

»Beruhe dich bitte, Schatz. Du musst noch einen Moment warten, bis die Ärztin kommt. Sie wird dir alles erklären. Du darfst dich nicht aufregen und solltest erst einmal zur Ruhe kommen. Alles wird wieder gut.«

»Nichts ist gut, Rico! Verstehst du? Nichts!«

Daniela versuchte, sich aufzurichten, während sie mit aller Kraft ihre Angst, ihren inneren Schmerz herausschrie. Schlagartig drangen wieder die Bilder aus diesem fürchterlichen Raum in ihr Bewusstsein und befeuerten ihre aufsteigende Panik. Etwas in ihr signalisierte, dass Schreckliches mit ihr passiert sein musste. Um sie herum bemerkte sie nur noch Gesichter und Stimmen, die sie beruhigen wollten. Der Grund konnte nur mit ihrem Kind im Zusammenhang stehen.

Wo bist du, Kleiner? War es eine schwierige Geburt, sodass er noch versorgt werden musste? Ihm ist nichts geschehen. Ihm geht es gut. Warum sieht mich Rico so mitleidig an?

Bevor sie eine Frage an ihren Mann richten konnte, sprang der erschrocken auf, als Dr. Schön nach vorsichtigem Klopfen ins Zimmer trat.

»Sieh an, unsere Patientin ist wach.«

Mit ausgestreckter Hand eilte die Ärztin auf das Bett zu und griff nach Danielas.

»Mein Name ist Dr. Elvira Schön. Ich habe Sie gestern bei der Einlieferung erstversorgt und freue mich darüber, dass es Ihnen wieder besser geht. Wir haben uns zuerst schon Sorgen gemacht, als man Sie einlieferte. Aber Sie können sich später noch bei dem älteren Herrn bedanken, der Sie noch rechtzeitig gefunden hat. Die Adresse hat die Polizei schon. Die Herrschaften möchten übrigens mit Ihnen reden. Ich soll denen Bescheid geben, wenn Sie dazu in der Lage sind. Doch zuerst einmal die Frage an Sie: Wie fühlen Sie sich heute, Frau Feige?«

Absolut verständnislos starrte Daniela auf die Ärztin, um sich wenig später auf Rico zu konzentrieren.

»Man hat mich gefunden? Polizei? Ein älterer Herr? Was soll das alles? Möchte mir jemand endlich erklären, was geschehen ist? Wo ist mein Kind?«

Die letzte Frage schrie Daniela ihrem Mann ins Gesicht und krallte ihre Finger in seinen Arm.

»Was habt ihr mit meinem Kind gemacht?«

»Beruhigen Sie sich, Frau Feige. Wir wissen ...«, versuchte Dr. Schön einzuwerfen, wurde jedoch von Danielas Weinkrampf unterbrochen.

»... der Kleine ist tot. Ihr wollt es mir nur nicht sagen. Ist es nicht so? Rico, sage mir bitte, dass ich mich irre. Er darf nicht tot sein. Das verbiete ich ihm. Holt den Jungen endlich her.«

Wieder vergrub sie ihr Gesicht in dem weichen Kissen. Sie spürte kaum, wie die Hand der Ärztin immerwährend über ihren Ärmel strich und sich der Arm Ricos um ihren Kopf legte. Er küsste sie auf das kurzgeschnittene Haar und wischte für Daniela nicht erkennbar die eigenen Tränen aus dem Gesicht. Soeben vernahm er das Flüstern der Ärztin, bevor sie wieder den Raum verließ.

»Bleiben Sie jetzt unbedingt bei ihr und zeigen Sie ihr, dass sie nicht allein ist mit dem Kummer. Ich sage den Beamten Bescheid, dass sie morgen wiederkommen sollen. Ihre Frau braucht noch viel Ruhe. Sie bekommt später noch ein Beruhigungsmittel von mir. Morgen wird hoffentlich alles anders aussehen.«

»Was soll morgen anders aussehen, Rico? Was meint sie damit? Glaubt ihr wirklich, dass ich euer Getuschel nicht gehört habe?«

Energisch fuhr sie mit dem Ärmel des Hemdes über die Augen und funkelte ihren Mann an, der erschrocken zurückwich. Es war mehr eine Verlegenheitsgeste, als er mit der freien Hand durch sein Haar fuhr und den Blick senkte. Er spürte das fordernde Augenpaar Danielas auf seinem Gesicht. In Sekundenschnelle musste er eine Entscheidung treffen, deren Auswirkungen für ihn kaum einschätzbar waren. Schließlich ergab er sich seinem Schicksal und ergriff ihre Hand. Erst fast tonlos, später jedoch mit fester Stimme verkündete er die unumstößliche Wahrheit.

»Sie haben dich gestern gefunden. So wie man mir verriet, hat dir jemand aus Decken und alten Kleidungsstücken quasi ein Bett bereitet und dich auf dem Autobahnparkplatz an der A2 abgelegt.«

Rico hielt einen Moment inne, um das Gesicht zu studieren, in dem er derzeit keine Regung feststellen konnte. Völlig ausdruckslos waren Danielas Augen auf ihn gerichtet, forderten ihn auf, fortzufahren.

»Derjenige, der das getan hat, informierte gleichzeitig den Rettungsdienst und gab denen die Koordinaten durch. Als die mit dem Einsatzwagen eintrafen, hatte sich schon ein Pärchen um dich gekümmert. Es war zufällig sogar ein Arztehepaar, das wenige Meter entfernt sein Fahrzeug abgestellt hatte. Sie leisteten erste Hilfe, da du noch immer Blut verloren hast.«

»Was geschah mit meinem, ich meine, mit unserem Kind? Du verheimlichst mir etwas. Ich will wissen, ob der Kleine ... ob es ihm gut geht. Sag es mir endlich!«

Danielas Fingernägel bohrten sich heftig in Ricos Arm, der sich jedoch nichts anmerken ließ. Er schien den Schmerz nicht zu spüren, da ihn selbst in diesem Augenblick wieder der eigene, innere Schmerz über den Verlust überwältigte. Auch er drückte jetzt das Gesicht in das Kissen, direkt neben dem seiner Frau. Als er Danielas Hand in seinem Haar spürte, riss er sich zusammen und richtete seinen Oberkörper wieder auf. Es war mehr ein heiseres Krächzen, mit dem er die Wahrheit freigab.

Ich muss jetzt unbedingt Stärke zeigen. Sie erwartet das von mir.

»Da war kein Kind, Daniela. Ich würde dir gerne sagen, dass es ihm gut geht und wir uns keine Sorgen machen müssen. Aber das steht in den Sternen. Nur Gott und dein Entführer wissen, was mit unserem Kind geschehen ist. Ich weiß nicht, ob es dich beruhigt, aber die Ärzte meinen, dass du scheinbar eine völlig normale Geburt hattest. Sachkundige Hände müssen dir bei der Geburt geholfen haben. Sogar die Plazenta wäre entfernt worden. Du wurdest professionell versorgt. Was dem Ärzteteam mehr Sorgen bereitete, waren die Verletzungen an den Hand- und Fußgelenken. Du hast viel Blut verloren. Das hat man hier schnell erkannt und dir neues Blut zugeführt.«

Rico wies auf die Infusionsvorrichtung, der Daniela nur einen flüchtigen Blick schenkte. Sie überraschte ihn in diesem Moment mit der Frage, deren Beantwortung er zum jetzigen Zeitpunkt vermeiden wollte.

»Sucht man schon nach ihm? Ich hörte gerade, dass die Polizei hier im Haus war. Was tun die, um den Kleinen zu finden. Ich will mit denen sprechen.«

Bevor Rico eine Antwort liefern konnte, erschien Dr. Schön in der Tür, in der Hand ein Spritzenbesteck. Keines Wortes fähig folgten Danielas Augen der Ärztin und beobachtete sie dabei, wie sie eine Flüssigkeit in den Schlauch drückte, der in eine Infusionsnadel in Danielas Arm mündete. Nur Sekunden später fiel sie in einen erlösenden Schlaf, der sie zumindest für den Moment von den schlimmsten Gedanken befreite.

3

Gespannt betrachtete Manuela Stricker die Darstellung ihres Ungeborenen auf dem Bildschirm. Deutlich waren die Bewegungen des kleinen Linus zu erkennen, dessen Herztöne aus den Lautsprechern direkt in Manuelas Kopf drangen. Der Name des Jungen war bereits nach heftigen Diskussionen bestimmt worden, wobei sie in diesem Fall den Vorschlag des Vaters akzeptiert hatte. Im Gedenken an einen Onkel, einen verdienten Umweltaktivisten, sollte er dessen Namen erhalten. Ein unglaubliches Glücksgefühl erfüllte sie, als sie den Blick des neben ihr sitzenden Vaters suchte. Lennard Kohland versuchte zumindest, ein zufriedenes Leuchten in seine Augen zu zaubern, was ihm nur ansatzweise gelang. Schließlich war er von Anfang an bemüht, Manuela das Austragen dieses Kindes auszureden. Vor allem für sie stand die berufliche Karriere auf dem Spiel, wenn der kleine Linus das Licht der Welt erblicken würde. Das Studium zur Kinderärztin würde zumindest für eine längere Zeit unterbrochen werden. Doch hatte Manuela ihm klargemacht, dass sie das Kind um jeden Preis haben wollte. Eine Abtreibung kam für sie niemals in Frage. Schockierend deutlich war ihre Aussage, dass sie dazu sogar die Trennung von ihm, dem erfolgreichen, aber auch noch verheirateten Unternehmer riskieren würde. Die Frage, ob sie auf Unterhalt bestehen würde, hatten sie erst gar nicht aufgeworfen, schwebte jedoch wie ein Damoklesschwert über ihm. Mitten in seine Gedanken drang die Stimme von Dr. Askari Berrada, der währenddessen neues Gleitgel auftrug und die Sonde des Ultraschallgerätes über Manuelas Bauch gleiten ließ.

»Hören Sie das kleine Herz, wie schnell es schlägt? Ich kann mich nur wiederholen, wenn ich Ihnen sage, dass der kleine Linus alles mitbringt, um ein gesunder, strammer Kerl zu werden. Ich finde, dass er für den achten Monat schon eine kräftige Statur zeigt. Er ist sehr gut entwickelt. Ich bin zufrieden.«

»Danke, Herr Doktor. Sie glauben gar nicht, wie glücklich ich bin. Das ist aber noch so lange hin, bis ich ihn in den Armen halten kann.«

»Das geht jetzt schnell, Frau Stricker. Ich kenne diese Ungeduld bei meinen Patientinnen. Und doch höre ich immer wieder, wie überrascht die Eltern später sind, wie schnell die Zeit der Schwangerschaft doch vorbei war. Lassen Sie sich bitte vorne den nächsten Termin geben. Wir sehen uns dann bald wieder. Hat es eigentlich mit der Hebamme geklappt, von der ich Ihnen die Telefonnummer gegeben habe?«

»Aber sicher, Herr Doktor. Dafür muss ich mich bei Ihnen bedanken. Sie sagte mir, dass sie eigentlich total ausgebucht ist. Aber ich hatte Glück, obwohl man es nicht so nennen darf, wenn eine ihrer Kundinnen eine frühe Fehlgeburt hatte und somit ein Termin frei wurde. Eine schreckliche Vorstellung, so was als Mutter durchmachen zu müssen. Ich würde wahnsinnig.«

»Ja, Frau Stricker, das kann ich gut nachvollziehen. Leider erlebe ich immer wieder mal, dass so was geschieht, und weiß an manchen Tagen nicht, wie ich den Betroffenen Mut machen soll. Da fehlen selbst mir die Worte. Das Leid muss unglaublich sein.«

»Sind wir für heute durch, Dr. Berrada? Ich habe noch einen wichtigen Geschäftstermin und muss unbedingt jetzt abbrechen. Beim nächsten Mal sehen wir uns gerne wieder.« Lennard Kohland drückte Manuela noch flüchtig einen Kuss auf die Stirn, bevor er nach seinem Diplomatenkoffer griff und sich der Tür zuwenden wollte. Manuelas Frage hielt ihn noch einen Moment zurück.

»Sehen wir uns heute Abend bei mir?«

»Oh, Verzeihung, Schatz. Ich hatte ganz vergessen, dass ich heute noch ein Geschäftsessen habe. Ich hatte dir doch von dem Unternehmen aus Grafenau berichtet. Das muss heute Abend noch in trockene Tücher gepackt werden. Vorher muss ich den Mitarbeitern den neuen Mann für die Ausbildungsabteilung vorstellen. Ich rufe dich an, Schatz.«

Lennard wartete die Antwort Manuelas nicht ab und verschwand eilig durch die Tür. Dr. Berrada entsorgte vorerst schweigend seine Instrumente, während Manuela sich ankleidete. Er besaß ein feines Gespür für Spannungen zwischen Paaren, wobei alle bemüht darum waren, sie vor ihm geheim zu halten. Seine Worte ließen Frau Stricker innehalten.

»Eigentlich geht es mich ja nichts an, Frau Stricker, aber wie ich von Ihnen erfuhr, werden Sie ja in einigen Jahren eine Kollegin sein. Insofern erlaube ich mir, diese Frage zu stellen. Sind Sie sich wirklich sicher, dass Sie Ihr Kind nicht auch allein großziehen können?«

Die Worte klangen immer wieder nach, während Manuela versuchte, den Grund für diese Frage herauszufinden. Sicher hatte sie Dr. Berrada von ihren beruflichen Zielen erzählt, doch nichts über ihre zugegebenermaßen schwierige Beziehung zu Lennard.

Wieso stellt mir Dr. Berrada diese Frage, nach deren Antwort ich schon lange suche.

Darum bemüht, ihn ihre Überraschung nicht anmerken zu lassen, drehte sie sich dem Arzt zu und schloss gleichzeitig ihren BH.

»Sie haben recht, Dr. Berrada, es geht Sie wirklich nichts an. Aber warum stellen Sie mir überhaupt diese Frage? Wir haben doch nie über mein Verhältnis zu Herrn Kohland gesprochen. Sicher, seine Begeisterung hält sich in Grenzen, was Sie höchstwahrschein zu der Annahme verleitet, dass er das Kind nicht möchte und einen schlechten Vater abgeben könnte. Doch das kann ja auch eine unbewusste Reaktion bei ihm sein.«

»Ich muss mich bei Ihnen entschuldigen. Ich hätte das nicht fragen dürfen. Meine Aufgabe ist, mich um Ihr ...«

»Nein, nein, Herr Doktor, Sie müssen sich nicht entschuldigen. Ich gebe sogar zu, dass ich froh darüber bin, dass jemand mit mir über meine diesbezüglichen Gefühle spricht. Ich ... ich bin mir selbst nicht sicher darin.« Manuela knöpfte ihre Bluse zu und setzte sich auf eine an der Wand stehenden Liege. »Merkt man mir meine Zweifel denn so deutlich an? Lennard, ich meine damit Herrn Kohland, ist ein sehr charmanter, zärtlicher Mann. Doch seine Vorstellung von Familie unterscheidet sich schon von der, die ich habe. Er wollte kein Kind. Es ist einfach geschehen.«

Dr. Berrada hatte auf einem Hocker Platz genommen und die Arme vor der Brust verschränkt. Seine Augen ruhten in Manuelas, versuchten, in ihrem Gesicht zu lesen.

»Ist das Ihrer Meinung nach ein zwingender Grund, seine Lebensplanung auf jemanden zu stützen, der sichtlich nicht ihre Traumvorstellung von einem idealen Partner abbildet? Sie haben das Recht und die Pflicht, darüber nachzudenken – besonders im Sinne Ihres Kindes. Verstehen Sie mich bitte nicht falsch. Ich bin kein Eheberater und mag mit meiner Meinung völlig danebenliegen. Doch da steht nach meinem Gefühl etwas zwischen Ihnen und Herrn Kohland. Fragen Sie mich nicht, was ich damit meine. Das kann ich selbst nicht erklären. Doch ich war der Meinung, dass ich es Ihnen auf jeden Fall sagen sollte. Sie können mich jetzt deshalb hassen, aber damit muss ich dann leben. Doch tun Sie mir einen Gefallen: Denken Sie zumindest über Ihre eigenen Zweifel nach, wenn Sie schon meine nicht ernst nehmen möchten. Sie sind es sich selbst und dem Kind schuldig.«

Noch lange blieb Manuela nachdenklich hinter dem Steuer sitzen und strich gedankenverloren über ihren Bauch, unter dessen Haut sie die Bewegungen des Jungen deutlich spüren konnte.

»Na, was denkst du, Kleiner? Wie würdest du deinen Papa finden? Kommst du mit ihm zurecht, auch wenn er dich nicht so richtig gewollt hat? Das sollten wir zwei noch einmal ausdiskutieren, mein Schatz. Nun müssen wir los. Ich will noch nach dem Kinderbett sehen, das ich im Katalog gesehen habe.«

Als könnte das ungeborene Kind sie verstehen, hatte Manuela die Fragen laut ausgesprochen. Ihr Lächeln war eingefroren und Zweifel waren deutlich in ihrem Gesicht abzulesen, als sie den Motor des Passats startete und sich in den Verkehr auf der Kaulbachstraße eingliederte.

4

»Was soll das heißen, Sie können Frau Stricker nicht erreichen? Haben Sie es auch bei ihr zu Hause über das Festnetz
versucht? Versuchen Sie es weiter, Frau Hermes, sie muss
doch irgendwann und irgendwo auftauchen.«

Lennard Kohland warf seiner Sekretärin einen Blick zu, in
dem ein versteckter Vorwurf klar erkennbar war. Obwohl sie
gerade einmal knapp die eins fünfundvierzig überschritten
hatte, schrumpfte sie noch um wenige Zentimeter und verschwand mit zusammengezogenen Schultern in dem langen
Flur, von dem auch ihr kleines Büro abzweigte.

Ich sollte besser seine Frau anrufen und sie aufklären,
was sich hinter ihrem Rücken abspielt.

Voller Zorn ließ sie sich in ihren Drehstuhl fallen und
starrte auf das Display ihrer Telefonanlage. Mindestens
zwölfmal hatte sie es schon versucht, die Geliebte des Chefs
zu erreichen. Jeder im Haus wusste von seiner Beziehung,
doch nur sie allein besaß die Kenntnis über die bestehende
Schwangerschaft. Schon mehrfach hatten sie beide darüber
diskutiert. Warum er ausgerechnet ihr davon erzählt hatte,
entzog sich ihrer Vorstellungskraft, zumal sie kein so inniges
Verhältnis pflegten, wie man es als Voraussetzung zwischen
Chef und der Sekretärin erwartete. Siegrid gab zu, dass sie
seine Art, damit umzugehen, als verwerflich einstufte. Offen
äußerte er sich ihr gegenüber, dass er sogar Zweifel daran

hätte, tatsächlich der biologische Vater zu sein und dass er sich ernsthaft überlegte, das später auch überprüfen zu lassen. Sie, die ihr bisher einziges Kind damals nach sechs Monaten verloren hatte, war von Abscheu erfüllt. Sie und Ernst hatten daraufhin beschlossen, keine zweite Schwangerschaft anzustreben. Sie wollte nicht ein weiteres Mal mit der Ungewissheit leben, ob es gesund geboren werden könnte.

Kohland, du bist ein mieser Dreckskerl. Du hast nur Angst davor, dich scheiden zu lassen, da du dann nicht mehr auf das Vermögen deiner Frau hoffen darfst.

Siegrid Hermes kannte die Geschichte der Firmeninhaber und wusste, dass das Grundkapital dieses Unternehmens aus dem Erbe der Familie Schleidig stammte. Wenn Lara ihr Kapital abziehen würde, war Lennard Kohland erledigt. Das Fatale an der Sache war nur, dass sie alle hier ihren Job verlieren würden. Darin lag einer der Gründe, warum Siegrid das Spiel überhaupt mitspielte. Begleitet von einem tiefen Seufzer drückte sie die Wiederholungstaste und bekam lediglich die automatische Durchsage, dass der Teilnehmer derzeit nicht erreichbar wäre. Auf der Festnetznummer gab es nur das Freizeichen. Sie gab auf und widmete sich ihren restlichen Aufgaben.

Erst als sie der melodische Ton der Anlage aufsehen ließ, warf sie einen Blick auf das Display. Eine ihr unbekannte Nummer wurde angezeigt. Nachdem sie sich mit der üblichen Ansage gemeldet hatte, vernahm sie die etwas harte Stimme einer Frau, die sich als Kriminalkommissarin des örtlichen Morddezernates vorstellte.

»Ich bin mit einer Kollegin auf dem Weg zu Ihnen und möchte fragen, ob sich Herr Kohland im Haus befindet? Wenn ja, sagen Sie ihm bitte Bescheid, dass wir in etwa zehn Minuten bei Ihnen sind und ihn gerne befragen möchten.«

»Darf ich ihm zuvor eine Information zukommen lassen, worum es genau geht? Herr Kohland ist viel beschäftigt und hat schon in knapp einer halben Stunde ein erneutes Meeting. Sollten wir nicht besser einen Termin vereinbaren?«

»Sagen wir es einmal so. Es ist dringend und es betrifft ihn persönlich. Wir möchten ihn also unbedingt darum bitten sich die Zeit zu nehmen. Mehr möchte und darf ich Ihnen dazu nicht sagen. In zehn Minuten also.«

Die Kommissarin hatte die Verbindung ohne Erklärung unterbrochen. Nachdenklich betrachtete Siegrid Hermes das jetzt fast leere Display.

In was war Kohland denn nun wieder verwickelt? Schon früher gab es hier und da Ermittlungen, bei denen die Mitarbeiter zur Sache befragt wurden. Doch in den Fällen handelte es sich lediglich um den Verdacht von Drogenhandel oder Körperverletzung. Das kam schon einmal vor, wenn diese nicht immer hochanständigen Angestellten im Einsatz waren. Doch so wie ich verstanden habe, gehörten die beiden Beamten zur Mordkommission.

»Was gibt es, Frau Hermes? Haben Sie Frau Stricker erreichen können?«

Kohland holte seine Sekretärin aus ihren Überlegungen.

»Noch nicht, Chef. Aber da wäre etwas anderes. Soeben erhielt ich einen Anruf von der Polizei. Zwei Kommissarinnen der Mordkommission befinden sich auf den Weg hierher und werden in wenigen Minuten eintreffen. Man will unbedingt mit Ihnen reden. Die Anruferin sagte, dass es sich nur um eine Befragung handelt. Mehr konnte ich nicht herausfinden. Soll ich das Meeting mit den Abteilungsleitern verschieben?«

Während der Pause, die darauf folgte, trommelte Siegrid Hermes ungeduldig mit den Fingerspitzen auf der Tischplatte, erschrak jedoch, als die Stimme von Kohland wieder erklang.

»Lassen Sie den Termin bestehen. Das kann nichts Wichtiges sein. Die sind schnell wieder weg. Haben Sie das auch wirklich richtig verstanden? Die sind von der Mordkommission? Was wollen die ausgerechnet von mir? In den letzten Tagen habe ich niemanden beseitigt.« Die Pause war nur kurz, bis sich Kohland wieder meldete. »Oh, entschuldigen Sie, Frau Hermes. War nur ein schlechter Scherz von mir. Wenn die Damen da sind, führen Sie die in den kleinen Besprechungsraum.«

»Soll ich was zu trinken bereitstellen?«

»Ach was. Dann kommen die womöglich noch des Öfteren vorbei. Lassen Sie nur.«

Siegrid Hermes kam nicht dazu, über den Scherz nachzudenken, da sich wieder ein Anrufer meldete. Diesmal war es die Zentrale.

»Ich habe hier Leute von der Kripo. Die Damen meinten, sie hätten einen Termin mit dem Chef. Soll ich die beiden raufschicken?«

»Ist schon in Ordnung. Ich hole sie vom Aufzug ab und bringe sie zu ihm.«

Siegrid Hermes musste nicht lange warten, bis sich die Edelstahltür des Aufzugs öffnete und zwei Frauen auf sie zukamen.

»Frau Hermes, wenn ich richtig rate? Haben Sie Ihren Chef erreichen können?«

»Aber sicher. Wenn Sie mir folgen möchten. Ich bringe Sie direkt zu ihm. Denken Sie bitte daran, dass er einen baldigen Termin wahrnehmen muss. Hier entlang bitte.«

Siegrid Hermes hielt die schwere Holztür weit auf, um die beiden Damen einzulassen. Sie nahm sich die Zeit, die

Besucherinnen, besonders die Sprecherin, genauer zu betrachten, wobei ihr das ungewöhnlich kurze, blondierte Haar ebenso ins Auge stach, wie der schwach ausgeprägte Oberlippenbart. Passend dazu war die Beamtin mit einem strengen, leicht gestreiften Hosenanzug bekleidet, unter dessen Oberteil sich klar das Waffenholster abzeichnete. Im Unterschied zu ihrer eher zart wirkenden Kollegin verzichtete sie auf jegliches Make-up. Lediglich ein zarter Hauch von Chanel No 5 umschwebte sie. Die zweite Person stellte ein krasses Gegenstück dar, da sie wesentlich femininer in ihrer engen Jeans und der locker darüber hängenden Lederjacke wirkte. Sie hielt sich bisher wortlos im Hintergrund.

»Setzen Sie sich bitte. Ich sage dem Chef Bescheid.«

Den Moment bis zum Erscheinen des Inhabers nutzten die beiden Frauen, um das edle Holz-Interieur und die ausgesprochen hübschen Accessoires des Raumes zu bewundern. Es dauerte nur wenige Sekunden, bis durch eine kaum wahrnehmbare Öffnung in der gegenüberliegenden Wand ein großer, zugegeben gut aussehender Mann eintrat und ihnen mit ausgestreckter Hand entgegenkam.

»Ich hörte, dass Sie beide der Mordkommission angehören. Sie werden verstehen, dass ich etwas irritiert reagiere. Was habe ich mit Ihrer Abteilung zu tun? Mit wem habe ich übrigens die Ehre?«

»Oh, sorry, ich vergaß, uns vorzustellen. Das hier ist meine Kollegin Kommissarin Richter. Ich bin Oberkommissarin Felten. Wir haben lediglich ein paar Fragen, die eine Person betreffen, die Ihnen nicht unbekannt sein dürfte.«

»Da lass ich mich überraschen. Wer soll denn diese Person sein?«

»Es handelt sich dabei um eine Frau Stricker, besser, Manuela Stricker. Das sagt Ihnen doch etwas, oder?«

Die Überraschung, die sich auf Kohlands Gesicht abzeichnete, war nicht gespielt, das erkannten beide Beamtinnen sofort. Er suchte nach Fassung und schien sie fürs Erste gefunden zu haben, als er die Frage zögernd stellte.

»Nun ja, ich kenne sie. Warum fragen Sie nach ihr? Ist sie ...? Ist ihr etwas zugestoßen? Sie würden nicht fragen, wenn sie noch leben würde, oder?«

Leonie Felten reagierte schnell.

»Würde es Sie überraschen, wenn es denn so wäre? Ich will Sie aber nicht länger auf die Folter spannen. Sie lebt. Das muss vorerst reichen, Herr Kohland. Wie gut kennen Sie Frau Stricker?«

Auch die Erleichterung bei Kohland schien echt zu sein. In diesem Punkt waren sich Mia und Leonie einig, was das kurze Senken ihrer Lider bestätigte. Sie hatten gelernt, sich wortlos zu verständigen, was die gemeinsamen Befragungen ungemein erleichterte. Leonie wartete geduldig auf Kohlands Antwort.

»Wir kannten uns von einer Tagung vor Jahren. Danach sah man sich hin und wieder bei geschäftlichen Gelegenheiten. Nichts von Bedeutung. Doch das allein wird Sie bestimmt nicht hierhergeführt haben. Da ist doch etwas, was Sie mir verschweigen.«

Mia schaltete sich jetzt ebenfalls ein und zwang Kohland zu einem Wechsel seiner Blickrichtung.

»Frau Stricker, die Sie, Herr Kohland, nur flüchtig kennen, sieht Ihrer beider Beziehung unter einem völlig anderen Hintergrund. Sie ist so unverschämt zu behaupten, dass Sie von Ihnen ein Kind erwartete. Ich muss schon sagen, das ist schon harter Tobak. Sehen Sie das anders?«

Nun hatten sie den Unternehmer so weit, dass er die Gesichtsfarbe komplett wechselte und sich erhob. Sein Weg führte ihn zu einer Vitrine, der er eine Flasche Cognac und ein Glas entnahm. Er zwang sich zur Ruhe und goss sich ein. Die teure Flüssigkeit kippte er in einem Zug hinunter. Geduldig warteten die Freundinnen ab. Kohland setzte sich wieder, nicht ohne sich ein weiteres Glas gefüllt zu haben. Gespielt abgeklärt drehte er das Glas permanent und äußerte sich zu guter Letzt: »Das ... das kann sie nur erfunden haben. Wir unterhielten bisher eine simple Freundschaft. Ein Telefonat hier, ein Essen dort. Nichts, was eine gute Ehe gefährden könnte. Ich verstehe immer noch nicht, was eine erfundene Vaterschaft mit Ihrem Erscheinen zu tun haben könnte. Es wird Zeit, dass Sie endlich damit herauskommen, warum Sie mir Zeit stehlen.«

Sein Blick wechselte zu seiner bestimmt sündhaft teuren Armbanduhr, die protzig auf seiner braungebrannten Haut glitzerte.

»Wie ich bereits sagte, habe ich ein wichtiges Meeting. Also bitte, meine Damen. Wenn es sonst nichts gibt, möchte ich Sie bitten ...«

»Kommen Sie wieder runter, Herr Kohland. Frau Stricker wäre bereit, das unter Eid auszusagen. Außerdem wäre es dank der heutigen Entwicklung in der modernen Labortechnik ein Leichtes, Ihnen diese Vaterschaft nachzuweisen. Doch wir sind nicht hier, um mögliche Unterhaltsansprüche seitens der Mutter gegen Sie durchzusetzen. Hätten Sie richtig hingehört, wäre Ihnen aufgefallen, dass wir sagten: Sie *erwartete* ein Kind von Ihnen.«

»Moment, Moment. Wollen Sie mir damit klarmachen, dass sie das Kind längst geboren hat? Das erklärt aber immer noch nicht, warum Sie jetzt hier sitzen und mir Untreue vorwerfen. Das wären Dinge, die ich, so es der Wahrheit entspräche, intern im Familienkreis klären würde. Außerdem würde ich über einen Anwalt die Vaterschaft klären lassen. So, jetzt reicht es mir. Wenn Sie nicht mehr vorzubringen haben, ...«

»Das Kind ... wir suchen es, Herr Kohland. Das ist der eigentliche Grund, warum wir hier sind. Ihre flüchtige Bekannte, wie Sie Frau Stricker bezeichnen, wurde gestern in einem abgelegenen Waldstück wie ein waidwundes Wild abgelegt. Anders könnte man es kaum ausdrücken. Sie befand sich im neunten Monat der Schwangerschaft, was uns von dem behandelnden Gynäkologen bestätigt wurde. Und damit das für alle klar ist: Er hat uns auch bestätigt, dass Sie, Herr Kohland, Frau Stricker sogar bei ihrem letzten Besuch begleiteten. Hören Sie also damit auf, uns was vorzumachen.«

Leonie ließ jetzt nicht locker und nutzte die Zeit, in der Kohland das Gesagte verdaute, weiter zu berichten.

»Wir möchten nun herausfinden, wer ein Interesse daran haben könnte, dieses Kind unauffällig verschwinden zu lassen. Entschuldigen Sie diesen Ausdruck, aber mir fällt derzeit kein anderer Begriff dafür ein. Wir suchen nach einem Kind, das vielleicht noch lebt. Dazu muss man wissen, dass Frau Stricker eine völlig normale und scheinbar konfliktfreie Geburt durchmachen durfte, da ihr Körper während und nach der Geburt fachmännisch versorgt wurde.«

Mia übernahm jetzt von Leonie und warf Kohland die Frage entgegen.

»Nun wird es Sie sicherlich nicht mehr überraschen, warum wir zuerst bei Ihnen erschienen sind. Wo befanden Sie sich in der Zeit von vorgestern Morgen 6 Uhr bis gestern Mittag, etwa 13 Uhr?«

»Ich will sofort mit meinem Anwalt sprechen. Vorher sage ich kein Wort mehr. Verlassen Sie bitte das Haus und gedulden Sie sich mit den weiteren Befragungen, bis ich mit dem Anwalt gesprochen habe. Einen guten Tag noch.«

Leonie und Mia wussten, dass sie hier erst einmal abbrechen mussten. Sie erhoben sich in aller Ruhe und suchten den Ausgang.

»Sie werden von uns eine Vorladung erhalten, zu der Sie gerne Ihren Anwalt mitbringen können. Auch Ihnen noch gute Gespräche bei Ihrem Meeting.«

Mia und Leonie konnten beim Verlassen des Besprechungsraumes einen guten Blick in das Büro der Sekretärin tun, deren Augen beide Beamtinnen verfolgten. Ihnen blieb jedoch verborgen, dass Frau Hermes den Telefonhörer langsam in die Schale gleiten ließ. Was sie soeben über die durchgeschaltete Telefonanlage aus dem Nachbarraum mithören konnte, lähmte fast ihren Verstand.

Kohland, du bist ein elendes Schwein. Der Teufel soll dich dafür holen.

5

»Und was denkt ihr über seine Äußerung? Glaubt ihr ihm, dass er mit dem Kind nichts am Hut hat?«

Kai Wiesner, der leitende Hauptkommissar des Essener Morddezernates, betrachtete forschend seine beiden Kolleginnen, die ihm soeben von ihrem Besuch bei Kohland berichtet hatten. Wiesner hielt seinen sportlichen Body gegen die Rückenlehne seines Drehstuhls gedrückt und verschränkte seine Hände hinter dem Kopf. Leonie ersparte sich die Bemerkung über das viel zu kurz geschorene Haar des Vorgesetzten, wie sie es an anderen Tagen gerne getan hätte. Hin und wieder bereitete es ihr Vergnügen, sich über den steten Wechsel von Glatze und Stoppelhaarschnitt des Vorgesetzten lustig zu machen.

»Ich für meinen Teil«, begann Leonie, »glaube dem miesen Kerl kein Wort. Obwohl ihm problemlos eine Vaterschaft nachgewiesen werden könnte, beharrt er auf seiner Behauptung. Möglicherweise liegt der Grund darin, dass er sich sicher sein kann, dass das Kind niemals jemand in der Öffentlichkeit zu Gesicht bekommen wird. Kein Kind – kein Vater. Ganz einfach.«

»Aber glaubt der Kerl denn tatsächlich, dass er alles vor seiner Frau geheim halten kann? Manuela Stricker wird sicher nicht schweigen, wenn sie von seiner Aussage erfährt«, mischte sich Mia Richter ins Gespräch.

»Moment, Leute«, bemerkte nun Leonie. »Lasst uns diesen Gedanken einmal weiter verfolgen und nehmen wir an, dass Kohland etwas mit dem Verschwinden des Kindes zu tun hat. Warum lässt er dann die Mutter am Leben? Das passt in meinen Augen nicht zusammen. So bescheuert kann keiner sein, einen Kindsmord zu beauftragen, bei dem er automatisch den Verdacht auf sich lenkt. Und die einzige, belastende Zeugin legt er an einem Waldrand ab. Mit Liebe zur Mutter kann ich das nur schwer erklären.«

Das folgende Schweigen wurde durch das penetrante Klingeln auf Kais Telefonanlage unterbrochen.

»Wiesner? Sind Sie am Apparat? Warum melden Sie sich nicht? Hier ist Dr. Lieken.«

»Oh, entschuldigen Sie, Herr Lieken. Wir befanden uns gerade in einer Diskussion und ich war völlig in Gedanken. Was gibt es?«

»Schön, wenn Sie in Ihrer Abteilung noch Zeit zum Nachdenken haben. Ich weiß momentan nicht, wo mir der Kopf steht. Nach der Amokfahrt am Kennedyplatz heute Morgen liegen hier vier Tote, bei denen ich nachweisen muss, dass deren Ableben auf Schusswunden zurückzuführen sind. Eine Arbeit für Anfänger. Doch mein Praktikant fühlt sich seit Tagen nicht gut und fehlt an jeder Ecke. Aber das wird Sie sicher nicht besonders erregen. Ich rufe an wegen der Babyleiche aus dem Mühlenbach.«

Mit einem Schlag war Kai hellwach und stellte die Anlage auf Mithören. Liekens Stimme schallte nun durch den Raum.

»Ich kann mit einhundertprozentiger Sicherheit sagen, dass dieses Kind nicht Manuela Stricker zuzuordnen ist. Es gibt keine DNA-Übereinstimmung. Da muss es eine andere Mutter geben, die ihr Neugeborenes wahrscheinlich auf diese Art vor maximal einem Tag entsorgte. Übrigens sprechen wir über eine Totgeburt. Meiner Ansicht nach starb das Baby bereits im Mutterleib, weil sich die Nabelschnur um den Hals gewickelt hatte. Das war ja noch der Fall, als man es leblos im Wasser fand. Wenn ich die Entwicklung des Fötus berücksichtige, tippe ich auf den sechsten bis siebenten Monat. Die Schnur wurde unfachmännisch durchschnitten. Ich bin mir jetzt nicht ganz sicher, ob ihr euch damit dann überhaupt beschäftigen müsst. Mich macht es immer sehr traurig, dass diese unschuldigen Wesen dann von Amts wegen wie ein gefundener Tierkadaver entsorgt werden, anstatt sie würdevoll zu beerdigen.«

»Wir haben eigentlich auch genug am Hals. Aber ich muss trotzdem nach einer möglichen Mutter fahnden lassen. Wir sprechen immerhin über ein ehemals lebendes Wesen, selbst wenn es noch nicht komplett entwickelt war. Übrigens mal zurück zu dem Fall Stricker, Dr. Lieken. Erinnern Sie sich noch an einen ähnlichen Fall, den wir bisher noch nicht aufklären konnten? Da gab es damals eine Frau ...«

»... Feige. Ja, Feige war der Name. Der ist bei mir haften geblieben, da ihr mir davon berichtet hattet. Sie leidet bestimmt noch heute darunter. Seht ihr Parallelen? Immerhin verschwand damals auch nur das Kind und die Mutter wurde ... richtig ... die wurde auch nach der Entbindung irgendwo abgelegt, wo man sie nach einem Anruf fand. Verdammt, da muss es einen Zusammenhang geben. Kinderhandel vielleicht?«

Leonie, die diesen Dialog bisher wortlos verfolgt hatte, meldete sich zu Wort.

»Haben wir eigentlich damals die Mutter auf mögliche Fremd-DNA untersucht?«

»Da kann ich Sie beruhigen, Frau Felten. Das Kind stammte tatsächlich von dem Ehemann. Und nun zur eigentlichen Frage. Die Frau wurde damals absolut steril auf Decken abgelegt. Es konnten ausschließlich Spuren vom direkten Fundort am Waldrand nachgewiesen werden. Allerdings sind wir davon ausgegangen, dass der Frau schon sehr früh und länger andauernd ein Narkotikum verabreicht wurde. Das ist aber auch gleichzeitig eine weitere Parallele zum jetzigen Fall. Sammelt da jemand Neugeborene? Und wenn ja – was macht er damit?«

»Das, lieber Herr Lieken«, mischte sich jetzt Kai Wiesner wieder ein, »werden wir festzustellen haben. Ich für meinen Teil sehe hier klare Verbindungen und werde die beiden Fälle zusammenfassen. Wir werden dazu bestimmt noch einmal Ihre Hilfe benötigen. Vorerst vielen Dank für die Info.«

»Was ist los mit dir, Mia? Du wirkst plötzlich so niedergeschlagen.«

Leonie Felten legte ihren Arm um die Frau, mit der sie seit einigen Jahren in einer festen Beziehung lebte. Sie spürte, wenn ihre Partnerin Sorgen plagten.

»Mir geht dieses Baby nicht aus dem Kopf.«

»Von welchem sprichst du gerade? Meinst du das aus dem Bach oder das, was entbunden wurde?«, wollte Leonie wissen.

»Nun ja, wenn du es schon erwähnst – ich meine beide. Wie kann man als Mutter so grausam sein und sein eigenes Kind wie einen Lumpen entsorgen? Das ist ihr Fleisch und Blut, lebte vorher in ihr. Gruselig. Und gleichzeitig versuche ich mir vorzustellen, was Frau Stricker fühlen muss, die sehnlichst auf ihren Sohn wartete und er ihr einfach so weggenommen wurde. Hoffen wir nur, dass es dem Kleinen gut geht.«

»Leute, bei allem Verständnis für eure Gedanken, die ich übrigens teile, müssen wir pragmatisch denken und die

Ermittlungen gezielt vorantreiben. Wir sollten die Mutter mit der Totgeburt nicht sofort mit Flüchen belegen. Es heißt ja nicht, dass sie ihr Kind nicht wollte oder liebte. Sie hat es möglicherweise verloren und aus unerfindlichen Gründen nicht publik werden lassen. Niemand von uns kann zweifelsfrei beurteilen, ob die Gründe dafür nicht schwerwiegend und sogar nachvollziehbar waren. Doch wichtiger ist jetzt der aktuelle Fall mit Frau Stricker. Ich möchte sämtliche Unterlagen vom Fall Feige zum Abgleich sehen. Es muss etwas geben, das uns weiterhilft. Es darf nicht sein, dass ein Wahnsinniger werdende Mütter entführt, ihre Kinder stiehlt und unerkannt weitermacht. Hoffen wir nur, dass er sich dafür kein festes Zeitfenster geschaffen hat. Schlimmstenfalls holt er sich die Kinder auf Bestellung ...«

Kai sah Mia besorgt an, als er von ihr unterbrochen wurde.

»... oder, falls er die Kinder nicht an irgendwelche Eltern verkauft, bleibt mir noch die schreckliche Vorstellung, dass er sie ermordet. Wer weiß, was in diesen kranken Köpfen so vor sich geht? Möglicherweise finden wir ihre Körper in irgendwelchen Glasgefäßen. Sagt mir jetzt bitte nicht, dass wir das noch nicht hatten. Ich erinnere mich noch ganz gut an einen Fall, in dem wir vor Jahren ermittelten.«

Allgemeines Nicken bestätigte Mias Behauptung. Kai Wiesner verteilte die Aufgaben und konzentrierte sich auf den Bericht, den ihm Dr. Lieken jetzt in digitaler Form auf den Rechner geschickt hatte. Er blickte weiter auf den Schirm und wandte er sich an die Kollegin.

»Leonie, du suchst bitte im System nach älteren Fällen, bei denen man Müttern direkt nach der Geburt die Kinder entführte. Ich meine damit bundesweit. Der Markt bezüglich Neugeborener für eine Adoption ist groß. Dabei bleibt auch vieles im Dunklen oder wird über das Darknet abgewickelt. Ein Millionengeschäft läuft da ab.«

»Ich möchte gerne noch einmal Kontakt mit Frau Feige aufnehmen«, informierte Leonie. »Vielleicht haben wir damals etwas übersehen. Ich habe sie derzeit selbst am Krankenbett befragt. Daran erinnere ich mich nur ungern. Die Eltern waren fertig, das kann ich euch sagen. Ich hoffe, dass ich dabei keine alten Wunden aufreiße. Erschreckend fand ich, dass sich Frau Feige nicht zum Entführer äußern konnte. Der zeigte sich nur mit einer Wollmaske, wie sie angegeben hatte.

Auch bei der Stimme gab es nichts, was sie einer ihr bekannten Person zuordnen konnte. Eine Tat, die absolut perfekt geplant worden war. Ich hoffe auf ihr Langzeitgedächtnis, in dem vielleicht noch was schlummert.«

Kai streckte lediglich bestätigend den Daumen in die Höhe und griff nach der Tüte, in der drei Berliner Ballen geduldig warteten.

6

»Tja, Lennard, ich kann dir den Vorwurf nicht ersparen. Es war sicherlich unklug, die Vaterschaft konsequent auszuschließen, zumal du Manuela mehrfach zum Gynäkologen begleitet hast. Du stehst nun ganz oben auf der Liste der Verdächtigen. Hoffen wir, dass das Kind bald unversehrt der Mutter übergeben werden kann.«

Rechtsanwalt Sören Wendler, der zu Kohlands engerem Freundeskreis zählte, streckte seine langen Beine, die in einem teuren Designeranzug steckten, weit unter den Besprechungstisch. Kohland hatte ihn sofort nach dem Besuch der beiden Beamtinnen unterrichtet und um sein Erscheinen gebeten. Seinen Schlips hatte er weit aufgezogen und das Ende zwischen zwei Hemdknöpfe geschoben. Fast gelangweilt fuhr er sich mit beiden Händen durch die wallende Mähne und drückte den Rücken in den bequemen Polsterstuhl, während er sich den Vorwurf seines Freundes anhören musste.

»Du hast gut reden, Sören. Deine Ehe steht ja auch nicht zur Disposition.«

»Hört, hört. Das hättest du dir überlegen sollen, bevor du deinen Samen verteilt hast. Dir muss doch schon lange klar gewesen sein, dass da was auf dich zukommt. Hast du denn wirklich angenommen, dass Manuela sich mit ein paar Kröten von dir abspeisen lässt? Die hätte ein Kind am Hals und du hoffst darauf, weiter den liebenden Ehemann spielen zu können. Welche Frau macht ein solches Spiel denn mit? Du musst dir was einfallen lassen, denn ohne Blessuren kommst du da nicht raus. Wie ich schon sagte, das Kind muss her. Und du wirst nicht umhinkommen, das Malheur Lara zu beichten. Es besteht ja immerhin die Möglichkeit, dass sie das als harmlos abtut und einer Abfindung für den Fehltritt zustimmt. Mehr Probleme sehe ich da bei deinem Schwiegervater, der dich dann aus der Firma boxen wird. Es ist schließlich auch sein Geld, was da reingeflossen ist. Erfahren werden es die beiden sowieso – irgendwie und irgendwann. Falls du Zweifel an meiner Verschwiegenheit hegen solltest – von mir kommt dazu kein Sterbenswörtchen.«

Lennard Kohland sprang auf und startete seine Wanderung durch den Raum. Unvermittelt stoppte er und blieb nur wenige Zentimeter neben seinem Freund stehen. Er beugte sich vor.

»Du scheinst der Meinung zu sein, dass ich dabei tatsächlich meine Finger im Spiel habe. Ist es nicht so? Sag mir das frei heraus. Denkst du das?«

»Jetzt komm mal wieder runter, Lennard. Du bist ja paranoid.« Sören wich zurück und drückte Lennard mit beiden Händen von sich. »Du musst doch zugeben, dass du Scheiße gebaut hast und dass du selbst dafür gesorgt hast, dass man so was denken könnte. Natürlich weiß ich, dass du es nicht warst. Wie lange kennen wir uns jetzt schon? He? Seit dem Studium hängen wir zusammen rum. Ich kenne dich sehr gut und weiß, dass du zwar ein notgeiler Bock bist – aber du bist kein Mörder. Ist es jetzt wieder gut?«

Lennard warf sich herum und setzte seine Wanderung mit in den Hosentaschen vergrabenen Händen durch den Raum fort. Verzweiflung war deutlich herauszuhören, als er die Frage mehr sich selbst stellte.

41

»Was soll ich tun? Es ist nun einmal passiert. Wenn das Kind normal auf die Welt gekommen wäre, hätte ich mich auch der Sache gestellt und mich von Lara getrennt. Wir hätten bestimmt einen Weg gefunden, um die Firma trotzdem weiter am Laufen zu halten. Darüber haben wir ja schon oft gesprochen. Doch mit dieser Entwicklung konnte ja keiner rechnen. Jetzt stecke ich tief in der Scheiße.«

Sören Wendler beugte sich vor und legte entschlossen beide Hände auf die Tischplatte. Lennard wandte sich zögernd um, als er Sörens Vorschlag vernahm.

»Dann lass uns in die Offensive gehen, Lennard. Ich hätte da eine Idee, die du dir durch den Kopf gehen lassen solltest. Wie du mir erzählt hast, arbeitet seit geraumer Zeit ein Mann für dich, der deine Sicherheitsleute ausbildet und trainiert. Ich habe mich über den Kerl kundig gemacht. Eigentlich solltest du ja selbst diese Infos besitzen, aber leider hast du die Ressourcen noch nicht richtig erkannt, die dir der Mann anbietet. Wenn wir den für interne Ermittlungen einsetzen könnten, wären wir möglicherweise immer einen Schritt vor den Kripoleuten. Der Mann hat einschlägige Erfahrung und könnte dich schnell aus der Schusslinie bringen. Alles eine Frage der Entlohnung und Überzeugungskraft, denke ich.«

Lennard setzte sich Sören gegenüber an den Tisch und zog eine Wasserflasche heran, die er spontan halb austrank.

»Den kannst du vergessen, Sören. Der Mann ist nicht käuflich. Der zieht das Ausbildungsprogramm konsequent durch und schult meine Leute absolut professionell. Aber er ist gleichzeitig ein Gerechtigkeitsfanatiker. Wenn der auch nur die kleinste Ungesetzlichkeit riecht, steigt der aus.«

»Manchmal weiß ich nicht mehr, was ich von dir halten soll. Gibt es denn auch nur den kleinsten Anlass, dass er so was vermuten könnte? Du sagst, dass du sauber bist und nichts mit dem Verschwinden des Kindes zu tun hast. Wieso sollte er Schlechtes vermuten, wenn wir ihn um Hilfe bitten? Lass mich mit ihm reden. Wenn Geld nicht ausreicht, locken wir ihn mit der Tat selbst. Welcher Ehrenmann kann widerstehen, wenn es um das Wohl eines neugeborenen Kindes geht? Er hat selbst einen Jungen und wird genau an dieser Stelle empfindlich sein.«

Lennard wischte sich einen Tropfen von den Lippen, nachdem er den Rest des Wassers gierig ausgetrunken hatte. Hart stellte er die Flasche auf dem empfindlichen Holz ab und rieb mit der Fingerkuppe über die Macke, die er dadurch verursacht hatte.

»Scheiße. Also gut, versuchen wir es. Du übernimmst das für mich. Soll ich ihn holen lassen?«

»Von mir aus. Das muss aber flott gehen, da ich in drei Stunden einen Klienten erwarte und ich vorher noch was futtern muss.«

»Gut. Ich lasse ihn holen. Was hältst du davon, wenn ich dir was aus der Kantine besorgen lasse? Die haben heute das Leibgericht der Leute: Spaghetti Bolognese. Kann ich nur empfehlen. Ich lass mir das auch kommen.«

Der komplett in Jeans gekleidete Mann füllte den Türdurchgang fast gänzlich aus. Seine hellwachen Augen schienen den gesamten Raum zu checken, bevor sein Blick sich an dem fremden Mann in dem feinen Zwirn festsaugte. Auf Anhieb sortierte er ihn in die Kategorie Anwalt ein. Seine Erfahrung hatte ihm diesbezüglich den Blick geschärft. Er erkannte seine Schweine am Gang, wie er stets zu sagen pflegte. Der schwarze Bart und die in den Nacken fallende Haarmähne passten perfekt zu diesem männlich schönen Gesicht. Er folgte der einladenden Geste seines Chefs und setzte sich an das Kopfteil des Tisches, um beide Männer gleichzeitig im Blick haben zu können. Längst war ihm die grüne Kontroll-LED an der Kamera aufgefallen, die sich im gegenüberliegenden Deckenwinkel befand und jede Bewegung der drei Anwesenden aufnahm. Das Gleiche registrierte er an der Telefonanlage. Jemandem schien es wichtig, jedes Wort, jegliches Geschehen in diesem Raum mitzuschneiden.

»Was kann ich für die Herren tun? Ich war mitten im Training. Die Leute warten auf mich.«

Statt des Chefs war es der fremde Anwalt, der ihm die Antwort lieferte.

»Wir freuen uns, dass Sie so schnell kommen konnten, Herr Rabe. Hauptkommissar kann ich ja jetzt nicht mehr sagen, nachdem Sie sich im polizeilichen Ruhestand befinden. Dass Sie trotzdem Ihre Erfahrungen an Jüngere weitergeben, begrüßen wir alle sehr. Stichwort Erfahrung. Schon sind wir beim eigentlichen Thema. Wir, das heißt besser, Ihr Chef braucht genau Ihre Erfahrung, um nicht Gefahr zu laufen, dass man ihn ohne jeden Grund mit Dreck bewirft.«

Wortlos wechselte Gordon Rabes Blick zum Firmenchef, der jedoch die Augen gesenkt hielt. Mit ruhiger Stimme wandte er sich an den Mann, der zuvor um Hilfe für Kohland bat.

»Nun weiß ich zumindest, dass meine Arbeit für was auch immer benötigt wird. Was mir noch immer fehlt, ist Ihr Name. Wer sind Sie, dass Sie die Stimme für meinen Brötchengeber erheben?«

»Oh, sorry, ich vergaß, mich vorzustellen. Mein Name ist Sören Wendler. Ich bin Anwalt und vertrete Herrn Kohland privat, aber auch in Firmenangelegenheiten.«

»Ich kenne Sie, Herr Wendler«, unterbrach Gordon Rabe den Anwalt. »Waren Sie das nicht, der vor Jahren den Kinderschänder Kollmann freibekam, obwohl er ein Geständnis zuvor abgelegt hatte? Da gab es einen winzigen Verfahrensfehler, den Sie ausnutzten, um den Mann wieder auf freien Fuß setzen zu lassen? Wenn ich mich recht erinnere, wurde der Mann rückfällig und tötete einen Vierzehnjährigen. Dass Kollmann bei einem Verkehrsunfall starb, bevor man ihn verhaften konnte, war wohl ein Glücksfall für den Rest der Menschheit. Nun zur Sache. Was möchten Sie von mir?«

Geduldig wartete Gordon Rabe, bis Wendler das Gehörte verdaut hatte. Mit keinem Wort ging der auf den Vorwurf ein und fuhr unbeirrt fort.

»In dieser Angelegenheit geht es überhaupt nicht um mich und auch nur bedingt um Herrn Kohland. Es wird ein Neugeborenes gesucht, das der Mutter weggenommen, quasi aus dem Leib gestohlen wurde. Diese ist eine gute Bekannte Ihres Chefs.«

»Und diese Bekannte erwartete das Kind von ihm«, unterbrach Rabe den Anwalt. »Jetzt verdächtigt man ihn, dafür verantwortlich zu sein. Sehe ich das richtig?«

»Ich wusste, dass Sie der richtige Mann sind und die Zusammenhänge sehr schnell einordnen können. Doch Ihre ehemaligen Kollegen liegen in diesen Punkten komplett falsch. Erstens steht nicht fest, dass es sich um sein Kind handelt, und zweitens stellt sich die Frage nach dem Motiv.«

»Nun ja, das sehe ich schon etwas anders, Herr Wendler. Kein Kind, keine Vaterschaft, kein Unterhalt.«

Kohland schlug mit der Faust auf den Tisch und starrte Gordon Rabe wütend an.

»Was unterstellen Sie mir da? Glauben Sie wirklich, dass ich mein eigenes Kind töte, um Geld zu sparen? Ich müsste verrückt sein, die einzige Zeugin dafür am Leben zu lassen. Sie würde mich ans Messer liefern.«

Nicht einmal ein Wimpernzucken zeigte an, ob Rabe von diesem Wutausbruch beeindruckt war.

»Wissen Sie, Herr Kohland, ich habe während meiner Dienstzeit die Täter nicht dadurch in die Zelle bekommen, weil ich so unglaublich schlau agierte. Nein, sie machten allesamt genau solche Fehler, überschätzten sich oftmals und konnten durch ihre eigenen Fehleinschätzungen und Versäumnisse überführt werden. Mit keinem Wort habe ich Ihnen eine Schuld zugesprochen. Ich versuche nur darzustellen, wie oft genau diese Logikfehler zur Verurteilung geführt haben. Und außerdem, für so dämlich halte ich Sie nicht.«

»Es freut mich ungemein, dass Sie nicht den Mörder in mir sehen und mir ein Minimum an Intelligenz zusprechen«, bemerkte Kohland ironisch.

Bevor Gordon Rabe antworten konnte, mischte sich Wendler wieder ein.

»Seht, wir nähern uns doch endlich dem wirklichen Problem. Du, Lennard, bist unschuldig am Verschwinden dieses Kindes und Herr Rabe glaubt dir. Jetzt heißt es, diese Tatsache zu untermauern, indem wir den wahren Täter präsentieren. Und nun kommen Sie, Herr Rabe, ins Spiel. Wir vertrauen auf Ihre wertvolle Erfahrung und Ihre Beziehungen. Wären Sie bereit, natürlich gegen entsprechende Bezahlung, in diesem Fall für uns zu ermitteln? Bevor Sie sich entscheiden, möchte ich darauf hinweisen, dass es uns nicht primär darum geht, die Unschuld von Herrn Kohland zu beweisen. Das ist ein Leichtes, da es keinerlei Beweise für eine Schuld gibt. Das könnte sogar ich mit Leichtigkeit. Nein. Wir möchten damit verhindern, dass weiteren Müttern ihre Kinder weggenommen werden. Meine Fantasie reicht nicht aus, um mir vorzustellen, was mit diesen unschuldigen Würmern geschieht.«

Gordon spürte auf Anhieb, mit welchen Mitteln dieser Anwalt versuchte, ihn einzuwickeln und für ihre Zwecke einzuspannen. Er unterbrach Wendler mit einer unwirschen Handbewegung.

»Hören Sie auf damit, Sie windiger Rechtsverdreher. Diese Psychomätzchen bringen bei mir nicht viel. Aber ich kann mich der Tatsache nicht entziehen, dass ein Kind sich möglicherweise in Gefahr befinden könnte. Allerdings dürfen wir die Möglichkeit nicht außer Acht lassen, dass die Mutter ihr Kind selbst beseitigt haben könnte, um sich der Aufgabe des Großziehens zu entledigen. Ich müsste den genauen Ablauf kennen, um diesen Verdacht von vornherein ausräumen zu können. Wenn Sie den möglichen Handel mit Babys meinen, finden Sie in mir einen unerbittlichen Verfolger.«

Als Rabe das triumphierende Grinsen im Gesicht Wendlers bemerkte, zog er nach.

»Noch habe ich nicht zugesagt, Wendler. Sie müssen bedenken, dass ich keine Möglichkeit mehr habe, Ermittlungsakten einzusehen. Und dann ist da noch die Frage, wer die Ausbildung der Leute während meiner Abwesenheit durchführt. Und noch etwas. Wenn jemand von Ihnen glaubt, dass ich Rücksicht auf jemanden am Tisch nehme, muss ich Sie enttäuschen. Stellt sich heraus, dass Sie, Herr Kohland, Ihre Finger im Spiel hatten, werde ich Sie unerbittlich ans Kreuz nageln. Also, überlegen Sie sich gut, ob Sie mir die Aufgabe anvertrauen.«

7

Denise Rabe schob die Gardine wieder zurück, als sie den Wagen von Gordon in der Auffahrt erkannt hatte. Eigentlich viel zu früh, da er am Freitag um diese Zeit noch die Nahkampfausbildung für die Mitarbeiter durchführte. In ihr breitete sich ein ungutes Gefühl aus, das eine mögliche Verletzung, sogar eine Entlassung einschloss. Gordon bemerkte die innere Anspannung bei ihr, als er die Tür öffnete und Denise in der Diele vorfand. Er legte die Tasche ab und schloss sie fest in die Arme. Während er ihr über das Haar strich, sorgte er dafür, dass sie erleichtert aufatmen konnte.

»Nein, Schatz, es ist nichts passiert. Beruhige dich. Dass ich heute früher komme, hat mehrere Gründe. Zuerst wollte ich dich mit diesen Blumen überraschen.«

Es grenzte schon beinahe an Zauberei, als er den kleinen, aber feinen Blumenstrauß hinter dem Rücken hervorholte. Er hielt die duftenden Blüten neben ihr Gesicht.

»Ein schönes Bild – du neben diesen Blumen. Noch immer überstrahlst du sie.«

»Wo holst du immer diese Sprüche her, du Verführer? Was willst du denn heute damit kaschieren? Raus mit der Sprache. Ich kenne deine Maschen ganz genau.«

Mit breitem Grinsen überging Gordon die Frage und küsste sie spontan. Das Geräusch von Schritten im Hintergrund ließ beide zur Küche blicken. Ohne sich um die Eltern zu kümmern, marschierte Sohn Jonas schnurstracks zum Kühlschrank und griff nach dem Puddingbecher. Erstaunt blickte er in Gordons Gesicht, als der ihm die süße Speise aus der Hand nahm und wieder zurückstellte.

»Damit musst du dich heute nicht abfinden, Großer. Ich möchte euch zwei zum richtigen Essen einladen. So mit allem zick und zack.« Er kniff seinem Sohn ein Auge zu. »Zieht euch was Hübsches an und dann gehts ab mit uns. Das Restaurant dürft ihr euch aussuchen.«

Erstaunt wich Gordon zurück, als Denise die Kühlschranktür wieder öffnete und den Puddingbecher ergriff. Sie drückte ihn Jonas in die Hand und tätschelte seine Wange. Ihre Worte waren mehr an ihn gerichtet, als sie die Aktion begründete.

»Dein Vater ist ein Schatz, mein Lieber. Doch er sollte sich besser mit deiner Mutter absprechen, bevor er uns mit solch tollen Überraschungen überfällt. Er konnte ja nicht wissen, dass ich uns dreien für heute Pizzateig aufgetaut habe, den wir später gemeinsam belegen und mit einem guten Tropfen genießen wollen. Aber ...«, nun wandte sie sich wieder Gordon zu und stieß ihm den Zeigefinger vor die Brust, »... aufgeschoben ist nicht aufgehoben. Und jetzt möchte ich die wirklichen Gründe für dein frühes Erscheinen und deine Großzügigkeit kennenlernen. Raus damit!«

Jonas hatte sich bereits mit der Süßigkeit auf den Weg gemacht. Seine Zimmertür schlug zu, als Gordon Denise zum Küchentisch führte und sie auf einen Stuhl drückte. Erst als er ihr gegenüber Platz genommen und sich ein Glas Wasser geholt hatte, klärte er sie auf.

»Heute gab es einige Überraschungen, die mit einer kleinen Sonderzahlung begannen. Kohland hat mir eine Aufgabe anvertraut, die ihm ein größeres Sümmchen wert schien. Da ich das wohl recht schnell erledigt haben werde, habe ich den Auftrag angenommen.«

»Klingt bis jetzt ganz gut. Wo ist der Haken?«

»Es gibt keinen, Liebes. Ich will es dir erklären.«

Ausführlich stellte Gordon die Situation dar, vergaß aber nicht, zu erwähnen, dass alles geheim bleiben musste. Wenn er glaubte, Denise mit der sachlichen Darstellung beruhigt zu haben, wurde er augenblicklich enttäuscht. Ihre Augen zeigten plötzlich die Härte, die er nach dem Ausscheiden aus dem Polizeidienst niemals mehr hatte sehen wollen. Sie schockierte ihn mit ihren Worten.

»Ich glaube es einfach nicht. Das kann nicht sein. Als du vor über vier Jahren den Dienst quittiert hast, war da ein Versprechen. Erinnerst du dich?«

»Liebes, natürlich erinnere ich mich, aber das ist doch etwas ganz anderes. Ich werde ...«

»Nichts ist daran anders. Du willst dein Wort brechen, uns niemals wieder in Gefahr zu bringen. Jetzt willst du wieder in den Sumpf hinabsteigen, in dem sich Mörder, Entführer und Vergewaltiger herumtreiben. Dir ist es egal, ob deine Familie in die Sache hineingezogen wird. Gib das Geld zurück und halte dein Versprechen. Mehr verlangen wir gar nicht von dir. Wir haben das Geld nicht nötig, es geht uns doch gut.«

Gordon konnte seine Enttäuschung nur schlecht verbergen, stand jedoch auf und zog Denise an seine Brust.

»Natürlich hast du recht, wenn du mich an mein Versprechen erinnerst. Daran gibt es nichts zu rütteln. Doch gib mir die Chance, das Ganze in ein Licht zu rücken, das die Ungefährlichkeit erklären kann. Darf ich? Bitte, Denise, hör mir nur fünf Minuten zu.«

Während sie ihre Ablehnung weiter durch einen strafenden Blick dokumentierte, setzte sich Denise, kreuzte die Arme vor der Brust und wartete auf seine Erklärung.

»Es gibt keine Mörder. Niemand wurde bisher getötet. Wie ich dir schon schilderte, entstand der Verdacht, dass Kohland seine Hände im Spiel haben könnte. Das scheint mir jedoch absolut unlogisch, da er sich selbst damit unnötig belasten würde. Ich gebe zu, dass er ein mieser Kerl ist, der sich derzeit seiner Verantwortung als leiblicher Vater des fehlenden Kindes entziehen will. Aber ich kann nicht mitansehen, wenn er möglicherweise für eine Tat bestraft werden soll, die er nicht begangen hat – nicht begangen haben kann. Doch es könnte möglicherweise gegen ihn ermittelt werden, was der Öffentlichkeit nicht verborgen bliebe. Selbst wenn sich seine Unschuld herausstellt, wird sein Ruf als Geschäftmann für immer beschädigt sein.«

»Das hat er dann auch verdient«, meinte Denise einwenden zu müssen.

»Da sind wir einer Meinung, Schatz. Doch an seinem Ruf hängt auch eine Firma, Aufträge und somit auch Arbeitsplätze von Mitarbeitern. Meiner ist da ebenfalls bei. Und etwas gibt es, was mich noch mehr in meiner Entscheidung bekräftigte. Ein neugeborenes Kind verlor die Mutter, umgekehrt weint eine Mutter um das Kind, das sie fast neun Monate unter ihrem Herzen wachsen spürte. Du bist selbst Mutter. Schließe die Augen und versetze dich in die Lage dieser Frau.«

Gordon legte hier eine Pause ein und beobachtete Denise, deren Gesicht bei den letzten Worten entspannter, fast traurig wirkte. Er fuhr fort, bevor sie sich äußern konnte.

»Ich habe es dir noch nicht erzählt, doch weiß ich aus ernstzunehmender Quelle, dass es einen ähnlichen Fall gab, kurz nachdem ich damals aus dem Dienst ausgeschieden bin. Jemand hatte eine Mutter entführt und sie nach einer sachgemäßen Entbindung irgendwo abgelegt. Das Kind hat man bisher nicht finden können, verwertbare Spuren gab es nicht. Was will ich dir damit sagen, Denise?«

»Ich weiß es, Gordon. Ich weiß es natürlich. Du denkst, dass es sich wiederholen wird und noch mehr Kinder ohne die leiblichen Eltern aufwachsen werden. Hast du aber auch daran gedacht, dass es den entführten Babys nicht unbedingt schlecht gehen muss? Könnte es nicht sein, dass sie zu Leuten kommen, die sich sehnlichst ein Kind wünschen, es aber nicht gebären können? Diese Menschen werden das Kind als das ihre angenommen haben und es fürsorglich großziehen. Das Kind, von dem du sprichst, ist mittlerweile mindestens vier Jahre bei den Menschen, die es als Eltern ansieht. Was wird geschehen, sollte man es aufspüren? Hast du auch an die Menschen gedacht, denen man es wegreißen müsste?«

Gordon war nicht unbedingt glücklich darüber, wie sich ihre Diskussion entwickelte. Denise hatte er berührt und zum Nachdenken gebracht. Trotzdem hatte sie ihm die grausame Alternative vor Augen geführt, die in den schlimmsten Vorstellungen ebenfalls existierte. Doch es betraf nur dieses eine Kind. Wichtig war, dass solche Fälle niemals wieder eintreten durften. Er war und blieb Polizist.

»Hast du auch die hässliche Seite dieser Entführung bedacht? Mal ganz abgesehen davon, dass du der leiblichen Mutter lebenslang andauernden Schmerz zumutest, da sie niemals wissen wird, ob ihr Baby überhaupt noch lebt? Eine Ungewissheit, die dich innerlich töten kann. Die Welt ist nicht schwarz oder weiß, Schatz. Es gibt diese verdammt grausame, graue Welt da draußen. Man stiehlt heute auch Kinder jeden Alters, um sie Pädophilen zuzuführen. Hast du mich verstanden, Denise? Auch das ist traurige Wahrheit. Und für mich zählen beide Zustände als die, die es zu bekämpfen gilt.«

»Ich verstehe dich, Gordon. Auch ich hasse diese Verbrecher, die so was tun. Aber dafür ist die Kripo da. Du hast genug getan, um die Welt von den Bestien zu befreien. Du kannst sie nicht alleine retten. Deine Kollegen kümmern sich bestimmt mit gleicher Inbrunst. Denke an Kai, Leonie, Mia und Dino. Die hast du ausgebildet und ihnen deinen Geist eingegeben. Lass es endlich gut sein.«

Denise streckte Gordon bittend die Hände entgegen und zog ihn zu sich. Er kniete vor ihr und legte seinen Kopf in ihren Schoß. Lange hielten sie so inne, bis Denise die erlösenden Worte aussprach.

»Versprichst du mir, dass du vorsichtig bist und dich nicht in Gefahr begibst? Versprichst du uns, deiner Familie, dass du nur Erkundigungen einholst und deine ehemaligen Kollegen benachrichtigst, wenn es darum geht, die Verantwortlichen zu verhaften und zu bestrafen? Ich würde es nicht ein weiteres Mal überstehen, wenn du dich wieder in der Gewalt von solchen Bestien befinden würdest. Ich kann es sowieso nicht verhindern, dass du deiner Natur folgst und gegen das Böse kämpfst. Doch ich bin müde geworden und schaffe es nicht mehr, mit dieser Ungewissheit zu leben, ob du gesund zu uns zurückkehrst.«

Obwohl sich in Gordon Zweifel an seinem Versprechen ausbreitete, richtete er sich auf und suchte den Blick der Frau, die alles auf dieser Welt für ihn bedeutete. Aus den Augenwinkeln bemerkte er Jonas, der sich auf die Treppe im

Flur gesetzt hatte und sie beide mit ausdruckslosen Augen beobachtete. Gordon wusste, dass dieser autistische Junge das Gesagte in eigenen Gedanken verarbeitete, es nach seinen Maßstäben einordnete. Ein dankbares Lächeln über so viel Glück ließ ihn optimistisch in die Zukunft blicken. Sein Nicken signalisierte Denise, dass Gordon sich an sein Versprechen gebunden fühlte.

8

Helle Blitze tauchten vor ihren Augen auf, die sie spontan wegwischen wollte. Ein heftiger Schmerz, der beginnend in den Handgelenken durch ihren Körper raste, ließ sie die Augen aufreißen. Der folgende Schrei verhallte ungehört, warf nicht einmal ein Echo. Dafür spürte sie einen neu aufflammenden Schmerz, der jedoch von ihrem Unterleib auszugehen schien. In unterschiedlichen Abständen zogen sich die krampfartigen Wehen durch Körper und Geist, raubten Helga fast den Verstand. Mit einem Mal begriff sie, dass ihre Hände in metallenen Ringen am Kopfende des Tisches befestigt worden waren. Sie warf den Kopf hin und her, versuchte, ihre Umgebung wahrzunehmen. Neben dem unerträglichen Schmerz bemerkte sie lediglich das gleißend helle Licht, dass ein Scheinwerfer ausstrahlte, welcher auf den Bereich zwischen ihren gespreizten Schenkeln ausgerichtet war. Davor ein großes weißes Laken, das ihr die Sicht auf ihren Unterleib verwehrte. Doch sie spürte auch so, was sich dort abspielte.

Immer wieder diese Schübe, die ihr den Schweiß aus allen Poren trieb, sie fast ohnmächtig werden ließ. Doch da war noch etwas anderes. Eine Person zeichnete sich als milchigen Schatten gegen das Laken ab. Unschwer war das Profil eines Menschen erkennbar, eines Mannes. Immer wieder fühlte sie seine Hände auf ihrer Haut, seinen Atem, der ab und zu ihre nackten Schenkel streifte.

Wo bin ich? Was tut dieser Mann da? Mein Baby! Er nimmt mir mein Kind. Oh Gott, das darf nicht geschehen.

Schemenhaft entstand das Bild von Dr. Virchow vor ihren Augen, der die Untersuchung des Muttermundes vornehmen wollte. Doch das hier war nicht sein Praxisraum, es war nicht Dr. Virchow. Sie befand sich in einem leicht muffig riechenden Kellergewölbe, das ihr unvorstellbare Angst einflößte. Das hier war weder eine Praxis noch ein Krankenhaus. So hatte sie sich immer die Hölle in ihren Träumen vorgestellt. Die Stille, die nur durch ihre eigenen Schreie gestört wurde, sorgte dafür, dass ihr Körper bebte. Das Zittern war kaum noch zu kontrollieren. Nun endlich, nachdem eine kurze Schmerzpause eintrat, realisierte Helga, dass auch ihre Unterschenkel mit erhabenen Stützen verbunden waren. Sie war gezwungen, sich dem vor ihr sitzenden Mann in all ihrer Nacktheit zu präsentieren. Die Tränen, die sich lösten, waren nicht nur dem Schmerz geschuldet, sondern ebenso der Scham. Mittlerweile hatte sie es aufgegeben, sich aus der Fesselung befreien zu wollen. Sie wartete nur noch auf die nächste Wehe. Dr. Virchow wollte die letzte Untersuchung vornehmen, bevor er sie möglicherweise in die Klinik einwies. Doch wo war er geblieben. Der vor ihr sitzende Mann konnte unmöglich Dr. Virchow sein. Das war der Teufel persönlich, der sich ein Kind ... ihr Kind holen wollte.

Geh weg da. Nimm die Finger von meinem Jungen. Niemals werde ich ihn dir geben – niemals.

Wilde Gedanken rasten durch ihren Kopf, verfluchten den Menschen, der ihr das Liebste auf dieser Welt nehmen wollte. Verzweifelt riss sie wieder an ihren Fesseln und verstärkte dadurch nur die Erkenntnis über ihre Hilflosigkeit. Erschöpft fiel sie zusammen, um sich Sekunden später wieder unter einer Wehe aufzubäumen. Der Schrei prallte dumpf an den hölzernen Wänden und Regalen ab. Niemand würde sie hören hier unten im Vorhof zur Hölle.

»Wer bist du? Lass deine Finger von meinem Kind!«

Heiser stieß Helga Faßbender diesen Befehl aus, während die nächste Wehe durch ihren geschundenen Körper raste. Sie spürte die Veränderung in ihrem Leib, die Bewegungen des Kindes, die sie geißelten und ihr immer wieder erneute Schmerzen durch den Körper trieben. Vergessen war dieser Raum, die Situation, in der sie sich befand. Nur ein Gedanke beseelte sie noch: »Komm zu mir, mein Schatz. Bitte, lieber Gott, schenke mir einen gesunden Jungen.«

Minuten schlimmster Schmerzen schienen nicht enden zu wollen, bis sie endlich dieses befreiende Geräusch hörte. Er schrie sich die Seele aus dem Leib. Helga lächelte trotz der immer noch anhaltenden Beschwerden, die jedoch nicht vergleichbar waren mit dem, was sie zuvor hatte aushalten müssen. Ihr Blick war beinahe glücklich zur im Halbdunkel liegenden Decke gerichtet, sodass sie nicht die Spritze bemerkte, die das Narkotikum in den Schlauch presste, der in ihrer Armvene endete.

Sie waren wieder da, diese hellen Blitze. Helga Faßbender blinzelte, da sie nicht erneut in dieses grelle Licht des Scheinwerfers blicken wollte. Diesmal konnte sie ihre Hände schützend vor die Augen legen, ohne dass diese Stahlfesseln sie daran hinderten. Schemenhaft erkannte sie eine Anzahl von Personen, die um sie herumliefen und Anweisungen gaben. Rotweiße Uniformen, wohin sie auch blickte.

»Wo bin ich? Was tut ihr mit mir? Mein Kind – ich will mein Kind sehen.«

Mehr dachte Helga dies, als dass sie es verständlich für alle aussprach. Eine Stimme direkt an ihrem Ohr flüsterte ihr beruhigende Worte zu, die sie nicht zuordnen konnte.

»Alles wird gut. Wir bringen Sie jetzt erst einmal in ein Krankenhaus. Sie müssen versorgt werden. Nur noch etwas Geduld, dann befinden Sie sich in Sicherheit. Ich bin Katharina Schuko, die Notärztin. Ich kümmere mich um Sie, bis Sie in der Notaufnahme sind. Moment noch. Wir heben Sie jetzt auf die Trage. Ich drehe Sie nun auf die Seite und ... hopp, schon geschehen. Jetzt geht es ab in die Klinik. Es gibt lediglich einen kleinen Piks. Sie bekommen eine Salzlösung und ein Beruhigungsmittel. Los geht's.«

Helga ergab sich in ihr Schicksal und vergaß für einen Moment die Lage, in der sie sich befand. Eine wohltuende Ruhe kehrte bei ihr ein, obwohl um sie herum Stimmen waren, die sich mit ihrem Zustand zu beschäftigen schienen. Die überlaute Sirene vernahm sie aus weiter Ferne. Nach wenigen Minuten Fahrt spürte sie, dass ihre Trage durch lange Gänge geschoben wurden, um urplötzlich unter einer gleißend hellen Lampe zu verharren. Panisch schlug sie um sich, um diesem Licht entgehen zu können.

Er ist wieder da, dieser Teufel, und will sich mein Kind holen. Du wirst es niemals bekommen. Es ist aus meinem Fleisch und Blut.

Kräftige Arme versuchten, sie auf der Trage zu halten, Stimmengewirr machte deutlich, dass niemand auf diese Situation vorbereitet war. Kurze Zeit später drang wieder eine Substanz durch ihre Venen, die sie zur Ruhe zwang.

»Was war das denn?«

Dr. Schwabing, die heute die Notaufnahme leitete, stand vor der Patientin und stellte die Frage an die umstehenden Ärzte und Rettungssanitäter. Katharina Schuko, die die Erstversorgung durchgeführt hatte, nahm ihre Kollegin zur Seite.

»So richtig kann ich das nicht erklären. Doch die Patientin scheint unter Schock zu stehen. Keiner von uns weiß, was sie durchgemacht hat, bevor man sie unter der Autobahnbrücke abgelegt hat. Fakt ist, dass sie eine Entbindung hinter sich hat, die sogar von einer Fachkraft durchgeführt wurde. Selbst die Plazenta wurde entfernt und die Patientin recht ordentlich nachversorgt. Die Nachricht, wo wir sie finden würden, kam über eine anonymisierte Nummer. Wir waren schnell da, um ihr zu helfen. Ein Rätsel bleibt natürlich, was mit dem Baby geschah, das sie mit Sicherheit geboren hat. Wäre es eine Totgeburt, hätte man das Kind doch bestimmt danebengelegt. Ich gehe davon aus, dass es gesund ist und sich nun in fremden Händen befindet. Ich werde jetzt sofort die Kripo informieren, damit die tätig werden können. Jetzt müsst ihr nur noch herausfinden, warum sie so dermaßen panisch reagiert.«

Dr. Schwabing nickte verstehend und wandte sich wieder der Patientin zu. Mit fachmännischem Blick kontrollierte sie den Körper von Helga Faßbender und wirkte zufrieden.

»Bitte bringt die Patientin in ein etwas abseits liegendes Einzelzimmer auf die Wöchnerinnenstation. Sie braucht aber absolute Ruhe und darf keinen Kontakt zu anderen Patientinnen haben. Und bitte noch nicht mit der Reinigung beginnen. Mir scheint, dass wir es hier mit einem Verbrechen zu tun haben und die Polizei noch mögliche Spuren sicherstellen will. Die werden wahrscheinlich jemanden aus der Rechtsmedizin vorbeischicken. Ich kann derzeit keine körperlichen Schäden feststellen. Was es mit der Psyche angestellt hat, werden die Kollegen aus der Fachabteilung diagnostizieren müssen. Bitte denen einen Nachricht zukommen lassen. Ihnen, Kollegin Schuko, vielen Dank für die schnelle Hilfe.«

9

Mias zaghaftes Klopfen war im Zimmer kaum vernehmbar, sodass auch von drinnen keinerlei Reaktion erfolgte. Entschlossen öffnete Leonie, die sich an Mia vorbeidrängte, die Tür des Krankenzimmers und lugte um die Türkante. Noch immer hatte keiner der beiden Personen, die sich engumschlungen hielten, erkennen lassen, dass sie die Besucher registriert hatten. Erst Leonies Räuspern ließ zumindest den Mann hochschrecken. Er löste die Arme von der Patientin und richtete sich vor dem Bett auf.

»Wer sind Sie? Das ist bestimmt das falsche Zimmer.«

Zögernd bewegte sich der Mann mit dem fast weißblonden, schütteren Haar auf die beiden Beamtinnen zu, wohl mit dem Vorhaben, sie aus dem Raum zu drängen. Er stockte, als er auf den Dienstausweis blickte, den ihm Leonie wortlos unter die Nase hielt. Fast hilflos irrte sein Blick zum Bett, wo sich Helga Faßbender aufgerichtet hatte und nun in einer Sitzposition das Geschehen beobachtete.

»Rainer, lass die Damen ruhig rein. Ich nehme an, dass sie von der Polizei sind. Würdest du ihnen einen Stuhl anbieten?«

»Das ist wirklich nicht nötig, Frau Faßbender. Wir möchten nicht länger stören, als es unbedingt nötig ist. Nur ein paar Fragen, damit wir möglicherweise wichtige Anhaltspunkte sehr früh erhalten. Das hier ist meine Kollegin

61

Richter, mein Name ist Oberkommissarin Felten. Wir sind von der örtlichen Mordkommission.«

»Mordkommission? Wieso kommen Leute von der Mordkommission zu meiner Frau?«, ereiferte sich Rainer Faßbender und verstärkte gegenüber den beiden Beamtinnen den Eindruck einer absoluten Hilflosigkeit. Seine Schultern sanken noch mehr ein und ließen seine Verzweiflung erkennen. Erst als Helga Faßbender ihn am Hemdzipfel zurückzog, trat er in den Hintergrund. Sie übernahm das Gespräch und suchte die Hand ihres Gatten, der nun beruhigter wirkte. Leonie fiel sofort auf, dass er nur selten in der Lage war, irgendjemandem direkt in die Augen zu sehen. Auf die Partnerinnen machte er den Eindruck eines ängstlichen Welpen, der jederzeit einen Angriff erwartete. Seine Frau dagegen strahlte erstaunlicherweise eine fast beängstigende Selbstsicherheit aus, was umso erstaunlicher wirkte, wenn man bedachte, was gerade hinter ihr lag.

»Ich muss zugeben, dass auch ich etwas erstaunt darüber bin, dass uns Beamte der Mordkommission aufsuchen. Bedeutet das etwa, dass ...?«

»Nein, nein, Frau Faßbender, wir haben Ihr Kind noch nicht gefunden. Dass wir für Ihren Fall abgestellt wurden, liegt darin begründet, dass zumindest eine Tötungsabsicht vorliegen könnte. Ich möchte Sie nicht unnötig beunruhigen, aber wir dürfen eine solche Möglichkeit nicht von vornherein ausschließen. Noch gehen wir davon aus, dass alle Kinder noch leben.«

»Alle Kinder? Ich verstehe nicht. Wollen Sie damit sagen, dass es noch andere Kinder gibt, die man den Müttern wegnahm? Das ... das wäre ja entsetzlich. Was hat man mit meinem Jungen vor? Sagen Sie es mir. Lebt er noch?«

Leonie war sich im selben Moment, als sie es ausgesprochen hatte, bewusst, dass sie einen Riesenfehler begangen hatte. Mia hatte sie längst in die Seite gestoßen, da auch sie die Folgen der unbedachten Äußerung bemerkt hatte. Eigentlich waren die Fälle bisher noch nicht in der Öffentlichkeit in einem kausalen Zusammenhang dargestellt worden. Die Presse wurde absichtlich da rausgehalten, um Panik unter werdenden Müttern und der Bevölkerung im Allgemeinen zu vermeiden. Nun war es jedoch heraus und sie mussten sich erklären.

»Verstehen Sie das bitte nicht falsch, Frau Faßbender. Wir möchten mit keinem Wort darstellen, dass es sich um die sich wiederholende Tat desselben Entführers handelt. Bisher liegen uns lediglich die Meldungen über zwei vermisste Neugeborene vor. Ich wiederhole ganz bewusst das Wort *vermisst*. Bisher gibt es auch nicht den geringsten Hinweis darauf, dass man den Kindern ein Leid zugefügt hat. Nun ist es unsere Aufgabe, herauszufinden, wer und warum man Ihr Kind entführt hat. Dazu ist jeder noch so kleine Hinweis von Ihrer Seite nötig.«

Zwischenzeitlich hatte sich Rainer Faßbender näher an das Bett seiner Frau geschoben und seine dürren Arme um ihren Oberkörper gelegt. Mia konnte beobachten, dass dem Mann die Tränen in den Augen standen und er kurz vor einem Weinkrampf stand. Sie versuchte, die Situation dadurch zu retten, dass sie die erste Frage stellte.

»Fühlen Sie sich stark genug, um uns mit Ihren Worten zu schildern, was Sie erlebt haben? Uns geht es konkret darum, zu erfahren, was sich nach dem Eintreten in den Untersuchungsraum Ihres Gynäkologen zutrug. Bisher wissen wir lediglich, dass Sie zur Untersuchung bei Dr. Virchow waren und dass man Sie unter dieser Autobahnbrücke fand. Bitte noch einmal: Jedes Detail kann wichtig sein, mag es Ihnen noch so belanglos erscheinen.«

Helga richtete ihren Blick auf ihren Mann und begann, als der zaghaft nickte. Der Druck seiner Hand verstärkte sich, was Mia nicht entging. Anfangs zögernd erzählte sie:

»Dr. Virchow war sehr zufrieden und meinte, ich solle mir keine Sorgen machen wegen der Entbindung. Alles wäre normal und ich könnte meine Sachen fürs Krankenhaus ruhig schon zusammenpacken. Die gepackte Tasche stand allerdings schon seit Wochen bei uns zu Hause«, ergänzte Helga Faßbender mit einem gezwungenen Lächeln.

»Erst draußen auf der Straße hatte ich mich dazu entschieden, mich noch in den Park zu setzen. Das Wetter, wissen Sie? Es war traumhaft und ich wollte noch Sonne tanken, bevor ich wieder in die Wohnung musste. Wir haben weder Garten noch einen Balkon. Also ging ich in den Gervinuspark. Da ist es meistens ruhig, wenn nicht gerade die Jugendlichen dort rumtoben. Früher war das einmal ein Friedhof, wie man mir sagte. Nun ja, an dem Tag war es sogar ungewohnt ruhig. Möglicherweise lag es an den aufziehenden Wolken, denn man hatte im Wetterbericht von einer Gewitterfront gesprochen.«

Geduldig ließen Mia und Leonie die Abschweifungen über sich ergehen, warteten auf für sie wichtige Details.

»Sind Ihnen trotzdem Personen aufgefallen, die eigentlich dort nicht hingehörten? Hat Sie jemand über einen längeren Zeitraum beobachtet oder sogar angesprochen?«

Leonie versuchte, den Bericht weiter anzustoßen, indem sie gezielt fragte.

»Nein, da war niemand – wirklich. Deshalb meinte ich ja auch, dass es ungewohnt ruhig war. Es war, als hätte der Himmel alle Schleusen geöffnet. Der Regen kam von einer

Sekunde zur nächsten. Ich hatte natürlich wieder einmal keinen Schirm dabei und wollte hoch, um mich in der hinter dem Zaun liegenden Häuserreihe in einer Tür unterzustellen. Wohl wegen des Krachs habe ich nicht gehört, was hinter mir geschah. Jemand drückte mir einen Lappen auf Mund und Nase. Von da an weiß ich nichts mehr. Wach wurde ich dann auf dem Tisch in dem fürchterlichen Kellergewölbe.«

Mia machte sich Notizen und murmelte, sodass es nur Leonie verstehen konnte: »Die Bewohner müssen wir in der Straße befragen. Vielleicht hat jemand was gesehen. Man muss Frau Faßbender schließlich von dort wegtransportiert haben. Es muss doch auffällig sein, wenn jemand eine bewusstlose Person wegträgt. Ein Auto wird ja wohl nicht direkt im Park gestanden haben.«

»Fahren Sie fort, Frau Faßbender«, wandte sich Leonie wieder an die Patientin. Es war deutlich spürbar, dass Helga Faßbender an diesem Punkt die Fassung zu verlieren drohte. Zum ersten Mal mischte sich ihr Mann ein.

»Lassen Sie das jetzt. Sehen Sie nicht, wie meine Frau leidet? Sie ist noch nicht so weit, um die Geschehnisse im Keller zu beschreiben. Kommen Sie bitte ein anderes Mal wieder. Sie braucht jetzt Ruhe. Es muss für den Augenblick reichen, wenn Sie bedenken, dass sie den Mann, der uns das Kind nahm, überhaupt nicht zu Gesicht bekommen hat. Nicht einmal seine Stimme kann sie beschreiben. Sie hat es mir gesagt. Gehen Sie jetzt bitte.«

Um seine Aufforderung zu bekräftigen, erhob sich Rainer Faßbender und öffnete die Tür zum Krankenzimmer, in der im gleichen Augenblick Dr. Schwabing erschien. Ihr war die Verärgerung anzumerken, als sie auf Leonie und Mia zueilte.

»Was soll das hier werden? Erzählen Sie mir bitte nicht, dass Sie die Patientin zu dem Erlebten befragt haben. Das glaube ich jetzt nicht. Die Frau befindet sich in einem tiefsitzenden Trauma und braucht zwingend Abstand von dem Erlebten. Sie machen mit Ihrem Erscheinen vieles kaputt, was wir schon glauben, erreicht zu haben. Bitte verlassen Sie den Raum und sprechen Sie sich vor dem nächsten Besuch unbedingt mit mir ab. Einen guten Tag noch.«

»Was hältst du von dem Ehemann?«

Mia beobachtete Leonie dabei, als sie auf dem Krankenhausparkplatz bereits im Wagen saßen und über den Besuch nachdachten.

»Ein Trottel. Der hat bei der Frau nicht viel zu bestellen.«

»Das habe ich nicht gemeint, Leonie. Das weiß ich selber. Komischerweise ist das auch einer der Männer, die mich neben den aggressiven Machos dazu brachten, mich besser an Frauen zu halten. Ein solches Weichei möchte ich nicht neben mir wissen.«

Leonie konnte sich das Lachen nicht verkneifen und griff nach Mias Hand, die sie fest an ihre Wange drückte.

»Aber jetzt mal im Ernst, Leonie. Könntest du dir vorstellen, dass der bei der Entführung seines eigenen Kindes die Finger im Spiel haben könnte?«

»Nein ... definitiv nein. Der könnte nicht einmal ein Loch in den Schnee pinkeln ... wenn du weißt, was ich meine. Es wundert mich schon, dass der zur Zeugung fähig war. Nein, der Mann hat sich ehrlich auf den Nachwuchs gefreut und leidet ebenfalls unter dem Verlust. Ich hoffe, dass wir die Light-Variante erleben dürfen, in der die Babys vermutlich an Pflegefamilien verkauft werden. Ich verdränge den Gedanken einfach, dass man diese armen Wesen an Pädophile verhökert. Dann erleben die Würmer eine möglicherweise lang anhaltende Hölle.«

Mias Gesicht überzog nun eine Blässe, die Leonie Sorgen bereitete.

»Fahr los, Leonie. Mir wird schlecht.«

10

Mehr der Zufall wollte es, dass Gordon Rabe auf dem Weg in sein Büro dem Leiter der IT-Abteilung über den Weg lief. Er war schon fast vorbei, als er ihn einer Eingebung folgend am Arm zurückhielt. Erstaunen war auf dem Gesicht von Louis Coltair zu erkennen, als er die feste Hand des Neuen spürte.

»Entschuldigen Sie bitte. Wenn ich mich recht erinnere, ist Ihr Name Coltair und Sie leiten die IT. Ich wurde Ihnen ja damals bei einer Betriebsversammlung vorgestellt.«

Gordon reichte dem jungen Mann mit dem auffallend lang gewachsenen Kinnbart die Hand, die dieser freudig lächelnd ergriff.

»Darf ich Sie an Ihren Arbeitsplatz begleiten. Ich möchte mich endlich einmal mit der Sicherheitstechnik im Haus beschäftigen. Und da würde ich mich über kompetente Einweisung freuen. Können wir? Haben Sie überhaupt Zeit für mich?«

»Gar kein Problem. Ich glaube, mich erinnern zu können, dass Sie Rabe heißen. Jeder kennt Sie im Haus. Das liegt weniger an Ihrem Namen. Es ist Ihr Outfit, wenn ich mir das erlauben darf, zu erwähnen. Das ist schon sehr speziell, wobei ich Menschen mag, die anders sind und sich nicht in Schubladen pressen lassen. Man hat ja heutzutage nur noch mit Mitläufern zu tun, die sich anpassen, wo immer es deren Ansicht nach nötig scheint. Kommen Sie mit. Ich freue mich immer über Gesellschaft in meiner Höhle.«

Der Raum, in den Gordon geführt wurde, war vollgepackt mit Monitoren, Servern und sonstigem IT-Equipment, was Gordon in der Zeit seiner beruflichen Tätigkeit gemieden hatte, wann immer es möglich war. Doch hin und wieder kam er nicht darum herum, sich dieser Techniken zu bedienen, da die Kriminellen ebenfalls den digitalen Fortschritt für ihre Zwecke nutzten. Fast wäre er auf den um einen Kopf kleineren Mann aufgelaufen, als der plötzlich stoppte und nach dem Lichtschalter tastete.

»Oh, sorry«, rutschte es Gordon heraus.

»Kein Problem, Herr Rabe. Ich bin ja nicht aus Zucker. Übrigens dürfen Sie mich ruhig Louis nennen – alle im Haus tun das. Ihren Vornamen habe ich mir gemerkt. Gordon, wenn ich mich nicht irre. Macht es Ihnen was aus, wenn wir uns ...?«

»Kein Problem, Louis. Ich denke, dass wir uns des Öfteren sehen werden, und dann ist es sicherlich von Nutzen, wenn man sich besser kennt und du zueinander sagt. Hier atmest du also die Kellerluft.«

Gordon hatte das kleine Kellerfenster bemerkt, das jedoch kaum für einen intensiven Luftaustausch sorgen konnte. Eine Arbeitsstelle, die er selbst nicht hätte ertragen können. Er brauchte Luft und die Freiheit, Entscheidungen treffen zu können. Unvermittelt richtete Louis die Frage an Gordon, während er die Systeme hochfuhr, die nicht permanent mitliefen.

»Gibt es einen bestimmten Grund, warum du ausgerechnet jetzt das Sicherheitssystem kennenlernen möchtest? Bist du nicht in der Hauptsache für die Ausbildung und das Training der Sicherheitsleute zuständig?«

»Da hast du schon recht. Aber Herr Kohland war der Meinung, dass ich mich auch mal darum kümmern sollte. Er vermutet bei mir profunde Kenntnisse, was zumindest die defensive Cyberabwehr betrifft. Ich muss zugeben, dass ich mich damit nur am Rande beschäftigt habe. Auch wir bei der Kripo haben dazu unsere Spezialisten. Aber was soll's? Dümmer wird man schließlich nicht, wenn man seinen Horizont erweitert. Du darfst das jetzt nicht so verstehen, dass ich mich in die gesamte Systemtechnik einarbeiten möchte. Dazu fehlen mir der Grips und die Zeit. Aber bestimmte Techniken interessieren mich schon.«

»Und zwar ...?«

Gordon gefiel der unkomplizierte Umgang mit Louis, der nicht lange hinterfragte, sondern sofort zum Punkt kam. Er hatte mittlerweile vor einem überdimensionalen Monitor Platz genommen und klopfte einladend mit der schmalen Hand auf den Stuhlsitz neben sich. Augenblicke später ploppten vor Gordons Augen einige Fenster auf dem Bildschirm auf und zeigten nicht nur Räumlichkeiten, sondern auch Zahlenkombinationen, die für ihn als Laie keinen Sinn ergaben. Schnell fand er das Objekt der Begierde heraus und wies auf ein bestimmtes Bild. Louis wirkte irritiert.

»Was ist damit? Da gibt es erst ab fünfzehn Uhr was zu sehen. Dann haben wir Gäste aus Duisburg. Ich habe hier immer eine Liste, in der Besucher eingetragen werden. So kann ich gut verfolgen, wann sie kommen, wohin sie sich bewegen und wann sie wieder das Haus verlassen.«

Mit dieser Aussage hatte er Gordon am Haken und sein Interesse geweckt.

»Wenn ich dich richtig verstanden habe, kannst du nachvollziehen, wer wann und wo im Hause unterwegs war? Du könntest mir also jederzeit sagen, wie lange ich zum Beispiel gestern mit Kohland und dem Anwalt Sören Wendler im Besprechungsraum war. Richtig? Gibt es auch Tonaufnahmen davon?«

»Ja und nein, Gordon. Du musst wissen, dass eure Besprechungen bei mir nicht angemeldet waren und somit nicht aufgezeichnet wurden. Und dann noch etwas. Der Ton darf aus datenschutzrechtlichen Gründen nicht mitgeschnitten werden. Ich glaube nicht, dass es dir gefallen würde, wenn ich ...«

»Ja, ja, ich verstehe das gut«, unterbrach Gordon seinen neuen Freund. »Ich kann also davon ausgehen, dass dort zwischen etwa zehn und dreizehn Uhr keine Aufzeichnungen gemacht wurden. Richtig?«

»Moment. Da suche ich auf der zentralen Festplatte im Dateiarchiv. Du wirst sehen, dass ... Moment. Was ist das denn? Es wurde dort aufgezeichnet. Das kann eigentlich nicht sein. Davon hätte ich normalerweise wissen müssen.«

Gordon hatte nun Blut geleckt und rückte näher heran.

»Nehmen wir einmal an, dass jemand dort eine Unterhaltung mitschneiden, aber auch mithören möchte. Geht das auch ohne dein Wissen und ohne, dass man sich hier in der Leitstelle befindet?«

»Warum sollte das jemand tun? Aber egal. Es ist nur vom Büro des Chefs aus möglich. Er allein hat das Passwort für dieses System. Mir leuchtet jedoch nicht ein, warum er Aufnahmen von Sitzungen machen sollte, bei denen er selbst zugegen war. Und zum Ton muss ich sagen, dass das nur über die erweiterte Telefonanlage im Chefzimmer und beim Sekretariat theoretisch möglich ist. Die Anlage kann sogar mitschneiden. Ich persönlich finde das nicht so prickelnd, zumal es nach § 201 des Strafgesetzbuches unter Strafe steht. Warum interessiert dich das überhaupt?«

Gordon suchte nach einer Erklärung, die gegenüber Louis plausibel klingen konnte. Er glaubte, sie gefunden zu haben, und ging in einen verschwörerischen Flüsterton über.

»Wenn du mir versprichst, das vorerst für dich zu behalten, werde ich dir das anvertrauen.«

Es sah schon fast albern aus, als Louis die Finger zur Decke streckte und Gordon zuflüsterte: »Großes Indianerehrenwort. Ich schweige wie ein Grab.«

»Also. In Kürze werde ich die Aufgabe des Sicherheitsbeauftragten im Haus übertragen bekommen. Dann geht mein Aufgabenbereich wahrscheinlich über das Training der Sicherheitsleute hinaus. Ich denke, dass wir dann häufiger zusammenarbeiten werden.«

Man konnte es Freude nennen, die sich auf Louis' Gesicht ausbreitete. Es ging so weit, dass er seine Hand über die von Gordon legte und seine Augen fast wie die eines verliebten Jünglings die von Gordon suchten. Der wich erschrocken einige Zentimeter zurück und beeilte sich, an dieser Stelle mit einer weiteren Frage abzulenken.

»Hör zu, Louis. Genau zu der angegebenen Zeit befand ich mich selbst in dem Raum und dabei fiel mir die grüne Kontrollleuchte neben der Kamera auf. Wenn du die Aufnahme nicht gestartet hast, kann sie ja nur vom Chefzimmer aus gestartet worden sein. Ich bin deiner Meinung. Warum hätte er das tun sollen? Wenn ich dich richtig verstanden habe, genügt aber schon das Passwort, um die Aufnahmen starten und beenden zu können. Wurde tatsächlich aufgezeichnet oder lediglich beobachtet?«

»Moment, Gordon. Das haben wir gleich. Sieh hier. Die Aufnahme wurde gestartet, sollte aber sofort wieder gelöscht werden. Das kann aber nur ich von hier aus manuell starten. Mach ich es nicht, muss man auf den automatischen zeitlich festgelegten Löschvorgang warten. Und wo wir gerade dabei sind. Einen Tag vorher wurde im gleichen Raum schon einmal gefilmt. Allerdings hat derjenige das Löschen gar nicht erst versucht. Einen Augenblick noch, dann können wir uns das ansehen.«

Wie ein geübter Virtuose ließ Louis seine Finger über Schalter und Hebel wandern, bis endlich die Aufnahme vor ihnen auf dem Bildschirm zu sehen war. Gordon hielt für einen Moment den Atem an und ein belustigtes Lächeln erschien auf seinen Lippen.

»Sieh mal einer an. Wenn das nicht meine beiden ehemaligen Kolleginnen aus dem Präsidium sind. Hör mal, Louis, ich muss mich jetzt beeilen, um zum Chef zu kommen. Kannst du mir auf die Schnelle eine Kopie ziehen? Ich schau mir das später an.«

»Ich weiß nicht, Gordon, ob ich das so einfach darf. Noch bist du ja offiziell kein Sicherheitschef.«

Gordon wusste gar nicht, dass er überhaupt in der Lage war, einen solchen Dackelblick zu produzieren. Zumindest reichte er aus, um Louis alle Zweifel über Bord werfen zu lassen. Fünf Minuten später hielt er einen Stick in den Händen. Als er sich dem Ausgang näherte, holte ihn die Bemerkung des Technikers ein: »Wenn du mal Zeit und Lust hast, würde ich mich darüber freuen, wenn wir mal zusammen was Trinken gehen könnten. Ich lade dich natürlich ein.«

Ohne eine konkrete Antwort zu geben, hob Gordon nur die Hand zum Gruß und beeilte sich, den Verehrer hinter sich zu lassen. Für heute hatte er schon vieles über versteckte Netzwerke und sexuelle Ausrichtungen der Mitarbeiter innerhalb der Firma in Erfahrung bringen können. Nun war er gespannt darauf, herauszufinden, was Kohland vonseiten der Kripo vorgeworfen wurde.

11

Hauptkommissar Kai Wiesner hatte, ohne dass es ihm wirklich bewusst wurde, die Pose seines Vorgängers im Amt übernommen. Abgesehen davon, dass er eine Glatze besaß, ähnelten sie sich im kräftigen, sportlichen Körperbau. Würde man lediglich den Schatten sehen, könnte keiner den Unterschied feststellen. Dennoch befand sich Wiesner noch in der Phase, in der er sich der Verantwortung gegenüber seinen Mitarbeitern bewusst werden musste. Schon mehrfach hatte man die ungewöhnlich schnelle Auffassungsgabe Gordons vermisst. Seine immense Erfahrung hatte es ihm einfacher gemacht, Entscheidungen zeitnah und gezielt herbeizuführen. Nachdenkend stand Kai Wiesner am Fenster seines Büros und blickte auf den regen Verkehr hinab, der sich am gegenüberliegenden Gerichtsgebäude vorbeibewegte. Kai hatte schnell gemerkt, dass er genau so am besten abschalten konnte. Die Ruhe hielt nicht lange an. Das Telefon holte den Hauptkommissar zurück in die Realität.

»Habe ich dich von der Toilette geholt, oder musstest du erst deinen Donut runterschlucken, Kai. Wie geht es dir?«

Tatsächlich musste Kai erst die Überraschung verdauen, was zu einer kleinen Pause führte, die Gordon ihm zugestand.

»Was treibt dich denn an, mitten am Tag hier anzurufen? Langeweile? Wir hatten doch erst vorgestern zu Hause telefoniert. Willst du etwa die Grillparty absagen, zu der du uns alle eingeladen hast? Wage das bloß nicht. Leonie hat schon für Jonas was eingekauft. Sie will den Jungen überraschen. Aber mal im Ernst, Gordon, ist was passiert?«

»Mach dir keine Sorgen, Kai. Das mit der Party ist beschlossene Sache und bleibt so, wie wir es verabredet haben. Ich wollte eigentlich mit dir ein Gespräch, irgendwie inoffiziell. Hast du Zeit?«

Lange musste sich Gordon gedulden, bis Kai endlich die Sprache wiedergefunden hatte. Seine Stimme wirkte verändert, als er sich wieder meldete.

»Meinst du damit, dass du mit mir über dienstliche Angelegenheiten reden möchtest, von denen niemand wissen darf. Gordon, gerade du müsstest doch am ehesten wissen, dass ich ...«

»Ich weiß, Kai, ich weiß, was du mir sagen willst. Doch ich werde dich damit nicht in eine Zwangslage bringen, versprochen. Wir könnten uns gegenseitig dabei helfen, weitere Verbrechen zu verhindern. Ich will es dir schon jetzt offen sagen, dass es um die entführten Babys geht. Ich kann es dir am Telefon schlecht erklären, wie die Dinge zusammenhängen. Können wir uns treffen? Wenn du nein sagst, nehme ich es dir nicht übel, allerdings wäre es schade. Sage es mir einfach frei raus – ja oder nein?«

Nur zögernd kam das gemurmelte Ja durch die Leitung und ließ Gordon erleichtert aufatmen.

»Ich danke dir, Kai. Du wirst es nicht bereuen. Um acht in der Amphütte? Geht das, oder möchtest du lieber woanders? Von mir aus auch im Stadtpark, so wie zwei Geheimagenten bei einem konspirativen Treffen auf der Parkbank.«

»Ich lach mich gleich kaputt, Gordon. Du hattest schon bessere Gags drauf. Aber wenn du schon davon sprichst, ist mir die Parkbank hinter dem Sheraton direkt am Teich lieber. In der Amphütte kennen uns zu viele Leute. Du erkennst mich am grauen Schlapphut und der Pfeife im Mund.«

Gordon war glücklich darüber, dass sein alter Freund und Nachfolger seinen Humor noch nicht vollends verloren hatte. Nach einem knappen Gruß beendete er das Gespräch und machte sich auf den Weg zum Sekretariat.

»Kann ich Ihnen helfen, Herr Rabe? Der Chef ist heute nicht im Hause. Ich dachte, das wüssten Sie.«

Gordon schloss die Tür hinter sich, blieb mit dem Rücken zur Tür wortlos stehen und richtete seinen Blick auf Siegrid Hermes, die sichtlich nervöser wurde.

Sie spürt, dass dieser Besuch nicht zufällig stattfindet und ich als ehemaliger Polizist etwas damit bezwecke. Sie ahnt bereits, dass ich ihr auf die Schliche gekommen bin. In dem Punkt wird sie sich sogar sicher sein. Und nun rüstete sie sich, um möglichst keine Fehler zu machen, schätzt ihre Chancen ein.

Trotzdem überraschte sie Gordon damit, dass sie scheinbar im Angriff ihre beste Verteidigung sah.

»Ich weiß, es war ein Fehler, Herr Rabe. Doch so einfach soll er nicht davonkommen, der feine Herr.«

Siegrid Hermes setzte sich mit einem tiefen Seufzer auf ihren Stuhl und wartete ab, bis sich auch Gordon Rabe einen Platz an die Fensterbank gelehnt gesucht hatte. Für ihn war es eine alte Taktik, da so sein Gesicht im Schatten war und seine Mimik verborgen blieb. Erst als Siegrid Hermes weiter schwieg, stellte er die erste Frage.

»Warum, Frau Hermes? Ich habe mir in der Personalabteilung Ihre Akte angesehen. Nichts, aber auch gar nichts haben Sie sich in den vierundzwanzig Jahren zuschulden kommen lassen. Sie arbeiteten schon unter dem Seniorchef hier und haben dem Unternehmen stets treu gedient. Was bringt eine solche Mitarbeiterin dazu, ihren Chef zu bespitzeln? Sagen Sie es mir.«

»Ich werde die Konsequenzen ziehen und kündigen. Es ist geschehen und ich kann, nein, ich will es nicht rückgängig machen. Ich würde es immer wieder tun.«

Gordon löste sich von der Fensterbank und näherte sich der Frau, die mit zusammengezogenen Schultern fast hinter dem Schreibtisch verschwand. Die Tränen standen im krassen Widerspruch zu den entschlossen zusammengepressten Lippen, die ihre endgültige Kapitulation bekanntgegeben hatten. Er setzte sich ihr genau gegenüber und versuchte, sie mit einer wärmeren Stimme zu beruhigen. Weit vorgebeugt richtete er sein Wort an sie.

»Hören Sie, Frau Hermes. Bisher weiß nur ich von Ihrem Tun. Mir ist nicht daran gelegen, Ihnen den Job zu nehmen oder überhaupt Schaden zuzufügen. Meine Aufgabe ist Ihnen ja nach Ihrer Spionage hinlänglich bekannt. Ich soll die Unschuld Ihres Chefs bestätigen – das wissen Sie. Um das zu beweisen und um den wahren Schuldigen finden zu können, brauche ich Hintergrundwissen. Ich stehe noch am Anfang und bitte Sie ... Ja, Sie hören richtig, Frau Hermes ... ich bitte um Ihre Hilfe.«

Als hätte er sie um ein Rendezvous gebeten, weiteten sich ihre Augen und ein Funke Hoffnung blitzte darin auf. Sie wiederholte ungläubig die Frage, sodass Gordon sie frühzeitig unterbrach.

»Sie brauchen meine Hilfe? Wie kann ich die Unschuld dieses Teufels beweisen? Er hat die Unwahrheit gesagt, Herr Rabe ... die Lüge ist ihm ganz leicht über die verdammten Lippen gekommen. Er gehört dafür in die Hölle.«

»Beruhigen Sie sich bitte, Frau Hermes. Hören Sie mir jetzt genau zu, denn es ist sehr, sehr wichtig, dass Sie mir jetzt die Wahrheit sagen. Wissen Sie, wo sich Ihr Chef am 17. September zwischen 12 Uhr mittags und 17 Uhr befand. Gibt es da Notizen, Kalendereintragungen, Besprechungstermine oder sonst was? Bitte denken Sie nach.«

»Das ist mir völlig egal. Herr Rabe. Er trägt die eigentliche Schuld daran, dass dieses Kind verschwand. Wäre er offen gewesen und hätte er sich zu Kind und Mutter bekannt, wäre das möglicherweise nicht geschehen. Das tut man nicht, was er dieser Frau antun will. Basta.«

Gordon spürte, dass er hier eine andere Taktik fahren musste, da sich in dieser großherzigen Frau ein gewaltiger Hass angestaut haben musste, der von der Vorstellung genährt wurde, dass sich ein Vater zum Kind bekennen sollte. Inwieweit die Untreue eine Rolle spielte, konnte er zu diesem Zeitpunkt noch nicht beurteilen.

»Wie ich las, kennen Sie die Chefin auch recht gut. Wie würden Sie diese Frau beschreiben wollen? Gutherzig, fürsorglich, oder ist sie Ihrer Meinung nach keine gute Ehefrau? Sagen Sie es frei heraus. Es bleibt nur zwischen uns beiden.«

Es forderte bei Gordon viel Geduld ein, auf ihre Antwort zu warten. Endlich kam es zögerlich über ihre Lippen.

»Frau Kohland-Schleidig ist kalt. Das gebe ich zu. Das hat sie von ihrer Mutter. Herr Schleidig war immer freundlich und gutherzig. Nein, sie besitzt bestimmt nicht das, was sich ein Mann von einer Frau wünscht. Das wusste dieser Mistkerl aber doch vorher. Trotzdem hat er nur das Geld dieser Familie und seine Karriere gesehen. Frau Stricker war nicht die erste Frau, mit der er sich eingelassen hat. Ich musste viele Jahre seine Lügen und Eskapaden decken. Hier und da gestattete er mir quasi als Wiedergutmachung einen freien Tag. Es war Schweigegeld. Aber glauben Sie nicht, Herr Rabe, dass es auch nur einmal ein DANKE gab. So was kennt der Mann nicht. Er nimmt nur und vergisst das Geben. Ich sagte schon, er ist ein Teufel.«

Noch immer kämpfte Gordon darum, dieser verzweifelten Frau den Unterschied klarzumachen zwischen Fremdgehen und der Entführung eines Kindes. Sie lebte derzeit innerhalb ihrer Rachsucht und wollte ihn ans Kreuz schlagen.

»Haben Sie ihn irgendwann einmal auf sein verwerfliches Tun angesprochen? Vielleicht hätten Sie ihn mit den passenden Worten von diesem Weg abbringen können. Es muss doch eine empfindliche Stelle auch bei ihm geben.«

Entschieden schüttelte Siegrid Hermes den Kopf und schockierte Gordon mit der Weisheit, über die er selbst schon oft nachgedacht hatte.

»Haben Sie schon einmal versucht, jemandem eine Brücke bauen zu wollen, der gar nicht auf die andere Seite will? Nein, der Mann kann nicht gegen seine Natur. Er braucht immer diese Bestätigung dafür, welch toller Hecht er doch ist. Irgendwann wird ihn mal eine eifersüchtige und vernachlässigte Frau erschlagen. Ich werde dann auf die Urne spucken. Haben Sie gehört? Ich werde darauf spucken.«

»Ich habe Sie verstanden, Frau Hermes, und kann Sie sogar teilweise verstehen. Doch hier geht es nicht darum, einen untreuen Ehemann zu bestrafen, sondern einen Kindesentführer zu entlarven. Ich möchte genau wie meine ehemaligen Kollegen verhindern, dass noch mehr Neugeborene ihre leibliche Mutter verlieren. Dagegen ist die Untreue eines Wichtigtuers fast Nebensache. Also noch mal. Können Sie mir sagen, wo sich Herr Kohland zur gefragten Zeit befand. Vergessen Sie einfach mal den Lebemann in ihm und helfen Sie uns, den richtigen Weg für die Suche zu finden.«

Wieder wurde Gordons Geduld auf eine harte Probe gestellt, bis Siegrid Hermes endlich ihren Computer aus dem Ruhezustand holte und den Kalender aufrief. Wortlos winkte sie Gordon um den Tisch herum und wies mit dem Finger auf das entsprechende Datum. Er atmete erleichtert auf und kniete sich neben die Sekretärin. Eine tiefsitzende Traurigkeit hatte sich in ihr ausgebreitet, als sie den Blick des ehemaligen Kripomanns erwiderte.

»Sie sind eine großartige Frau. Ihr Mann kann stolz auf Sie sein.«

»Ich bin ein wenig enttäuscht von Ihnen, Herr Rabe. Sie sollten nach Durchsicht meiner Akte eigentlich wissen, dass ich nie geheiratet habe. Sie sind ein raffinierter, ehrlicher Kerl mit einem großen Herzen. Gerne wäre ich in meinen jungen Jahren einem Mann wie Ihnen begegnet. Vielleicht wäre dann alles anders gelaufen. Und jetzt hauen Sie ab. Suchen Sie dieses Monster. Ich werde mit dem Scheißkerl da drüben schon zurechtkommen. Ich muss ihn nicht mögen, nur meinen Job machen.«

Ihr Blick hellte sich auf, als dieser große bärtige Mann in seiner so typischen Jeanskleidung ihre Hand nahm und einen Kuss darauf andeutete. Sie entriss ihm lachend die Hand und fuhr damit flüchtig durch seinen Bart. Noch lange war ihr Blick auf die Tür gerichtet, hinter der dieser Traummann verschwunden war.

12

Erst nach längerem Vorgeplänkel, das von privaten Ereignissen geprägt war, kam Gordon auf den eigentlichen Grund ihres Treffens. Sie hatten einen schattigen Platz auf einer Bank gefunden, die außerdem von Rhododendronbüschen umrahmt wurde und sie vor Blicken Fremder weitestgehend schützte.

»Es ist erstaunlich, dass unsereins immer wieder die Vergangenheit einholt. Mir scheint, dass uns sogar jetzt noch ein Ereignis zusammenführt, das sich mit der Welt des Verbrechens beschäftigt.«

Mit wenigen Worten beschrieb Gordon seinem Freund, was genau sein Chef Kohland von ihm erwartete und wie er selbst die Lage einschätzte.

»... glaube ich ihm sogar, dass er mit dem Verschwinden seines Kindes nichts zu tun hat. Er versucht lediglich, sich aus der Verantwortung gegenüber seiner Vaterschaft herauszulügen. In meinen Augen total bescheuert, da die ihm zweifelsfrei nachgewiesen werden kann. Seine stinkreiche Frau wird es sowieso irgendwann erfahren und möglicherweise Konsequenzen ziehen, die seine Zukunft komplett auf den Kopf stellen könnten. Es kann aber auch sein, dass sie es hinnimmt und versuchen wird, eine Abfindung auszuhandeln. Bei den Geldsäcken weiß man nie, wie sie in solchen Situationen reagieren. Sie ticken anders als wir. Doch das sollte nicht meine Sorge sein.«

Interessiert hatte Kai Wiesner zugehört und geschwiegen. Jetzt aber, als Gordon eine Pause einlegte, kam seine erste Äußerung.

»Ich habe verstanden, was der reiche Sack von dir will. Dem Kohland nachzuweisen, dass er in die Sache verwickelt sein könnte, dürfte nach dem heutigen Stand der Dinge tatsächlich sehr schwierig sein. Es liegt nichts gegen ihn vor, was wir verwenden könnten. Was also fürchtet er, zumal er ein Alibi für die Zeit hat? Da bliebe nur seine Rolle als möglicher Auftraggeber.«

»In erster Linie fürchtet er um seinen Ruf. Das dürfte klar sein. Doch will ich dir gegenüber ehrlich sein. Was aus dem Lebemann wird, interessiert mich nicht die Bohne. Doof wäre nur, wenn seine Frau querschießt und die Firmenexistenz gefährdet ist. Ich hörte, dass sie Familienkapital eingebracht hat und der Laden in Schieflage gerät, sollte sie das Geld herausziehen.«

»Dann wäre auch dein Job gefährdet, oder?«, bemerkte Kai lapidar.

»Scheiß auf meinen Job. Ich finde schnell was Neues, Kai. Aber da gibt es Menschen, die schon seit über fünfundzwanzig Jahren dort arbeiten. Aber lassen wir das. Kommen wir zur Sache.«

»Und die wäre?«, zeigte sich nun Kai sehr interessiert.

»Die Unschuld dieses Gecken zu beweisen, war eigentlich meine Hauptaufgabe, für die er mich nebenher beauftragt hat. Doch wir kennen uns gut und lange genug, dass du wissen wirst, was mich nun wirklich bewegt. Als ich hörte, dass da Kinder verschwanden, den Müttern einfach in den letzten Minuten ihrer Schwangerschaft weggenommen wurden, machte es Klick bei mir. Wie ich erfuhr, kümmert ihr euch um den Fall. Und da dachte ich mir, dass ...«

»... die Fälle, Gordon. Es geht hier nicht um eine Entführung, sondern um mindestens drei. Ich befürchte, dass es da eine Dunkelziffer geben könnte, weil den Müttern womöglich eine Totgeburt vorgegaukelt wurde.«

Selten genug passierte es. Aber diese Nachricht verschlug selbst Gordon die Sprache. Er erstarrte förmlich, als er das Gesagte realisierte. Schließlich schluckte er und wandte sich wieder an den Freund.

»Das ... das kann ich kaum glauben, Kai. Ich muss direkt an unseren damaligen Fall denken, bei dem Frauen entführt und zur Prostitution gezwungen wurden. Das war ja schon harter Tobak – aber wir sprechen hier über Neugeborene. Gibt es Hinweise auf globalen Babyhandel?«

Kai war nicht wohl in seiner Haut, als erneut dieses Thema an ihn herangetragen wurde, mit dem er sich schon seit geraumer Zeit beschäftigt hatte. Im Präsidium war bekannt, dass gerade Kai Wiesner es war, der sich gerne in Themenbereiche hineinarbeitete, die andere eher mieden. Dennoch wollte er gegenüber dem Freund damit nicht hinter dem Berg halten.

»Dieser Verdacht kam bei mir sofort auf, als ich vom dritten Fall hörte. Da musste ich gleich an einen Bericht denken, den ich vor Jahren in einem Magazin mehr durch Zufall las. Ich glaube, es war die Stadt Enugu in Nigeria, in der mafiöse Strukturen von Menschenhandel aufgedeckt wurden. Man mag es sich gar nicht vorstellen, dass dort in einem Krankenhaus eine Gruppe von Mädchen gefangen gehalten wurde, die in regelmäßigen Abständen von angeheuerten Männern und jungen Burschen geschwängert wurden. Man behielt dort sogar Frauen oder Mädchen gefangen, die lediglich eine Abtreibung vornehmen lassen wollten. Man zahlte ihnen für das

Kind, das sie schließlich doch austragen mussten, läppische 135 Dollar.«

»Moment, Kai«, unterbrach Gordon seinen Freund, »spielten die Ärzte dort alle mit? Das muss doch auffallen.«

»Ist es ja auch. Die Anwohner wurden misstrauisch, weil dort immer nachts reger Betrieb herrschte und Fahrzeuge von außerhalb vorfuhren. Bei einer Razzia fand man in dieser Babyfabrik zwanzig Frauen, die teilweise schon bis zu drei Jahre dort gegen Bezahlung Kinder austrugen. Das war aber nicht die einzige Babyfarm in diesem Land.«

»Was machen die mit den vielen Babys? Bei den Einwohnern selbst wird man doch kaum Abnehmer gefunden haben, da sie ja eigentlich kinderreich genug sind.«

»Das ist ja das Schreckliche an der Sache, Gordon. Man verhökert diese armen Würmer für bis zu dreitausend Euro an reiche Familien im In- und Ausland. Wenn ich mich richtig erinnere, flog die Klinik auf, weil man ein Ehepaar auf dem Weg nach Lagos mit einem gekauften Baby fassen konnte. Wie die das vor Ort mit den Papieren regelten, kann ich nicht sagen.«

Gordon brauchte seine Zeit, um das Gehörte zu verdauen, doch Kai legte schonungslos nach.

»Weißt du, Gordon. Selbst wenn die Kinder in gute Hände kommen, ist das schon schlimm genug. Ich darf nicht darüber nachdenken, was man sonst noch alles mit ihnen treibt. Selbst innerhalb von angeblichen Kinderheimen und Waisenhäusern wird dieser Babyhandel betrieben. Wenn ich dir die Begriffe Prostitution, Zwangsarbeit und Organhandel nenne, wirst du dir vorstellen können, was man mit den Kindern später noch alles machen kann. Wir sprechen weltweit über Milliarden, die diese Menschenhändler an den Kindern verdienen, indem sie das unsägliche Leid, das ihnen zugefügt wird, einfach hinnehmen.«

»Und du glaubst, dass man hier mitten in Deutschland so was Ähnliches betreiben könnte?«

Kai senkte den Blick, raffte sich jedoch auf und sah Gordon offen ins Gesicht.

»Beweise dafür haben wir noch nicht. Aber liegt der Verdacht nicht nahe? Sprechen wir über Adoptionen, liegt das Leid zum größten Teil bei den Frauen, denen das ersehnte Kind weggenommen wurde. Ich darf aber keinen Gedanken daran verschwenden, dass man die Kinder als Ersatzteillager benutzen könnte. Ich will erreichen, dass wir unsere Fälle hier zum Anlass nehmen, um zu überprüfen, ob es in Deutschland oder im europäischen Raum ebenfalls ein Netzwerk gibt für solche Menschenhändler.«

Gordon starrte in den verhangenen Himmel und schien schockiert das Ganze zu verarbeiten. Sicher, er hatte früher auch schon einmal von entführten Kindern gehört und einer seiner letzten Fälle, in dem es um Organhandel ging, hatte ihn gelehrt, dass der Mensch zu allem fähig war. Doch das Wegnehmen von Neugeborenen besaß für ihn eine verstörende und üble Dimension. Kai unterbrach seine Gedanken.

»Hättest du dir als kinderloses Ehepaar wirklich solche Gedanken gemacht, wenn dir ein Baby zur Adoption angeboten worden wäre? Du gehst doch davon aus, dass dieses Kind absolut legal von einer Mutter dazu freigegeben wurde. Mittlerweile gehe ich davon aus, dass es einen weltweit agierenden Handel mit der Ware Mensch gibt, wobei man selbst vor Babys keinen Halt macht. Im Fall Enugu ist das mal aufgeflogen. Wie hoch ist aber die Dunkelziffer?«

Kai sah auf die Uhr und wandte sich wieder an seinen Freund.

»Was genau stellst du dir darunter vor, wenn du von einer Zusammenarbeit sprichst. Du weißt selber, dass ich keine Ermittlungsergebnisse an Außenstehende herausgeben darf. Du bist jetzt ein Außenstehender, zumal du auch noch für jemanden tätig bist, den wir zum erweiterten Kreis der Verdächtigen zählen. Wie soll das laufen?«

»Verdammt, Kai. Was ist los mit dir? Denkst du wirklich, dass ich das an die große Glocke hängen würde? Wir könnten zusammen viel mehr erreichen, als wenn jeder für sich arbeitet. Wir waren in unserer Abteilung noch nie reine Paragraphenreiter. Hätten wir uns immer an die Gesetze gehalten, wäre uns so manche dieser Bestien durch die Maschen des Gesetzes gerutscht. Ich spreche hier nicht von Verrat, mein Lieber, doch ein Tipp hier und da kann sicherlich nicht schaden. Tun wir es für die Kinder. Sollten wir die einen oder anderen dieser Schweine bei den Eiern kriegen, erntest du die Lorbeeren. Ich bin außen vor und freue mich über deinen Erfolg. Also, was ist? Allerdings müssen Leonie und Mia Richter eingeweiht werden, da das sonst irgendwann rauskommt und die beiden nicht verstehen werden, warum sie nicht mitspielen durften. Sag ja ... bitte.«

Kai Wiesner suchte mit seinen strahlend blauen Augen den Himmel ab, als glaubte er verzweifelt, dort eine Antwort zu finden. Schließlich deutete ein tiefer Seufzer an, was Gordon erhofft hatte.

»Gut, Gordon, ich mache mit. Fliegen wir auf, musst du dafür sorgen, dass wir alle drei einen Job bei Kohland kriegen. Kriminalrat Kläver wird uns an die Luft setzen müssen, da selbst er das nicht decken kann. Wir telefonieren. Und vergiss bitte nicht, dass ich nach dem Grillen immer gerne einen kleinen Nachtisch zu mir nehme. Grüße Denise und Jonas von uns allen. Tschüss.«

Mindestens eine halbe Stunde blieb Gordon noch auf der Bank sitzen. Ihm wollten die Bilder von kleinen schwarzen Babys nicht aus dem Kopf gehen, die in fremde Arme gelegt wurden. Die Organentnahme wollte er sich gar nicht erst vorstellen. Seine Hände waren jetzt zur Faust geballt und seine Augen zeigten eine Härte, die man bei ihm nur aus Extremsituationen kannte.

Der Teufel soll euch holen, ihr Bestien.

13

»Ist er nicht bezaubernd, Oliver? Sieh dir nur dieses Grüb-
chen am Kinn an und diese strahlenden Augen. Ich bin so
glücklich und weiß gar nicht, wie ich Ihnen danken soll,
Frau Kühn.«

Tanja Teuschers Blick konnte sich nicht von dem kleinen
Wonneproppen lösen, den sie vor wenigen Minuten zum
ersten Mal in den Armen halten durfte. Das gütige Lächeln
ihres Mannes Oliver zeigte ihr deutlich, dass auch er schock-
verliebt in diesen süßen Wurm war. Sein Finger fuhr zärtlich
über die rosige Wange des Kleinen. Melanie Kühn, die einen
Schritt in den Hintergrund getreten war, beobachtete das
Ehepaar Teuscher zufrieden und tastete nun schon zum
wiederholten Male nach dem Geldbündel, das sie tief in ihre
Manteltasche geschoben hatte. Ein Geschäft, das sich auch
für sie als Vermittlerin besonders gelohnt hatte, da sich
Familie Teuscher sogar auf die Höchstkaufsumme eingelassen hatte. Andere Eltern handelten häufig mit ihr, obwohl
oder vielleicht auch, weil sie sich sicher waren, dass die Vermittlung weitestgehend illegal war. Melanie wusste, dass die
Teuschers schon Unsummen ausgegeben hatten für künst-
liche Befruchtungen, die jedoch nicht den Kinderwunsch
erfüllten. Jahre des Wartens hatten Sie bereits hinter sich
gebracht. Als sie von der Möglichkeit erfuhren, ein neugeborenes Kind auf anderem Weg zur Adoption erhalten zu

können, warfen sie sämtliche Skrupel über Bord und nahmen über das Darknet Kontakt auf. In Gedanken ging Melanie schon ihre Provisionszahlungen durch. In einem Monat zwei Babys – ein Zusatzverdienst, von dem sie endlich die langersehnte Urlaubsreise finanzieren konnte. Sie würde endlich Pietro wiedersehen können, den sie vor Jahren an der Amalfiküste kennengelernt hatte. Und was für sie ebenfalls zählte: Sie hatte zwei Menschen glücklich machen können. Sie ging einfach davon aus, dass auch dieser bemitleidenswerte Junge ein ungewolltes Kind war, das die Mutter gegen ein bescheidenes Entgelt freigegeben hatte. So war gewährleistet, dass diesen Kindern eine solide Zukunft in Aussicht stand. Einen anderen Gedanken ließ sie erst gar nicht zu.

»Die Adoptionsunterlagen, Herr Teuscher, liegen dort drüben auf dem Tisch. Ich habe Ihnen Ihre Originale des Gesundheits- und Führungszeugnisses, den Einkommensnachweis sowie Geburts- und Heiratsurkunde ebenfalls dazugelegt. Der Lebenslauf war zwar eingefordert, aber nicht unbedingt entscheidend. Bei einer normalen Adoption über ein Amt oder einen freien Träger wäre ihr häufiger Wechsel des Arbeitgebers sicherlich hinderlich gewesen. Wir sehen darin aber keinen so großen Hinderungsgrund für die Kindsübernahme. Für uns steht im Vordergrund, dass sie gemeinsames Glück erfahren.«

»Dafür sind wir Ihnen unendlich dankbar«, meldete sich Frau Teuscher zu Wort und wandte sich an Melanie Kühn. »Wie sehen Sie unsere Chancen, wenn das Jahr der Adoptionspflegezeit vorbei ist? Kann die Mutter dann das Kind immer noch zurückverlangen?«

»Machen Sie sich darüber keine Sorgen, Frau Teuscher. Sie haben eine Inkognito-Adoption, bei der die Herkunft des

Jungen nicht dargestellt wird. Ich garantiere Ihnen, dass das Kind auf jeden Fall bei Ihnen verbleibt. Sie sind ab sofort eine richtige Familie. Die endgültige Bestätigung erhalten Sie zeitig genug. Meinen herzlichen Glückwunsch. Und denken Sie daran, dass Sie den Kleinen nicht einfach umtauschen können, nur weil Sie ihn über das Internet gekauft haben. Bei Kindern gilt das 14-tägige Umtauschrecht nicht.«

Der strafende Blick beider Elternteile zeigte Melanie Kühn sofort, dass dieser Gag bei den Pflegeeltern nicht besonders gut angekommen war. Letztlich war es ihr auch völlig egal, was man über sie dachte. Aus den Augen, aus dem Sinn. Sie öffnete die Tür und begleitete die Teuschers aus der Wohnung, die sie in Kürze sowieso gegen eine größere tauschen würde. Die würde sie dann wieder über einen anderen Namen anmieten. Man hatte ihr zu diesen Wechseln geraten. Sie beeilte sich, um pünktlich zum nächsten Treffpunkt zu gelangen, der sich weitaus einfacher gestaltete. Kein Papierkram, dafür mehr Provision.

Die dunkelblaue Limousine vom Typ Jaguar parkte etwas zurückgesetzt unter einer immer noch dichtbelaubten Linde. Melanie, die in ihrem kleinen Golf das Gelände des Parkplatzes abfuhr, entdeckte den Wagen erst bei der zweiten Runde, als der Fahrer kurz aufblendete. Als sie ihren Wagen etwa fünf Meter weiter abstellte, entstieg der Limousine ein breitschultriger Riese, der seine osteuropäische Abstammung kaum verleugnen konnte. Nur langsam näherte er sich Melanies Golf, blickte sich jedoch ständig im Umfeld des Parkplatzes um. Witternd wie ein Raubtier kam er ans Fenster und beäugte Melanie argwöhnisch, die ihre Scheibe nur halb herunterkurbelte.

»Haben Sie die Rosen für meine Frau mitgebracht?«, knurrte ihr der Kerl entgegen, woraufhin Melanie als Erkennungszeichen erwiderte: »Dafür ist es schon zu spät.«

»Wo hast du die Ware? Ich habe dich vor zehn Minuten erwartet. Mach das bloß nicht noch mal mit mir. Dann ziehe ich dir sofort ein paar Kröten vom Kaufpreis ab. Also, was ist nun? Ich hoffe, die Bälger sind still und plärren nicht los. Im Kofferraum?«

Bevor Melanie die Chance hatte, auszusteigen und den Kofferraum selbst zu öffnen, sah das Muskelpaket bereits hinein. Seine Hand streckte sich aus, um den kleinen Obstkarton anzuheben, der komplett in Tücher gehüllt worden war. Ihre Hand drückte die des Mannes wieder zurück.

»Moment, mein Freund, immer der Reihe nach. Erst will ich das Geld sehen, bevor du die Kleinen übernimmst. Ohne Moos nix los – das kennst du doch sicherlich. Also, wo ist die Knete?«

Nachdem der Riese seine erste Überraschung überwunden hatte, lachte er fast lautlos, wobei jede Speckfalte an seinem Bauch in Bewegung geriet.

»Du gefällst mir. Du hast Eier in der Hose.«

»In diesem speziellen Punkt muss ich dich leider enttäuschen, Rübezahl. Aber mit mir fährt zumindest keiner Schlitten. Wenn du auch weiterhin mit Ware versorgt werden möchtest, halt dich an die Regeln und wir bleiben Freunde. Das Geld bitte!«

Mit einem gefährlichen Blitzen in den Augen blickte der Mann auf Melanie hinunter. Sie hatte Mühe, ihre tiefsitzende Angst vor diesem elenden Menschenhändler nicht zu offenbaren. Mutig stellte sie sich ihm entgegen, bis sich seine Finger um ihren Hals legten.

»Hör mir genau zu, du kleines Dreckstück. Versuche nie wieder, mir so zu begegnen. Ich nehme mir, was ich will, und frage nicht danach. Sei froh, wenn ich dir jetzt und hier nicht dein Genick breche. Es sind Männer vor dir gestorben, die mich weniger gereizt haben. Hast du wirklich geglaubt, dass ich mir deine Frechheiten gefallen lasse? Du darfst niemals vergessen, dass ich alles über dich weiß – du allerdings kennst nicht einmal meinen Namen. Was ich dich in diesem Zusammenhang noch fragen wollte: Wie geht es eigentlich deiner alten Mutter, die du zweimal die Woche mit Essen versorgst? Es macht mich immer traurig, wenn ich sie in ihrem Rollstuhl auf dem kleinen Balkon sehe. Ich denke, dass es dich sehr treffen würde, wenn sie da versehentlich herunterstürzen würde. Aber das Leben ist nun einmal nicht immer gerecht.«

Melanies Augen verrieten, dass der Kerl sie an der richtigen Stelle getroffen hatte. Sie konnte das Beben in ihrem Körper nicht vermeiden. Angst vor diesen Männern baute sich auf.

»Wage es nicht ...«, versuchte sie aufzubegehren, bevor sich der Druck auf ihren schmalen Hals verstärkte und das Atmen erschwerte.

»Ich vergaß, dich auf etwas hinzuweisen, du miese Schlampe. Auch du bestehst nur aus Einzelteilen. Wenn es mir in den Kram passt, werde ich auch deine Organe verhökern. In dem Fall kannst du für mich noch nützlich sein. Halte also deine vorlaute Schnauze und sorge dafür, dass der Nachschub an Ware nicht abreißt. Nur das allein hält dich noch am Leben. Das Gleiche kannst du deinem allerwertesten Doktor weitertragen, für den du arbeitest. Auch seine Adresse ist uns bekannt. Wenn er die Hypothek auf seine Villa weiter abtragen möchte, sollte er fleißig bleiben. Du verstehst hoffentlich, was euch blüht, wenn ihr Scheiße baut.«

Melanie schrie ihren Schmerz heraus, als er sie mit einer wilden Bewegung zur Seite schleuderte und nach dem Karton griff. Sie schlug mit der Wange gegen die Ladekante und lag Sekunden später neben ihrem Hinterreifen. Nach einem Blick unter die Tücher knurrte der Riese zufrieden und fasste in die Seitentasche seines Sakkos. Den Umschlag mit Geld warf er Melanie vor die Füße und spuckte darauf.

»Nie wieder will ich so was mit dir erleben. Ich rufe dich an, wann wir die nächste Lieferung erwarten. Ein Wort zur Polizei, du Miststück, und du wirst da enden, wo auch der Rest dieser kleinen Menschen verschwindet. Verpiss dich jetzt und mach deinen Job!«

14

Kleine, zumeist ungepflegte Vorgärten säumten die langen Häuserreihen, die zumindest bei Leonie ein mulmiges Gefühl hinterließen, da sie genau in solchen Wohnsilos aufgewachsen war. So manches Erlebnis hatte Narben bei ihr hinterlassen. Mia, die davon wusste, fragte nicht, warum die Stimmung ihrer Partnerin gegen null ging. Sie suchte bereits nach dem Klingelschild, auf dem der Name Feige stehen sollte. Jemand hatte mit einem Filzstift drübergemalt. Trotzdem konnte Mia den Namen schließlich in der vierten Reihe von unten ausmachen.

»Hoffentlich gibt es hier einen Aufzug«, seufzte Leonie Felten, die schon seit Tagen auf ihr Fitnesstraining verzichtet hatte, da sie unter einem Abszess zwischen den Pobacken litt. Verstehend nickte Mia und wies, nachdem sich die Tür geöffnet hatte, auf die beschmierte Edelstahltür. Tatsächlich befand sich die Wohnung von Daniela Feige in der vierten Etage. Als die Beamtinnen dort ankamen, stand die Tür offen. Beide blicken erstaunt drein. Mia klopfte vorsichtig an die Tür.

»Frau Feige? Dürfen wir eintreten. Richter und Felten von der Kripo. Wir hatten telefoniert.«

»Kommen Sie rein, ich bin in der Küche. Mein Essen brennt an. Ich hoffe, es stört Sie nicht, wenn ich esse. Ich muss in zwei Stunden auf der Arbeit sein.«

Es war nicht kompliziert, Frau Feige in der kleinen Wohnung zu finden, zumal ihnen ein Geruch von angeschmortem Essen den Weg wies. Sie hatte den beiden Besuchern schon die Stühle am Küchentisch zurechtgerückt und lud sie mit einer Handbewegung zum Sitzen ein. Sie selbst blieb stehen und hielt den Teller in der Hand, von dem sie sich ein Fertignudelgericht in den Mund schaufelte.

»Kaffee? Ich kann Ihnen schnell einen im Automaten ...«

»Nein, nein, danke Frau Feige. Machen Sie sich keine Umstände. Sobald Sie uns die paar Fragen beantwortet haben, verschwinden wir auch wieder. Dürfen wir loslegen?«

Während Daniela Feige nickte, schob sie sich mit dem Finger eine verirrte Nudel zwischen die Lippen und sah die beiden Polizistinnen gespannt an.

»Sie wohnen hier noch nicht so lange, wenn ich auf Ihre Datenkarte sehe. Gefiel Ihnen die alte Wohnung nicht mehr?«, begann Leonie.

»Es war ein Haus, Frau Felten – unser Haus. Als Rico ging, mussten wir verkaufen, da keiner allein die Hypotheken aufbringen konnte. Ist nicht schlimm. Das hier reicht mir zum Leben. Ich komme zurecht.«

»Ich habe Sie richtig verstanden, dass Sie jetzt geschieden sind? Was ist passiert, wenn wir fragen dürfen, Frau Feige?«

Mia konnte es sich selbst nicht erklären, warum sie diese sehr intime Frage stellte, doch es rutschte ihr einfach so heraus. Sie ignorierte Leonies vorwurfsvollen Blick und sah Frau Feige erwartungsvoll an. Obwohl die Tränen nicht zu übersehen waren, die sich in ihren Augen sammelten, schluckte sie das Essen hinunter und setzte den noch halb gefüllten Teller auf der Arbeitsplatte ab. Nun schnäuzte sie sich umständlich und erklärte ihre Situation mit halbwegs fester Stimme.

»Da gibt es nicht viel zu erzählen. Rico war verrückt auf ein eigenes Kind. Dass wir damals einen Jungen erwarteten, machte ihn so unglaublich stolz. Er hatte viel Geld für die Kinderzimmerausstattung und Kleidung ausgegeben. Sie können sich nicht vorstellen, wie viele Kinderfibeln bei uns zu Hause lagerten, aus denen er dem Kleinen vorlesen wollte. Er hat damals sehr gelitten, sage ich Ihnen.«

»Entschuldigen Sie bitte, wenn ich das so klar ausspreche«, mischte sich Leonie ein, »aber das klingt aus Ihrem Mund so, als wäre nur er derjenige gewesen, der unter dem Verlust zu leiden hatte. Hat er jemals darüber nachgedacht, wie schwer es besonders für Sie gewesen sein musste? Sie trugen das Kind unter Ihrem Herzen, nicht er.«

»Ich weiß, was Sie mir damit sagen wollen, Frau Felten. Vielleicht habe ich mich falsch ausgedrückt. Natürlich versuchte er, mich damit zu trösten, dass wir ja ohne Weiteres noch mal ein Kind bekommen könnten. Doch es war schon spürbar, dass es ihn massiv belastete. Er ... er veränderte sich, obwohl wir es immer wieder versuchten. Ich muss zugeben, dass es mich sogar nervte, immer auf den Zyklus, auf den Eisprung zu achten. Ich schlief schon mit dem Thermometer am Bett. Doch es sollte nicht sein. Ich wurde einfach nicht mehr schwanger.«

Eine längere Pause entstand, in der sich Daniela Feige die Tränen aus den Augen wischte und die beiden Polizistinnen nicht wagten, nachzuhaken. Sie selbst war es, die fortfuhr.

»Fast jeden Tag kam es schließlich bei uns zum Streit und irgendwann geschah, was scheinbar kommen musste: Er gestand mir, dass er eine andere Frau kennengelernt hatte, die von ihm ein Kind erwartete. Mittlerweile ist die Kleine schon über ein Jahr alt. Ich habe sie einmal gesehen, als er damit stolz spazieren ging. Ein süßes Kind, ganz der Vater.

Mittlerweile habe ich das mit der Trennung überwunden und wir sind – wie sagt man? Wir sind sogar Freunde geblieben. Ich habe auf Unterhalt verzichtet und eine Beschäftigung gefunden, von der ich zumindest die Miete bezahlen kann. Große Sprünge sind nicht drin, wie man sieht.«

Leonie und Mia wechselten einen Blick, in dem etwas verborgen war, das nur sie selbst bewerten konnten. Zumindest war eine Portion Traurigkeit darin enthalten. Leonie fand schnell wieder zurück zum eigentlichen Thema.

»Obwohl Sie es ja weit wegschieben möchten, erlaube ich mir trotzdem zu sagen, dass ich Ihnen ein bleibendes Glück mit Ihrem Rico eher gewünscht hätte als das hier.«

Weit holte sie mit dem Arm aus und löste damit einen heftigen Weinkrampf bei Daniela Feige aus. Mia sprang spontan auf und legte den Arm um die Frau, deren Gesicht jetzt auf Mias Schulter lag.

»Entschuldigen Sie, wenn ich damit Wunden aufgerissen haben sollte. Es berührt mich nur, wenn ich die Folgen einer Trennung sehen muss. Lassen Sie uns zurückkehren. Wir wollten eigentlich mit Ihnen einen Blick in die jüngere Vergangenheit tun.«

Einen Moment noch wartete Leonie, bis sich die beiden Frauen voneinander gelöst hatten und sich Daniela Feige mit einem dankbaren Blick auf Mia wieder an die Arbeitsplatte gelehnt hatte. Die letzten Tränen wurden fortgewischt und der fragende Blick ruhte nun auf Leonie Felten.

»Wir sprachen ja kurz nach dem tragischen Ereignis damals über das, was Sie aus der Begegnung mit dem Entführer mitbekommen hatten. Da gab es nicht viel, sodass wir auch in der Sache nicht weiterkamen und erst heute wieder darauf zurückkommen müssen. Ihnen wird in den lokalen Nachrichten nicht entgangen sein, dass es in der Zwischenzeit ähnliche Fälle gab, die wir nun in einer eigens dazu gegründeten Kommission zusammen verfolgen werden. Oft sind es Erinnerungen nach vielen Jahren, die uns das Langzeitgedächtnis liefert und sogar detaillierter darstellt. Deshalb die Frage an Sie: Haben sich in der Zwischenzeit einmal Gedanken, Träume bei Ihnen gezeigt, die diesen Tag in dem Keller darstellten? Wenn ja, sahen Sie scheinbar unbedeutende Dinge, denen Sie vorher nie Beachtung geschenkt haben? Ein Haus, ein Bild an der Wand, ein Werkzeug, die Stimme des Mannes ... irgendwas? Denken Sie nach.«

»Nein, nein, nein. Ich versuche, das zu vergessen, kann es aber nicht. Ich sehe nur immer wieder diese Maske, die sich Michael über den Kopf gezogen hatte. Ich hatte ihn darum gebeten, diese abzunehmen. Ich weiß nur, dass er das nicht wollte. Er sagte mir immer nur, dass er mich dann töten müsste.«

»Michael? Wie kommen Sie auf diesen Namen? Hat er sich doch bei Ihnen vorgestellt?«

Leonie war hellwach und lehnte sich vor.

»Ach, das war anders, Frau Felten. Ich wollte damals unbedingt den Namen herausfinden und fragte danach. Er schlug mir nur zum Schein vor, ihn einfach Michael zu nennen. Es war mit Sicherheit nicht sein richtiger Name. Aber eines fällt mir zu dem Mann noch ein, abgesehen davon, dass er eine völlig normale Figur hatte. Er war sehr zärtlich. Er tat mir nicht weh, wenn wir von den Fesseln einmal absehen. Er hat über meinen Bauch gestrichen, als wäre es sein Kind, was darin heranwuchs. Er versprach mir, dass er mich nicht töten würde und ich mir keine Sorgen machen müsste.«

»Ganz toll, Frau Feige. Und was war mit Ihrem Kind? Hat dieser Irre vergessen, dass er einer Mutter das Wichtigste in ihrem Leben nahm? Er hat Ihnen das Kind förmlich aus dem Leib gerissen. Wenn das Zärtlichkeit ist, dann ...«

»Lass es gut sein, Mia. So meinte es Frau Feige sicher nicht. Doch ich finde es schon wichtig, dass wir es nicht mit einem kaltblütigen Killer zu tun hatten. Das nährt in mir die Hoffnung, dass er das Kind ebenfalls pfleglich behandelte.«

Mit geweiteten Augen stand Daniela Feige nun vor Leonie und krallte ihre Finger fest in deren Schulter.

»Glauben Sie ... glauben Sie wirklich daran, dass ich meinen Jungen noch mal wiedersehen könnte, dass er noch lebt? Sagen Sie ja. Bitte. Es würde mir so viel bedeuten, wenn ich die Hoffnung weiter haben dürfte.«

Einen Moment hielt Leonie den Druck aus, mit dem sie von Frau Feige angefasst wurde. Dann befreite sie sich vorsichtig aus deren Händen.

»Bitte, Frau Feige. Das wird Ihnen niemand auf dieser Welt zusagen können. Doch halten Sie an Ihrer Hoffnung weiter fest, denn sie ist es, die uns am Leben erhält. Irgendjemand sagte mir einmal: Wer von der Hoffnung lebt, der tanzt ohne Musik. Tanzen Sie und geben Sie ebenso wenig auf, Ihren Sohn zu finden, wie wir es tun. Immer gibt es diese kleinen Wunder in unserem Leben. Nur erwarten Sie nicht von uns, dass wir sie vollbringen können.«

Wieder verbarg Daniela Feige ihr Gesicht in den Händen und wandte sich stumm ab. Leonie trat hinter sie und legte den Arm um deren Schulter. Auch Mia hörte ergriffen zu, als sie Leonies leise gesprochenen Worte vernahm, die der Frau Mut spenden sollten.

»Ich halte mich immer an ein Wort, das irgendwann einmal Bertolt Brecht verkündete: Wer kämpft, kann verlieren. Wer aber nicht kämpft, hat bereits verloren. Bleiben Sie tapfer. Sie können jederzeit eine von uns anrufen, sollte

Ihnen noch etwas einfallen. Wir lassen Sie jetzt allein und hoffen, dass wir eines Tages mit einer guten Nachricht zu Ihnen kommen dürfen.«

Als Leonie den Wagen starten wollte, hielt Mia sie zurück.

»War das wirklich dein Ernst, Leonie? Ich meine das mit dem Kämpfen. Bist du allein deshalb zur Polizei gegangen?«

Leonies Blick enthielt eine Portion Niedergeschlagenheit, die jedoch von einem Lächeln abgelöst wurde.

»Ich weiß es ehrlich gesagt nicht, ob das der alleinige Grund war. Nein ... eigentlich war es zumindest nicht der einzige Grund. Doch das erzähle ich dir irgendwann einmal. Lass uns jetzt fahren und dieses Schwein finden.«

15

Leonie konnte ihre Freude kaum verbergen, als sie mit Mia und Kai um den Besprechungstisch zusammensaß und von dem konspirativen Treffen zwischen ihrem aktuellen Chef Kai Wiesner und dem ehemaligen Vorgesetzten Gordon Rabe hörte. Es fühlte sich gut an und versprach Abwechslung in ihrem oftmals tristen Ermittleralltag. Alle am Tisch wussten, dass sie sich auf sehr dünnes Eis begaben, sollte man in der obersten Führungsebene von ihrem Vorhaben erfahren. Zu oft hatte sich Gordon Rabe mit der Staatsanwaltschaft angelegt, gegen deren Vorgaben verstoßen, als dass man ihre Zusammenarbeit tolerieren würde. Kriminalrat Kläver hatten sie nicht zu fürchten, da er im Fall der Fälle ihnen immer Rückendeckung geben würde. Voraussetzung war natürlich, dass sie die Mission, den Entführer zu finden, erfüllten – ob mit oder ohne Gordon Rabe. Es durfte nichts schieflaufen oder an die Öffentlichkeit dringen. Eines war allen am Tisch klar. Sie konnten von der immensen Erfahrung Rabes und seinen Beziehungen in der Halbwelt des Verbrechens alle nur profitieren.

»Sollen wir uns mit ihm zusammensetzen? Ich meine natürlich ganz inoffiziell. Wir treffen uns doch sowieso demnächst bei der Gartenparty. Das wäre doch eine gute Gelegenheit.«

Leonie fühlte sich sauwohl bei dem Gedanken, wieder einmal mit diesem Mann zusammenarbeiten zu können.

Nichts gegen Hauptkommissar Wiesner, der sich wirklich Mühe gab, dieses Team zu leiten. Doch fehlte ihm etwas, das keiner vom Team so richtig benennen konnte. Gordon Rabe besaß neben seiner Menschlichkeit und der Nähe zu seinen Leuten eben diesen Spürsinn, der zumeist zur Lösung der Fälle führte. Das war nur schwer zu erreichen von jemandem, dem noch viele Jahre Diensterfahrung fehlten. Allerdings gab es bisher absolut nichts an Kai auszusetzen. Er gab sich die größte Mühe.

»Gordon hat bereits mit Denise darüber gesprochen«, klärte Kai Wiesner sie auf. »Wie er berichtete, war das kein einfaches Gespräch, da sie aus gutem Grund erneut Gefahr für ihn und ihre Familie sieht. Ich kann ihre Skepsis verstehen. Schließlich hat sie genug durchgemacht während seiner Dienstzeit. Sie weiß aber auch, dass Gordon alles tun wird, die beiden da rauszuhalten. Nur seid bitte gegenüber Jonas verschwiegen, obwohl ich bei dem Jungen nie genau einschätzen kann, was er wirklich weiß. Übrigens bin ich der Meinung, dass wir auch den Kollegen Dino Wohlert einweihen sollten. Erstens ist er zur Party ebenfalls eingeladen und zweitens werden wir ihn ins Team holen. Ich stelle gerade die Ermittlungsgruppe zusammen. Das mit Dino werde ich regeln. Ihr könnt gleich die Ergebnisse zusammenfassen. Kriminalrat Kläver müsste jeden Augen ... da ist er schon.«

»Hallo, die Herrschaften. Wie ich sehe, sind Sie schon mitten im Gespräch. Warum weiß Kommissar Wohlert noch nichts von der Soko? Ich habe ihn gerade auf dem Flur getroffen und gebeten, zu uns zu stoßen.«

Dass es Kai Wiesner unangenehm war, dies versäumt zu haben, war ihm anzusehen. Deshalb mischte sich Mia in das Gespräch und senkte den Blick vor dem Kriminalrat.

»Das muss ich auf meine Kappe nehmen, Herr Kriminalrat. Ich sollte ihm Bescheid geben, habe es aber einfach vergessen, weil was dazwischen kam. Wenn er jetzt kommt, ist es ja gut. Sorry.«

Niemand außer Leonie sah die Überraschung in Kais Gesicht, die von einem dankbaren Lächeln abgelöst wurde.

»Nun ja, das hat sich ja mittlerweile erledigt, wenn Sie, Herr Kläver, so vorausschauend gehandelt haben. Ich glaube, ich höre ihn schon auf dem Flur.«

Alle Blicke richteten sich auf die Tür, die sich auch prompt öffnete. Der Oberkommissar erschien in voller Größe und schwang sich mit einem schlichten Hallo auf einen freien Stuhl. Schweigend wartete ab, was auf ihn zukam.

»Nun, da wir jetzt vollständig sind, können wir uns den Bericht der Kollegin Felten anhören, die die bisherigen Ergebnisse zusammenfasst. Bitte, Leonie, es ist deine Bühne.«

So offiziell hatte man Kai Wiesner selten erlebt. Er setzte sich wieder und schlug ein Bein über das andere.

»Jeder von uns ist mittlerweile der Meinung, dass die Fälle Feige, Stricker und Faßbender zusammen zu sehen und zu bewerten sind. Das Muster ist überall gleich. Sie unterscheiden sich lediglich darin, dass sich der Täter anfangs den Opfern zeigte, jedoch mittlerweile mehr im Hintergrund arbeitet. Doch können wir uns ziemlich sicher sein, dass es sich um ein und dieselbe Person handelt.«

»Was macht dich da so sicher?«, bemerkte Dino Wohlert, der sich normalerweise um Drogendelikte kümmerte.

»Es ist die Arbeitsweise, mit der er seine Opfer nachversorgt. Zweifelsfrei haben wir es mit einer Person zu tun, die zumindest eine solide medizinische Ausbildung hatte, da die

Versorgung der Mütter makellos ist. Mir fiel auf, dass er oder sie ausschließlich Frauen herausfiltert, die Jungen erwarten. Das kann ein Zufall sein. Doch tippe ich eher auf eine gezielte Auswahl, die eine Vorbestellung vermuten lässt.«

»Du glaubst also fest daran, dass wir es mit einem professionellen Babyhandel zu tun haben? Das bedeutet dann aber auch im Umkehrschluss, dass sich diese Serie fortsetzen wird. Irgendwo habe ich in einem Bericht gelesen, dass der Markt sich global vergrößert hat.« Dino machte hier eine Pause, um an seinem Wasser zu nippen. »Allerdings dürfen wir einen Fakt nicht komplett ausschließen. Den Handel mit Organen und die Kinderprostitution.«

»Genau, Dino. Darauf wäre ich noch zu sprechen gekommen. Danke für den Hinweis«, meinte Leonie und übernahm wieder. »Kai wird uns gleich noch mal darstellen, was es damit auf sich hat. Wirklich nichts Angenehmes, muss ich zugeben. Allein die Vorstellung, dass sich erwachsene Männer an diesen unschuldigen Babys vergehen, macht mich rasend. Wir müssen allein schon deshalb alles daransetzen, die Schweine dingfest zu machen.«

Lange hatte Kläver zugehört. Jetzt meldete er sich auch zu Wort.

»Ich habe mir erlaubt, im Vorfeld mit den Kollegen vom LKA zu sprechen, da sich das Geschehen sicher nicht nur auf unsere Stadt eingrenzen lässt. Sie ermitteln nun landesweit in der Sache und tragen die Fakten zentral zusammen. Ich möchte euch daher darum bitten, die Ermittlungsergebnisse stets an einen Kollegen in Düsseldorf weiterzugeben. Nur gemeinsam werden wir einen möglichen global agierenden Ring zerschlagen können. Ich lasse Ihnen nachher den Namen des Ansprechpartners und dessen Rufnummer hier. Ich bitte Sie darum, die Stelle in Düsseldorf unbedingt einzubeziehen. Und jetzt wieder Sie, Kollegin Felten.«

Kai schaltete sich jedoch dazwischen und klärte die Anwesenden noch einmal über die Vorfälle in Nigeria auf, wobei er keinen Zweifel daran ließ, dass sich Ähnliches auch in aller Welt abspielen könnte. Seine Bemerkung, dass der Mensch überall zu solchen Taten fähig ist, fand absolute Zustimmung bei den anderen, die bestätigend nickten. Mia steuerte eine Meinung bei, der sich ebenfalls keiner verweigern konnte.

»Für mich steht eines fest, Kollegen. In dieses Komplott müssen eine Menge Ärzte verwickelt sein. Sicher ist es möglich, dass die Entbindungen selbst von einer Einzelperson vorgenommen werden, doch die muss die Opfer doch von jemandem genannt bekommen haben. Alle drei Frauen wurden von unterschiedlichen Gynäkologen betreut, was diese These unterstreichen dürfte. Es muss sich also um eine größere Gruppe von Medizinern handeln, die sich die Bälle zuspielen.«

»Sicher«, meinte Kai Wiesner, »das wäre naheliegend. Doch bevor wir diesem Verdacht ernsthaft nachgehen, sollten wir herausfinden, ob es nicht eine andere Möglichkeit gibt, dass der Täter die Opfer ausmachen kann. Gibt es Vorausplanungen, was die Entbindungen in den einzelnen Krankenhäusern betrifft? Finden wir heraus, wo die betroffenen Frauen entbinden sollten. Waren die Planungen alle in der gleichen Klinik? Das würde dafür sprechen, dass jemand auf den OP-Kalender zugreifen kann. Sind unterschiedliche Kliniken betroffen, muss geklärt werden, ob es da einen Abgleich untereinander gibt. Der Zeitpunkt der jeweiligen Entführung ist in meinen Augen sehr auffällig nah am Entbindungszeitpunkt. Kann ein Arzt wirklich auf den Tag genau sagen, wann es so weit ist?«

Alle Augen richteten sich auf die anwesenden Frauen, die sich entsetzt anblickten.

»Was ist los, Männer? Von uns kann das keine wissen. Wir hatten noch nicht das Vergnügen, uns fortpflanzen zu können. Und so, wie ich das sehe, wird das auch so bleiben. Aber wenn es verlangt wird, übernehmen wir gerne die Recherche. Ihr müsst zugeben, dass es reichlich blöd aussehen würde, wenn einer von euch im Wartezimmer eines Gynäkologen wartet. Selbst wenn ihr euch ein Kissen unter das Hemd steckt, ist das unglaubwürdig.«

Kriminalrat Kläver war der Einzige, dem die augenblickliche Diskussion etwas Freude bereitete. Mit einem breiten Grinsen erhob er sich und legte seine Hand auf Leonies Schulter.

»Wo sie recht hat, hat sie recht. Also gehen wir in der Reihenfolge vor, dass die Herren aus unserer Runde diese möglichen zentralen Meldungen eruieren, während die Damen sich mit der Vita der behandelnden Frauenärzte beschäftigen. Ich möchte wissen, wie die Verhältnisse sich darstellen. Schuldenberge, auffälliger Reichtum, der nicht auf nachvollziehbaren Gründen beruht. Vorstrafen, Familienverhältnisse, große Reisen und so weiter. Sie wissen, was ich meine. Grundsätzlich schließe ich mich der Meinung an, dass wir die Lösung im Umfeld der beteiligten Ärzte finden werden. Auf geht's.«

Kläver war schon im Begriff zu gehen, als er von Kai Wiesner zurückgehalten wurde.

»Ich weiß, dass mich jetzt zumindest zwei Kolleginnen verfluchen werden, doch ich habe lange darüber nachgedacht und mich zu einer Maßnahme durchgerungen. Ich möchte von Anfang an reinen Tisch machen, bevor wir später in Teufels Küche geraten. Das, was ich anspreche, betrifft vor allem Sie, Herr Kriminalrat.«

Kläver zog in seiner bekannten Art die linke Augenbraue hoch und setzte sich wieder in Erwartung schlimmster Nachrichten.

»An uns wurde eine Anfrage eines großartigen Kollegen herangetragen, an dem Fall mitarbeiten zu dürfen, da er selbst auf besondere Art involviert ist.«

»Und deshalb machen Sie es so spannend? Ich dachte schon, dass etwas Schlimmes passiert ist. Natürlich können wir die Soko erweitern. Jede Hilfe ist uns willkommen. In welchem Dezernat arbeitet der Kollege oder die Kollegin denn?«

»Genau das ist der Punkt, Herr Kläver. Er arbeitet bei Kohland & Scheidig, hier in Essen.«

»Sie sprechen in Rätseln, Wiesner. Was ist das: Kohland & Scheidig. Hört sich eher an wie ein Unternehmen.«

»Ist es auch«, schaltete sich jetzt Leonie Felten dazwischen. »Das ist die Sicherheitsfirma, bei der Hauptkommissar Rabe einen neuen Job gefunden hat. Warum er an dem Fall mitermitteln möchte, lässt sich schnell erklären. Doch vorab braucht das Ganze Ihren Segen, Herr Kriminalrat. Der Kollege Wiesner möchte vermeiden, dass die Zusammenarbeit später rauskommt und für Wirbel sorgt. Wir alle hier sind der Meinung, dass uns Herr Rabe eine immense Hilfe sein kann, da er als Privatmann ganz anders vorgehen kann. Ihm stehen keine Gesetze im Weg, die uns oftmals behindern. Bitte stimmen Sie zu, Herr Kriminalrat, schon wegen der armen Kinder.«

Auch Dino Wohlert wirkte überrascht, bekam seine Freude jedoch schnell wieder in den Griff und beobachtete schweigend den Vorgesetzten, der schockiert schien. Die Stille im Raum ließ sich förmlich mit Händen fassen, während im Kopf von Kriminalrat Kläver die Gedanken verrücktspielten. Vier Augenpaare hingen an seinen Lippen, die endlich eine Entscheidung verkündeten.

»Sie alle hier wissen, dass das unmöglich ist.«

Die Enttäuschung machte sich schlagartig breit und Mias und Leonies strafende Blicke trafen Kai Wiesner, der in seinem Stuhl zusammenzusinken schien. Kläver klopfte auf den Tisch und unterbrach damit diesen stillen Kampf der drei Mitarbeiter mit erklärenden Worten.

»Es gäbe da aber eventuell eine Lösung, die ich allerdings noch näher überdenken muss. Der Kollege Rabe schied ja nicht aus Altersgründen aus. Es wäre eventuell möglich, ihn für einen bestimmten Zeitraum in den Dienst zurückzuversetzen. So wäre eine Grundlage geschaffen, dass er teilnehmen und ermitteln kann. Das muss ja nicht an die große Glocke gehängt werden. Das erledigen wir quasi auf dem kleinen Dienstweg. Bevor das einer von oben merkt, sitzt Rabe schon wieder an seinem Schreibtisch bei dieser Sicherheitsfirma. Aber hören Sie. Irgendwas sagt mir der Name Kohland. Warum ist das so?«

»Weil es einer der Männer ist, dessen Kind abhandenkam. Das erklären wir Ihnen noch. Aber die Idee mit der vorübergehenden Anstellung ist genial, Herr Kriminalrat. Jetzt wird alles gut. Das eingespielte Team ist wieder zusammen. Geil.«

Leonie legte eine Hand auf den Mund und blickte entschuldigend auf ihren Vorgesetzten, der sich kopfschüttelnd, aber mit einem Lächeln auf den Lippen, auf den Weg machte.

16

Gordon Rabe erwischte Lennard Kohland mehr durch Zufall auf dem Flur, als sie gemeinsam in den Aufzug stiegen. Mit seiner Frage holte er den Chef aus seinen Gedanken, die ihn nicht einmal erkennen ließen, mit wem er sich gerade auf dem Weg in die Empfangshalle befand.

»Haben Sie einen Moment für mich, oder sollen wir einen Termin machen? Aber eigentlich brauche ich nur einen Moment.«

»Oh, entschuldigen Sie, Rabe, ich habe Sie gar nicht erkannt. Ich bin ganz Ohr. Was gibt es so Dringendes?«

Mittlerweile hielt der Aufzug und die beiden Männer machten sich auf den Weg zum Ausgang, ohne dass Gordon ihm die Frage beantwortete. Erst auf der Behindertenrampe blieb er stehen und sorgte so dafür, dass auch Kohland ihm die nötige Aufmerksamkeit schenken musste.

»Es hat natürlich mit meiner Aufgabe zu tun. Um besser an Informationen heranzukommen, habe ich mich mit meiner ehemaligen Dienststelle in Verbindung gesetzt. Erwartungsgemäß musste man mir sagen, dass interne Ermittlungen selbst an meine Person nicht weitergegeben werden dürfen. Das war mir von Anfang an klar. Wir haben ein Agreement getroffen, zu dem ich noch Ihre Genehmigung brauche.«

Wenn Gordon bis dahin glaubte, dass Kohlands Interesse im Augenblick eingeschränkt war, musste er nun zumindest einen gewaltigen Wandel bei ihm erleben. Neugierig hingen Kohlands Augen an Gordons Lippen. Der ließ ihn nicht lange warten und beschrieb ihm, unter welchen Voraussetzungen man bereit war, mit ihm zusammenzuarbeiten, und dass sein Job bei der Sicherheitsfirma genau für den betreffenden Zeitraum bei der Kripo ruhen musste. Nur Sekunden des Überlegens waren nötig, um das Nicken bei Kohland als Bestätigung ansehen zu können.

»Eines will ich aber von vornherein klarstellen, Herr Kohland. Ich werde auch weiterhin ganz objektiv an die Sache herangehen. Ich gehe davon aus, dass Sie nichts mit dem Verschwinden des Babys zu tun haben. Das meine ich ehrlich. Stellt sich allerdings heraus, dass wir uns alle in Ihnen irren, werde ich alles daransetzen, Sie hinter Gitter zu bringen. Möchten Sie immer noch, dass ich in die Ermittlungen einsteige?«

»Selbstverständlich, Herr Rabe. Eigentlich müsste ich jetzt zornig sein über Ihre Bemerkungen, Ihre Zweifel an mir. Aber ich verstehe Sie auch gleichzeitig. Den Ermittlungen gegen meine Person sehe ich mit aller Ruhe entgegen. Findet diese Schweine und schützt die Mütter vor denen. Ich denke, dass Sie mich auf dem Laufenden halten.«

»Darauf wollte ich noch kommen, Herr Kohland. Das wird nur in einem engen Rahmen möglich sein. Sie gehören zum erweiterten Kreis der Verdächtigen, sodass ich keine Informationen an Sie weitergeben darf. Das werden Sie verstehen. Oder?«

Nach kurzer Überlegung stieß Kohland dem großen Mann vor sich die Faust leicht gegen den Arm. Sein erzwungenes Lächeln zeigte, dass er es aufgegeben hatte, weiter darauf herumzureiten. Er wandte sich Richtung Tiefgarage und rief Gordon über die Schulter zu: »Klar, Hauptkommissar Rabe. Sie kriegen das hin. Bis bald. Und viel Erfolg.«

Die Begrüßung Brad Pitts hätte nicht lautstärker ausfallen können, als Gordon Rabe endlich durch die Tür trat, hinter der seine ehemaligen Mitarbeiter ihren Dienst versahen. Er hatte das Glück, alle gleichzeitig vorzufinden. Leonie konnte die einzelne Freudenträne nicht verstecken – versuchte es auch erst gar nicht. Lange hielt sie ihren einstmaligen Vorgesetzten umklammert, bevor sie von ihrer Partnerin Mia vorsichtig gelöst wurde.

»Ich will auch mal, du Egoistin.«

Kaum hatte sie es ausgesprochen, als sie sich auch schon auf die Zehenspitzen stellte, um dem Mann einen Kuss auf die behaarte Wange zu drücken. Kopfschüttelnd, aber lächelnd wurde die Szene von Kai Wiesner und Dino Wohlert beobachtet, die auf den Freund zuliefen. Kai konnte sich die Bemerkung nicht verkneifen, während er Gordon die Hand entgegenstreckte.

»Du wirst entschuldigen, wenn wir beide auf diese Knutscherei verzichten und es bei einem bloßen Händedruck belassen möchten. Noch immer sind Reste von Ressentiments gegen Liebe unter Männern im Polizeidienst vorhanden. Schön, dich zu sehen, Gordon.«

Gordon saß noch nicht einmal auf dem Stuhl vor dem Besprechungstisch, als das Klappern von Geschirr aus der Küche zu hören war. Kais feinem Gehör war das nicht entgangen. Eine Frage Leonies, die den Kopf herausstreckte, blieb von ihm nicht ungehört.

111

»Kai, soll ich deine Hefeteilchen auch mitbringen, wenn wir schon beim Kaffee sind? Die wirst du doch wohl nicht allein verdrücken wollen?«

»Ich stelle fest, dass sich hier in der letzten Zeit nichts geändert hat. Alte Gewohnheiten legt man ungern ab, oder?«

Kais wortloses Grinsen machte eine Antwort überflüssig.

»Bevor das hier in eine Wiedersehensparty ausartet«, bemerkte Gordon Rabe, »will ich fragen, wie weit ihr mit der Recherche über die behandelnden Ärzte vorangekommen seid. Gibt es da Auffälligkeiten? Sollten die darin verwickelt sein, werden die das eingenommene Geld doch nicht nur zur Altersvorsorge zurücklegen.«

»Gerade heute kamen noch Auskünfte. Allerdings kommen wir nicht so recht voran, was die Immobilien betrifft. Mögliche Käufe im Ausland bleiben uns verborgen, sollten sie unter anderen Namen vorgenommen worden sein. Dir muss ich ja nicht erklären, mit welchen Tricks diese Leute arbeiten. Was hiesige Geschäfte und Transaktionen betrifft, keine Auffälligkeiten. Doch arbeiten die Kollegen aus der Wirtschaftskriminalität noch an den Details. Da muss ich passen.«

»Verstehe ich gut. Diese Geschäfte mit Schwarzgeld sind auch mir zu kompliziert und zu verworren. Doch würde ich vorschlagen, dass wir trotzdem diese betreffenden Gynäkologen befragen. Sie wissen ja sowieso, dass wir bereits in den Fällen recherchieren. Doch sollen sie spüren, dass wir auch sie ins Visier genommen haben, ohne dass wir es ihnen so deutlich sagen. Du weißt doch, dass wir schon hin und wieder Erfolge eingefahren haben, wenn wir die Täter nervös gemacht haben. Wer nervös ist, macht Fehler. Und auf diese Fehler müssen wir bauen.«

112

Mittlerweile näherten sich die beiden Damen mit dem Kaffee. Selbst Dino trabte wie ein braves Hündchen hinterher und trug ein großes Tablett mit Gebäckteilchen.

»Holla ... das wolltest du doch wohl nicht allein verputzen, Kai? Oder doch?«, bemerkte Gordon grinsend.

»Quatsch. Ich dachte mir schon, dass du dich hier sehen lässt. Haut rein, Leute. Es gibt noch viel zu erledigen.«

Kais Bemerkung platzte mitten hinein in das teilweise private Geplänkel und erzeugte erstaunte Blicke, als man die Antwort von Gordon dazu hörte.

»Bevor ich es vergesse, Gordon. Ich habe noch deine Dienstmarke in der Schublade und Kläver meint, dass du dir deine Waffe wieder in der Waffenkammer abholen sollst.«

»Die Marke und den Dienstausweis werde ich wohl hier und da benötigen, doch die Waffe werde ich nicht brauchen. Es war ein gutes Gefühl, als ich sie endlich abgeben durfte. Ich habe mir damals geschworen, nie wieder eine anzufassen. Daran wird auch nicht gerüttelt, zumal wir im aktuellen Fall wohl kaum zu befürchten haben, auf bewaffneten Widerstand zu stoßen. Und wenn doch – habe ich immer noch euch Haudegen an meiner Seite. Ihr werdet meinen Körper sicherlich mit dem eigenen Leben schützen. Oder etwa nicht?«

Sein Blick traf jeden in der Runde. Obwohl von deren Seite keine Reaktion kam, wusste Gordon, dass es genauso sein würde. Dafür kannte er seine ehemaligen Mitarbeiter zu gut. Wenn er sich auf jemanden verlassen konnte, dann fand er diese Menschen hier. Kai zuckte lediglich die Schultern und kramte in seiner Schreibtischschublade. Bewaffnet mit den gesuchten Gegenständen erschien er wieder am Tisch.

»Hier der Dienstausweis, die Marke und die Waffenkarte – nur für alle Fälle, falls es doch mal ernster als erwartet wird. Lasst uns jetzt die Aufgaben verteilen. Was schlägst du vor, Gordon?«

»Moment, Kai«, wehrte Gordon sofort ab. »Du bist der Soko-Leiter und wirst das tun. Ich bin da raus und erledige, was man mir zuteilt. Eigentlich wollte ich sowieso nur eine beratende Funktion ausüben. Dass ich jetzt Teammitglied bin, finde ich toll, aber das Sagen hast du, mein Freund. Wenn du aber schon so nett fragst, würde ich gerne mit der Befragung irgendeines Gynäkologen anfangen. Teile mir einen zu und ab geht die Post. Da wir bisher nichts Besseres haben, würde ich diesen mühsamen Weg mitgehen. Und noch was. Es gibt da im Milieu ein paar Leute, die mir noch von früher was schuldig sind. Bei denen werde ich mal die Fühler ausstrecken. Die meisten von ihnen wissen, dass ich nicht mehr im Dienst bin, und werden deshalb etwas redseliger sein. Einen Versuch ist es allemal wert.« Er wandte sich an Kai, der zustimmend nickte. »Immerhin besteht die Möglichkeit, dass einer von denen was mitbekommen hat. Ihr alle wisst, dass die Branche aufsässig wird, wenn man was mit Kindern anstellt. Das können die gar nicht gut ab und würden uns auf jeden Fall helfen. Manchmal regeln die das sogar untereinander völlig losgelöst von Gesetzen. Sie handeln dann nach den eigenen. Soll mir zumindest recht sein. Hauptsache, das hört auf.«

»Gut, das machen wir so. Du übernimmst den Stricker-Fall mit Dr. Askari Berrada. Dann hast du gleichzeitig Material für oder gegen deinen Boss Kohland. Ich weiß, dass du dich auf jeden Fall an das Gesetz hältst und nichts vertuschen wirst. Leonie und Mia übernehmen den Gynäkologen von Frau Faßbender, diesen Dr. Albert Virchow. Dino versucht herauszufinden, wer damals Daniela Feige als Arzt begleitete. Nimm dir den vor. Möglich, dass uns das Gemeinsamkeiten liefert.«

17

Niemals würde sie diese Schmerzen vergessen, die sie genau in diesem Augenblick einholten, als sie versuchte, die Wehen auszuhalten. Immer stärker wurde der Druck auf ihren Muttermund, der sich nun spürbar weitete und die Wellen an Schmerz in jetzt kürzeren Schüben durch ihren Körper jagte. Genau zwischen ihren gespreizten Schenkeln konnte sie den Haarschopf des Mannes erkennen, der danach fieberte, ihr endlich das Kind aus dem Leib zu reißen. Sein Gesicht hatte sich zu einer Fratze verzerrt, sein Mund zeigte eine Reihe hellbrauner Zähne, die nun zusammengepresst waren. Immer wieder versuchte dieser Kerl, in sie hineinzugreifen, ihr das Kind mit Gewalt zu nehmen. Melanie war kurz davor, die Besinnung und ihren Verstand zu verlieren.

»Lass die dreckigen Pfoten von dem Kind, du Bestie!«

Immer wieder hauchte sie diesen Satz, ohne jede Hoffnung, dass sich dieser Dreckskerl davon beeinflussen lassen würde. Eine letzte Schmerzwelle durchzog ihren nackten Körper und sie spürte, wie sich der Kopf des Babys herauspresste. Sie glaubte, den schnellen Atem des Mannes vor sich gehört zu haben. Zumindest seine gierigen Augen zeigten Melanie, dass es so weit war und ihr Kind das Licht dieser schrecklichen Welt erblicken würde.

Nein, es darf nicht sein. Stirb, mein Kleiner. Lieber Gott, lass ihn bitte sterben, bewahre ihn vor dem Schicksal, das auf ihn wartet. Er darf einfach nicht leben.

Erst war es nur ein leiser Ton, verstärkte sich jedoch zu einem verzweifelten, aber herzerwärmenden Babyschreien. Das wiederum zog einen Freudenschrei dieser menschlichen Bestie nach sich, die das Baby inklusiv noch nicht durchtrennter Nabelschnur in den Händen hielt und es hochheben wollte. Doch die Nabelschnur ließ das nicht zu. Mit fiebrigen Augen starrte er auf den Beistelltisch, auf dem er endlich die Schere fand. Es war ein Schnitt in wilder Wut ausgeführt, der das Kind endgültig von der Mutter trennte. Nun endlich konnte er den Säugling wie ein Symbol in die Luft heben und ihn anschließend auf den Tisch legen, der einem Altar glich. Melanie versuchte verzweifelt, den Blick von ihrem Kind abzuwenden. Es gelang ihr nicht.

Bitte, bitte, oh mein gerechter Gott, bestrafe diesen Mann, bevor er meinem Kind etwas antun kann. Nur du hast die Macht, es zu verhindern.

Hilflos musste Melanie mitansehen, wie diese Bestie in seiner nun blutdurchtränkten Kleidung das große Skalpell ansetzte und den Schnitt durch den Körper des kleinen Jungen führen wollte. Sie öffnete den Mund zum Schrei ...

Das schrille Läuten des Telefons ließ Melanie Kühn aus ihrem Traum hochfahren. Sie fühlte diesen massiven Schweißfilm auf ihrer heißen Haut, die Tränen, die ihr Gesicht benetzt hatten und ihr in das Haar gelaufen waren. Ihr Atem ging immer noch sehr schnell, obwohl sie bereits realisiert hatte, dass ihr wieder einmal ein Alptraum die nächtliche Erholung genommen hatte. In aller Regelmäßigkeit durchlebte sie diese Phasen, die ihr deutlich zeigten, dass sie etwas Grausames mit ihrer Vermittlung unterstützte.

Nein, ich will das nicht mehr! Das muss ein Ende finden. Ich tue Unrecht.

Erst als sich das Telefonklingeln wiederholte, stellte sie fest, dass es real war und nicht zum Traum gehörte. Schwankend bewegte sie sich durch das Halbdunkel des Raumes und griff nach dem Hörer. Erst waren es nur Geräusche, als würde jemand etwas über einen Tisch ziehen, etwa eine Tasse. Sie war da, die Stimme von Emma Kühn, ihrer Mutter, die wieder einmal mitten in der Nacht ihr Leid klagen wollte. Heute war ihr Melanie sogar dankbar dafür.

»Was hast du so lange getrieben? Ist wieder ein Kerl bei dir? Schick den weg. Das gehört sich nicht, Melanie. Du versündigst dich vor dem Herrn. Warum sagst du nichts zu deiner Mutter?«

»Mama, bitte schimpf nicht mit mir. Ich bin allein. Aber du musst wissen, dass ich dich lieb habe. Was gibt es so Wichtiges, dass du mich mitten in der Nacht anrufst? Soll ich noch vorbeikommen und dir bei irgendwas helfen? Hast du noch genug zu essen, Mama?«

Melanie, die sich mit einem Handtuch den Schweiß abwischte, wartete auf die Antwort ihrer Mutter, die erstaunlich spät kam.

»Du hast wieder was angestellt – ich spüre das. Du bist plötzlich so nett zu mir. So warst du als Kind schon immer, wenn du was ausgefressen hast. Nein, du musst nicht kommen. Ich habe noch für zwei Tage zu essen. Aber du könntest mal wieder Kartoffelsalat machen. Den von dir esse ich am liebsten.«

»Aber warum hast du mich denn nun wirklich so spät angerufen, Mama?«

»Wieso mitten in der Nacht? Wie spät ist es denn? Bei mir ist es ... warte mal ... es ist doch erst zwei Uhr. Wieso sprichst du von Nacht? Du bist manchmal ein klein wenig durcheinander, mein Kind. Muss ich mir Sorgen machen?«

Normalerweise wäre diese sinnfreie Diskussionen nun in einen Streit ausgeartet. Doch heute wollte Melanie nicht streiten. Plötzlich baute sich diese schreckliche Szene vor ihren Augen auf, in der Mama samt Rollstuhl über die Balkonbrüstung in den sicheren Tod stürzte. Obwohl Melanie es verhindern wollte, vor ihrer dementen Mutter zu weinen, konnte sie es nicht verhindern, dass ihr Tränen über die Wangen liefen. Verzweifelt presste sie den Hörer gegen die Brust und blickte durch den Tränenschleier an die Decke. Aber auch dort entstanden Bilder, die sie verdrängen wollte. Kindergeschrei drang an ihr Ohr, was dazu führte, dass sie mit dem Hörer auf die Tischplatte vor sich schlug. Erst als sie die schrille Stimme ihrer Mutter nach dem entstandenen Lärm vernahm, presste sie den Hörer wieder an ihr Ohr.

»Oh, verzeih mir, Mama. Das wollte ich nicht. Ich wollte das wirklich nicht. Ich höre dir zu.«

»Das tust du nicht, du unartiges Mädchen. Du willst nicht mit mir reden. Gib dich wieder dem Kerl hin, der immer wieder an dir rumfummelt. Glaubst du, dass ich das nicht spüre? Ich bin schließlich deine Mutter. Der Herr wird dich für jede Sünde schwer bestrafen, glaube mir das. Er sieht das und wird das nicht tolerieren. Ich hänge jetzt ein, weil du es nicht wert bist, mit dir länger zu sprechen.« Nach einer kurzen Pause schob Emma Kühn noch hinterher: »Denke morgen an den Kartoffelsalat.«

Noch lange starrte Melanie Kühn auf den Hörer in ihrer Hand, vernahm das Tuten aus der Leitung. Schließlich legte sie ihn zurück in die Schale und schloss die Augen, die sich wieder mit Tränen füllten.

Was habe ich bloß falsch gemacht, dass ich so weit sinken konnte? Warum hast du uns so früh verlassen, Papa? Ich habe dich doch so sehr gebraucht. Und Mama auch. Wir haben deine Liebe so vermisst. Irgendwann werden wir uns wiedersehen und ich kann wieder in deinem Arm liegen.

Als sie später auf dem Bett lag, versuchte Melanie verzweifelt, nicht wieder einzuschlafen. Zu sehr beherrschte sie die Angst, erneut in diesen Traum einzutauchen. Das Buch, das sie in die Hand genommen hatte, legte sie beiseite, ohne eine Seite gelesen zu haben. Da war es plötzlich wieder, dieses Telefonklingeln.

Nein, Mama, ich werde nicht mit dir schimpfen. Aber bitte, bitte, tu du es auch nicht.

»Was möchtest du noch, Mama. Es tut mir leid, dass ...«

»Ach, das höre ich gerne, Melanie. Man sollte immer ein gutes Verhältnis zur Mutter bewahren. Sie haben uns geboren, uns das Leben geschenkt. Deshalb sollten wir sie ehren.«

»Ach du große Scheiße. Gab es keinen besseren Zeitpunkt, um mich anzurufen? Es ist zwei Uhr in der Nacht, du mieser Kerl. Mir tut übrigens noch der Hals weh, wo du mich gewürgt hast. Das vergesse ich dir nicht.«

»Oh ja, ich vergaß, mein Täubchen, dass es bei euch in Deutschland noch mitten in der Nacht ist. Hier in Moskau scheint die Morgensonne. Aber du wirst es überleben. Hör mir jetzt zu. Ich werde das nur einmal sagen und dann auflegen.«

»Behalte für dich, was du zu sagen hast. Ich will es nicht wissen. Verschwinde aus meinem Leben.«

Melanie glaubte, ein Glucksen durch die Leitung gehört zu haben. Doch Rübezahl, wie sie ihn mittlerweile nannte, sprach einfach weiter.

»Ich habe hier einen vermögenden Kunden, der will unbedingt einen neugeborenen Jungen. Wenn ich das vermögend so herausstelle, meine ich damit, dass er bereit ist, eine sehr große Summe dafür zu zahlen, dass er einen blonden, blauäugigen Jungen kaufen will. Mit der Provision dafür kannst du dich endgültig zur Ruhe setzen.«

In Melanie baute sich eine Wut auf, die sie vergessen ließ, was ihr als mögliche Vergeltung angedroht worden war.

»Ich bin raus aus dem dreckigen Geschäft. Hörst du? Ich bin da raus!«

»Ich habe dich schon beim ersten Mal verstanden, du Misthure«, vernahm Melanie die gefährlich leise Stimme von Rübezahl. »Es ist nur ein Anruf von mir und deine verfickte Mutter wird das Atmen einstellen. Hast du mich verstanden? Ein Anruf! Und nun stell die Lauscher auf. Der Junge muss blond und blauäugig sein. Ist er das nicht, gibt es keine Knete und ich werde dich und deine Alte umbringen. Niemand verpisst sich aus meinem Geschäft, ohne dass ich es ihm gestatte. Du hast genau zwei Wochen Zeit. Ich werde dir noch genau mitteilen, wann und wo du mir das Kind übergeben wirst.«

Erneut war nur noch das Freizeichen zu vernehmen. Nun jedoch überzog ein sich ständig steigerndes Zittern Melanies Körper. Die Angst breitete sich wie ein Lauffeuer in ihr aus. Sie wusste, dass sie keine Wahl hatte, ohne das Leben von Mama zu gefährden. Ihr eigenes war ihr in diesem Moment egal. Sie umklammerte den Hörer wie einen rettenden Anker und wählte die Nummer, die sie nur in ihrem Kopf aufbewahrte.

18

Sigrid Volkert, die Sekretärin des Kriminalrates Kläver, empfing Kai Wiesner schon an der Tür zu ihrem Büro und zog ihn zur Seite. Tief musste sich der kahlköpfige und hochgewachsene Hauptkommissar zu ihr herunterbeugen, um auch jedes Wort zu verstehen.

»Ich habe das nur durch Zufall mitbekommen, weil der Chef die Tür einen Spalt offen gelassen hatte. Aber er war ziemlich sauer, nachdem dieser windige Anwalt bei ihm angerufen hatte. Kurz drauf bekam er noch den Anruf vom Polizeipräsidenten – danach war es noch schlimmer. Der muss ihm ordentlich den Kopf gewaschen haben. Ich nehme an, dass Sie jetzt das Fett abbekommen werden. Als das Gespräch vorbei war, habe ich nur noch das Fluchen vernommen. Er hat sich wie ein Wilder aufgeführt und diesen ganzen Filz zum Teufel gewünscht, der in den Etagen über ihm herrscht. Aber das Gleiche werden Sie bestimmt auch gleich zu hören bekommen. Sie können durchgehen. Er wartet auf Sie, weil er jemanden braucht, den er jetzt schlachten darf.«

Sigrid Volkert entzog sich mit einem kaum vernehmbaren Lachen der Umarmung des Hauptkommissars und wischte verschämt über die Stelle, wo sie den Kuss auf der Wange gespürt hatte.

»Sie sind eine tolle Frau. Wenn ich nicht schon verheiratet wäre ...«

»Hören Sie auf damit, Sie Charmeur, und verschwinden Sie endlich in der Schreckenskammer.« Kopfschüttelnd schwang sie sich wieder auf den Drehstuhl hinter ihrem Schreibtisch. »Diese jungen Kerle wissen genau, wie sie ...«

»Volkert ... schicken Sie mir den elenden Verführer endlich rein. Und ich warte noch immer auf meinen Tee, den Sie mir schon vor einer halben Stunde bringen wollten. Was ist nun?«

Klävers Stimme ließ Sigrid Volkert aufspringen und in die kleine Küche eilen. Vorher schob sie den Besucher mit einem Augenzwinkern in Richtung Bürotür.

»Viel Glück, Herr Wiesner.«

Kai blickte in schmale Schlitze, die zwei funkelnde Augen des Kriminalrates halb verdeckten. Die kurzen, fleischigen Finger drehten unaufhörlich einen Kugelschreiber, den er vor Jahren zum Dienstjubiläum überreicht bekommen hatte. Der Kopf war in einer Angriffshaltung vorgestreckt und signalisierte äußerste Vorsicht, so als hätte er ein Warnschild aufgestellt. Kai spielte den Ahnungslosen und steuerte auf den Besucherstuhl zu. Abwartend blieb er daneben stehen und stellte sein unschuldigstes Gesicht zur Schau, zu dem er derzeit fähig war.

»Setzen Sie sich, verdammt noch mal. Was gab es da draußen zu flüstern? Hat Frau Volkert wieder Verhaltensmaßregeln verteilt? Und hören Sie endlich damit auf, so dämlich zu grinsen. Es besteht kein Anlass dazu, fröhlich zu sein.«

Noch einmal wiederholte Kläver lauthals einen Wunsch.

»Wo bleibt der Tee, Volkert?«

Sekunden später erschien Sigrid Volkert in der Tür und jonglierte das hohe Glas.

»Jetzt hat er die acht Minuten gezogen, Chef. Aber Vorsicht ... heiß.«

»Raus jetzt. Das waren mindestens zwanzig Minuten. Das Gesöff ist jetzt bestimmt bitter. Egal. Hauen Sie endlich ab und ziehen Sie die Tür richtig zu. Wir haben etwas zu besprechen.«

Noch immer schwieg Kai und wartete geduldig ab.

»Und jetzt zu uns beiden. Heute Vormittag hatte ich schon diverse Anrufe, die mir überhaupt nicht gefielen. Als mir heute Morgen meine liebe Frau meine Spiegeleier zum Frühstück servierte, ohne dass sie völlig verbrannt waren, dachte ich schon, dass es ein angenehmer Tag werden könnte. Das war der erste Irrtum. Dass der Wagen auf Anhieb ansprang, war die nächste Täuschung, die mir Sicherheit vorgaukelte. Wissen Sie was, Wiesner? Das Leben ist einfach scheiße und spielt mit uns!«

»Was ist passiert, Chef? So negativ kenne ich Sie nicht«, meinte Kai Wiesner und beugte sich interessiert vor.

»Ich will mal mit dem Anruf von diesem arroganten Rechtsverdreher anfangen. Ich glaube, der hieß Paluma.«

»Perlumat, Chef. Das kann nur Perlumat gewesen sein. Der hatte bestimmt eine Fistelstimme und wiederholte immer einen Teil des vorherigen Satzes. Richtig?«

»Genau, Wiesner. Der war das. Ist ja auch egal. Also. Der vertritt einen Dr. Askari Berrada. Unser ehrenwerter Kollege Rabe muss wohl bei ihm gewesen sein, um ihn über die Patientin Stricker zu befragen. So weit, so gut. Zumindest glaubte Rabe, dabei etwas erfahren zu können. Großer Irrtum. Der hat von Anfang an geblockt und sich auf seine ärztliche Schweigepflicht bezogen. Ich habe aber auch nichts anderes erwartet.«

»Und was wollte jetzt dieser miese Anwalt?«

»Der wollte mir schlicht und einfach erklären, was wir bereits über die Schweigepflicht wussten. Aber ich glaube, dass es ihn sexuell erregte, als er mir deutlich machte, dass er bereits mit dem Polizeipräsidenten über die Sache gesprochen hatte. Und jetzt raten Sie mal, wer wen zweimal die Woche beim Tennis trifft. Richtig ...«, beantwortete Kläver sich selbst die Frage, bevor es Kai tun konnte, »... Dr. Berrada und unser Chef. Der hat mich Minuten später hier zur Sau gemacht. Er hat nicht auf deren sportliche Beziehung aufmerksam gemacht. Nein, so clever ist der schon. Er hat nur überdeutlich dargestellt, dass uns eine Klage droht, wenn wir auch nur das kleinste Gerücht über eine mögliche Beteiligung des Arztes in dieser Sache an die Öffentlichkeit bringen. Er sprach von einer bösartigen Verleumdung, obwohl bisher nichts in der Richtung auch nur angedeutet wurde.«

Kai Wiesners große Hand rieb über die spiegelglatte Glatze und verschwand wieder auf seinem Schoß. Er konnte nachvollziehen, in welcher Lage sich Kläver befand. Er versuchte deshalb, ihn zu beruhigen.

»Gordon hat mich noch gestern Abend angerufen und mich ins Bild gesetzt. Mit keinem Wort hat er den Arzt beschuldigt, seine Finger im Spiel zu haben. So gut kennen wir Gordon doch wohl, dass er sehr vorsichtig vorgeht. Er hat sich auch nicht über den Gesundheitszustand der Patientin kundig machen wollen. Lediglich Fragen dazu, ob dem Arzt etwas am Verhalten der Frau oder ihres Freundes aufgefallen wäre. Das kann ja wohl kaum die ärztliche Schweigepflicht verletzt haben. Oder? Der Mann scheint sehr dünnhäutig zu sein, was zumindest den Verdacht nährt, dass es was zu vertuschen geben könnte.«

»Mensch Wiesner. Ich weiß, dass Gordon Rabe ein Profi ist. Doch dürfen wir dieses arrogante Volk nicht unterschätzen. Greife die an und du findest dich mit einer Verleumdungsklage am Hals vor Gericht wieder. Was habt ihr denn nun vor, Wiesner? Ihr werdet das, so wie ich euch einschätze, nicht einfach laufen lassen. Das stinkt gewaltig.«

Kai konnte nicht verhindern, dass sich ein zufriedenes Lächeln auf seinem Gesicht zeigte, was Kriminalrat Kläver anfangs irritierte.

»Chef, Sie haben das glasklar erkannt. Gordon wäre nicht Gordon, wenn er nicht einen Plan B hätte. Die vehemente Ablehnung einer Zusammenarbeit mit uns hat bei Gordon sofort die Antennen geschärft. Wenn der Arzt von sich aus nichts preisgab, wollte Gordon ihm auf den Zahn fühlen. Wir halten nun jeden Schritt von ihm fest, den er außerhalb des Hauses tut. Natürlich absolut diskret. Ich werde Ihnen jetzt nicht erklären, wie das geschieht. Aber Sie können sich dessen sicher sein, dass keiner aus unserem Hause dazu abgestellt wurde oder unser Etat belastet wird.«

In Kläver wühlten Zweifel, wie er sich demgegenüber verhalten sollte. Er suchte die Antwort scheinbar irgendwo an der Decke des Büros, zuckte jedoch irgendwann mit den Achseln und sah Kai Wiesner an. Sein erhobener Zeigefinger sollte die Ernsthaftigkeit seiner Worte unterstreichen.

»Verschonen Sie mich mit den Details dazu. Ich sehe schon wieder dunkle Wolken aufziehen, die meinen baldigen Ruhestand gefährden könnten. Keine Schweinereien, Leute. Das müsst ihr mir in die Hand versprechen. Ich weiß von nichts, werde euch aber so lange decken, wie es mir möglich ist. Bringt mir den Kopf des Ganzen und ich kann in aller Ruhe meiner Pension entgegensehen. Und jetzt hauen Sie ab.«

Als Kai schon fast die Tür zu Sigrid Volkerts Büro erreicht hatte, hielten ihn Klävers Worte noch einmal auf.

»Und bitte, Wiesner. Wirken Sie wenigstens ein kleines bisschen zerknirscht, wenn Sie an Frau Volkert vorbeigehen. Sieht einfach besser aus und unterstreicht meine Autorität. Sie wird mir langsam zu forsch und aufsässig.«

19

Das Restaurant auf dem Weg zwischen Essen-Werden und Kettwig war gut besucht. Vorbeifahrende wunderten sich allerdings darüber, dass heute Abend dermaßen viele Luxusautos auf dem Parkplatz standen. Eigentlich gehörte die Lokalität zu den gutbürgerlichen und wurde vom ›einfachen Volk‹ gerne aufgesucht. Einigen Gästen fiel schon auf, dass ein langer Tisch von auffällig teuer gekleideten Besuchern besetzt war, die ab und zu laut lachten, doch zumeist die Köpfe zusammensteckten, um sich eher flüsternd zu unterhalten. Irgendwann verloren allerdings die Anwesenden das Interesse an dem Tisch.

»Das müssen wir wieder in den Griff kriegen«, meinte der graumelierte Herr mit dem dunkelblauen Rollkragenpulli am Kopfende und blickte sich beifallheischend um. »Den Russen dürfen wir auf keinen Fall verlieren. Bis wir für den Ersatz gefunden haben, kann dauern und bis dahin werdet ihr das Geld schmerzlich vermissen.«

»Und was schlägst du vor, Fredi? Die Kühn scheint es mit ihrem Ausstieg ernst zu meinen. Und ich sehe derzeit niemanden, der ihren Job übernehmen kann, zumal sie die nötigen Papiere bereitstellen kann.«

Der angesprochene Fredi zuckte lediglich mit den Schultern und blickte den schmalen Anzugträger an, der schwitzend seinen Krawattenknoten gelöst hatte und zum wiederholten Mal nach seinem Weinglas griff. Er glaubte jedoch, eine Lösung gefunden zu haben.

»Es wird uns allen vielleicht am Anfang wehtun, doch plädiere ich dafür, der Frau eine höhere Provision zu zahlen. Geld zieht in den meisten Fällen und eliminiert Skrupel.«

Wenn er glaubte, den Zweifler damit befriedigt zu haben, sah er sich im gleichen Moment getäuscht.

»Du musst nicht von dir auf andere schließen. Ich befürchte, dass die Kühn ihr Gewissen wiederentdeckt hat und nun das Handtuch wirft. Stellt euch vor, die geht mit all dem, was sie über unsere Unternehmungen weiß, zur Polizei? Vielleicht ist es der mittlerweile egal, was dann mit ihr passiert. Hauptsache wäre, dass den geliebten Kinderchen nichts mehr passiert.«

»Wir haben möglicherweise einen Fehler gemacht, als wir eine Frau mit dieser Aufgabe betrauten. In ihr steckt schließlich immer noch eine Mutter. Dass ihr Balg damals mit acht Jahren das Haus abfackelte und darin umkam, hat sie längst überwunden. Wir hätten einen Kerl finden sollen, der diese innere Verbindung erst gar nicht aufgebaut hat.«

»Tommi hat recht«, schaltete sich nun ein Glatzkopf ein, der bisher seinen imposanten, fettreichen Body in einen Stuhl gepresst hielt und kein Wort gesprochen hatte. »Ihr habt euch davon beeinflussen lassen, dass die Kühn diesen wichtigen Job bei der Vermittlungsstelle des Jugendamtes hatte. Damals passte das Ganze auch, solange die Kinder ausschließlich in die Adoption gingen. Als wir auf das verlockende Angebot dieser dreckigen Russen eingingen und die Kinder für deren Handel freigaben, war das der Anfang vom Ende. Die Frau ist doch nicht blöd. Die hat längst gemerkt, dass Prostitution und Organhandel dahinterstecken. Wenn das rauskommt, Leute, steckt man uns für den Rest unseres Lebens hinter Gitter. So schnell könnt ihr euch nicht ins Ausland absetzen, wie die Behörden dann handeln.«

Das allgemeine Schweigen wurde lediglich vom Geschirrklappern und den dezent geführten Gesprächen an den restlichen Tischen unterbrochen. Keiner der am Tisch sitzenden Männer äußerte sich dazu, was nur bedeuten konnte, dass man sich der Meinung des Partners anschloss. Erst Fredi gelang es, die Aufmerksamkeit wieder auf sich zu lenken.

»Wie ich annehmen darf, seid ihr alle der Ansicht, dass eine höhere Provision nicht den erhofften Effekt erzielen würde. Habe ich recht? Dann bieten sich doch nur wenige Lösungen an. Ich zähle die einmal auf.«

Obwohl jeder am Tisch zumindest eine davon kannte, blickten alle gespannt auf Fredi.

»Wir suchen uns einen Angestellten der Behörde, der in einer anderen Stadt arbeitet. Einen geeigneten Kandidaten zu finden, dürfte zwar schwer werden, ist aber nicht unmöglich. Geld sollte da ein guter Wegbereiter sein. Ab einer bestimmten Summe verlieren sich jegliche Bedenken. Jeder ist käuflich.«

»Davon kannst du ja ein Lied singen«, meinte Tommi, einwerfen zu müssen, erntete jedoch nur strafende Blicke. Fredi fuhr unbeeindruckt fort.

»Wir können aber auch das Netzwerk auflösen und sämtliche Spuren, die zu uns führen könnten, beseitigen. Einige von uns haben mittlerweile genug angesammelt, um sich zur Ruhe zu setzen. Wir hören einfach auf.«

Augenblicklich entstand Unruhe und Gemurmel am Tisch. Wieder war es Tommi, der sich zum Sprecher machte.

»Du kannst gut reden, Fredi. Du hast deine Schäfchen im Trockenen. Du verhökerst einfach deine Anteile aus der Gemeinschaftspraxis und setzt dich in dein Haus auf den

Kaimaninseln ab. Was ist mit uns? Ich habe noch einen Riesenkredit für das Röntgengerät an den Ohren. Ich denke, dass fast alle hier am Tisch noch Schuldenberge vor sich herschieben. Ich brauche noch mindestens zwei Jahre, bis ich mit den Zusatzeinnahmen das Gröbste ausgeglichen habe. Wie sehen es denn die anderen hier? Will sich mal einer dazu äußern?«

Bei Tommi war die Angst spürbar, dass diese Gelddruckmaschine plötzlich abgestellt werden sollte. Seine Hand, mit der er das Weinglas anhob, zitterte. Alle versuchten, seinem Blick auszuweichen. Er ließ aber nicht locker.

»Stellen wir uns vor, dass wir relativ zeitnah einen männlichen Ersatz für die Schlampe finden. Gut und schön. Die Kühn wird ihr Wissen aber bestimmt nicht mit ins Grab nehmen wollen. Die sichert sich vorher ab und sorgt vor, falls ihr plötzlich was zustoßen könnte.«

»Ich an ihrer Stelle würde das auch tun, Tommi«, bestätigte Fredi.

»Warum betonst du das so seltsam? Willst du die etwa ...?«

»Hast du einen besseren Vorschlag? Du meckerst in einer Tour rum und flennst uns einen vor, dass du das Geld dringend brauchst. Wenn es aber ans Eingemachte geht, ziehst du deinen mickrigen Schwanz ein. Du kannst nicht das eine tun und das andere lassen. Beides gehört zusammen. Die Frau muss weg. Spurlos.«

Erneut breitete sich am Tisch Schweigen aus. In den Köpfen der Ärzte fand ein Kampf statt. Zur Disposition stand die Fortdauer ihres Stils in Sorglosigkeit und Reichtum. Dagegen das wertlose Leben einer Frau, die sowieso schon alles verloren hatte, was ihr einst etwas bedeutete. Obwohl sich die meisten unter ihnen darüber klar waren, wie die Entscheidung ausfallen würde, tat man so, als würden Skrupel im Wege stehen. Fredi führte schließlich mit einer Frage das Ende herbei.

»Wer ist für den Wechsel und die Beseitigung?«

Sechs Hände erhoben sich zögerlich und besiegelten das Schicksal einer Frau, die bisher ein Teil der Organisation war. Ein triumphierendes Grinsen zeichnete sich auf Fredis Gesicht ab.

»Wir halten also fest, dass es zu einem einstimmigen Beschluss kam. Ich werde mich um die Angelegenheit kümmern. Die Einzelheiten dazu werdet ihr sicher nicht wissen wollen.« Er machte an dieser Stelle eine Pause und klatschte in die Hände. »Seht ihr, Freunde, das Timing stimmt. Da kommt auch schon unser Essen. In einer Stunde werden wohl auch die bestellten Damen für den restlichen Abend erscheinen. Lasst uns nicht Trübsal blasen, sondern feiern.«

»Moment noch,« stoppte Tommi erneut die aufsteigende Euphorie. »Wir sollten auch einen Plan B für den Fall bereithalten, dass alles den Bach runtergeht. Was ist mit unserem Spezi, der uns bei den Eingriffen zur Hand geht? Hat man die Kühn, bekommt man auch den zu fassen. Er hat mit großer Wahrscheinlichkeit unsere Namen, Herrschaften, und kann uns hochgehen lassen. Da muss was vorbereitet werden.«

Fredi stellte das Glas wieder ab, das er zum Zuprosten hochgehoben hatte. Nur kurz überlegte er, bevor er antwortete.

»Tommi, manchmal hast du doch recht gute Vorschläge. Ich muss gestehen, dass ich darüber noch nicht nachgedacht habe, da es sich immerhin um einen Kollegen handelt. Aber gebt mir etwas Zeit. Ich finde raus, wer das ist und versuche, ihn davon zu überzeugen, zu unseren Konditionen weiterzumachen. Er wird nie davon erfahren, wer wir wirklich sind. Für alles gibt es eine passende Lösung. Das haben wir doch gelernt. Oder? Ich lass es euch wissen, wenn dieser Fall eintritt. Jetzt aber Schluss mit dem Trübsalblasen. Hoch die Tassen.«

Die Kellnerin räumte einige Gläser zur Seite, bevor sie das Essen auf den Tisch brachte, was mit einem zustimmenden Lob begrüßt wurde.

»Ich hoffe, dass Ihre Steaks nicht mehr zu blutig sind. Sollte das der Fall sein, melden Sie sich bitte.«

»In dem Punkt müssen Sie sich keine Sorgen machen, junge Frau. Keiner von uns wird beim Anblick von Blut ohnmächtig. Versprochen.«

20

Gordon Rabe steuerte auf den Tisch in der Ecke zu, der nur von einem Mann besetzt war, den man gut und gerne für einen Banker oder zumindest Bürohengst halten könnte. Sein mittelbrauner Anzug saß perfekt, obwohl der Krawattenknoten leger unterhalb des offenen Kragens lag. Gordon mochte diesen geschniegelten Kerl nicht, dessen gegeltes Haar wie mit einem Spachtel aufgetragen an der Kopfhaut klebte. Er stellte genau das dar, was Gordon sein Leben lang verabscheut hatte. Er bevorzugte das lockere Äußere der siebziger und achtziger Jahre, was sein dunkelblauer Jeansanzug und sein langes lockiges Haar deutlich unterstrichen. Entsprechend kühl fiel auch die Begrüßung der beiden Männer aus.

Gordon blickte in zwei sehr wache Augen, die verdeutlichen, dass dieser müde im Stuhl hängende Zeitgenosse nicht zu unterschätzen war. Zu oft hatte Thomas Welling ihm bewiesen, wozu sein heller Geist fähig war, wenn es um Betrügereien, aber auch Recherche ging. Seine Quellen in der Halbwelt waren unerschöpflich. Vor etwa achtzehn Jahren konnte Gordon sogar mit Wellings Hilfe einen gesuchten Intensivtäter festnehmen, der ihnen immer wieder durch die Lappen gegangen war. Allerdings hielt Gordon dafür seine fundierten Kenntnisse über Wellings Verstrickung innerhalb eines Drogendeals zurück. Den

Lohn dafür wollte er nun endlich einfordern. Der erste Schritt war getan.

»Fast pünktlich, Herr Hauptkommissar. Ich dachte schon, Sie kommen nicht. Dann wollen wir auch nicht lange rumquatschen, damit man mich nicht allzu lange mit Ihnen zusammen sieht.«

»Jetzt hauen Sie mal nicht so auf die Kacke, Welling. So berühmt sind Sie nun auch wieder nicht in der Szene. Aber wenn Ihnen das Treffen so gefährlich erscheint, legen Sie mal los. Ich höre.«

Während Thomas Welling in der fast leeren Kaffeetasse rührte, ruhten seine Augen auf irgendeinem fiktiven Punkt des Tisches. Er vermied es immer, Gesprächspartnern direkt in die Augen zu sehen, weil er wusste, dass dort klar zu erkennen war, ob Wahrheit oder Lüge seinen Mund verließ.

»Dieser Dr. Berrada ist so auffällig wie eine Sardine im Schwarm. Der bewegt sich in der Regel nur zwischen seiner Praxis und seiner Eigentumswohnung. Frau, zwei Kinder im vorpubertären Alter, die er morgens zur Schule fährt. Nichts, was außer der Reihe läuft. Der geht nicht einmal zum Sport oder zum Einkaufen. Von den Nachbarn erfuhr ich, dass er im Keller eine Rieseneisenbahnanlage unterhält. Auf dem Hof steht sein Campingwagen, mit dem er zweimal im Jahr Urlaub in Dänemark macht. So sieht kein Mann aus, der Müttern die Babys wegnimmt. Ein Familienmensch. Ob der größere Schulden im Nacken hat, kann ich nicht rausfinden. Das ist schon eher Ihr Gebiet, Rabe.«

Ohne zu unterbrechen, war Gordon dem Bericht gefolgt und überlegte, ob er dankbar oder enttäuscht reagieren sollte. Das Leben dieses Gynäkologen schien in absolut sauberen Bahnen zu laufen. Hier war jeder Verdacht unbegründet, Berrada könnte in dieses Geschäft verwickelt sein. Zweifel waren zumindest vorhanden, ob überhaupt einer der Ärzte die Finger im Spiel hatte. Der einzige Verdacht, der sich immer mehr erhärtete, war der, dass die Taten selbst von einem Mediziner durchgeführt wurden.

»Um die finanzielle Seite werde ich mich selbst kümmern, Welling. Das Ergebnis spricht, da gebe ich Ihnen recht, nicht unbedingt gegen Dr. Berrada. War ja eigentlich auch nur ein Versuch. Doch da Sie einmal dabei sind, Welling, hätte ich da noch als letzte Aufgabe diesen Herrn hier.«

Gordon legte das Foto von Dr. Virchow vor, auf dessen Rückseite die Adresse stand. Ohne sich das Bild näher anzusehen, schob Welling es direkt wieder über den Tisch.

»Wir sind quitt, Rabe. Sie sagten mir, dass ich Ihnen einen Gefallen tun sollte und dann alles in der Reihe ist. Von dem Kerl hier war nie die Rede. Vergessen Sie es.«

Thomas Welling hatte sich schon halb erhoben, als ihn die harte Hand des Hauptkommissars wieder auf den Stuhl zwang. Mit schmerzverzerrtem Gesicht ließ er sich wieder zurückfallen und rieb sich das schmerzende Handgelenk. Zutiefst besorgt blickte er auf das Bild des Arztes, das wieder in seine Richtung geschoben wurde.

»Ich sprach von einem Gefallen, Welling. Das ist richtig. Doch der besteht leider aus zwei Hälften. Eine davon haben Sie heute geliefert. Dafür bedanke ich mich. Doch ein Quidproquo entsteht erst, wenn Sie den Bericht über diesen Arzt abgeliefert haben. Dann sind wir zwei endlich im Reinen. Da ich mich bald im Ruhestand befinde, werden Sie zumindest Ruhe vor mir haben. Aber ich gehe sowieso davon aus, dass Sie mittlerweile den Weg des Gesetzes beschritten haben. Irre ich mich etwa darin?«

»Sie sind ein größerer Halunke, als ich es jemals war, Rabe. Sie müsste man einsperren – nicht mich.«

»Na, na, Welling. Sie versündigen sich. Aber lassen Sie uns das ein andermal ausdiskutieren. Jetzt geht es vorerst nur um die armen Kinder, die ihren Eltern weggenommen werden. Das mögen Sie doch auch nicht, wie Sie mir beim letzten Treffen gestanden haben. Wir treffen uns in drei Tagen genau hier, gleiche Zeit. Ich bin gespannt, was Sie dann für mich haben.«

Gordon winkte ab und verließ das Café, als der Kellner endlich die Zeit fand, ihn nach seinen Wünschen zu fragen. Zurück blieb ein still vor sich hinfluchender Welling, der einen Geldschein auf den Tisch warf und den verblüfften Kellner aus dem Weg drängte.

»Und du bist dir sicher, dass dieser Berrada nichts damit zu tun hatte? Irgendwer muss doch die Info über die Patientin an den Entführer verschickt haben.«

Kais Zweifel an Gordons Rechercheergebnis standen ihm ins Gesicht geschrieben. Er hoffte auf Zustimmung, als er sich am Besprechungstisch umblickte. Oberkommissar Dino Wohlert wiegte den Kopf und gab seine Meinung preis.

»Natürlich ist das naheliegend, Kai. Doch glaube ich nicht, dass nur er Einblick hatte in die Krankenakte. Da gibt es zum Beispiel noch die Praxisangestellten, Mitarbeiter bei der Krankenkasse und viele mehr. Aber ich habe mich gefragt, wie die Regelung ist, wenn es auf den Entbindungszeitpunkt zuläuft. Du brauchst doch ein Bett in der Klinik. Natürlich gibt es unangemeldete Geburten, die spontane Einweisungen erfordern. Ich mag mich ja täuschen, aber sorgt man als Eltern nicht vor und reserviert sich einen Platz auf der Wöchnerinnenstation? Außerdem gibt es doch diese Geburtsvorbereitungskurse. Da weiß doch auch jeder, wann es so weit ist. Ich bin da raus, da ich Junggeselle bin.«

Zumindest Mia und Leonie klopften anerkennend auf den Tisch und grinsten den Kollegen an. Leonie preschte vor.

»Meine Hochachtung, werter Kollege. Dafür, dass du seit deiner eigenen Geburt nichts mehr damit am Hut hattest, bist du gut im Thema. Vieles davon ist absolut richtig und auch in die Ermittlungen einzubeziehen. Dass ein Arzt oder zumindest ein Mensch mit medizinischen Grundkenntnissen darin verwickelt sein muss, dürfte unbestritten sein. Doch um denjenigen aufzuspüren, müssen wir genau dieses Datenleck finden. Außerdem ist es ja bekanntlich schwer, ein Baby zu adoptieren. Meines Wissens ist dabei das lokale Jugendamt im Boot oder ein freier Träger. Ohne die bekommst du nicht den Hauch einer Chance, ein Kind zu adoptieren. Es sei denn, ...«

»... jemand spielt genau dort mit gezinkten Karten. Das wolltest du doch damit sagen, Leonie? Oder irre ich mich da?« Gordon verstand sofort, worauf die Kollegin hinauswollte. »Wir müssen also in zwei Richtungen ermitteln. Es gibt Leute, die diese Taten planen und das große Geld damit verdienen. Es muss aber gleichzeitig jemanden geben, der die Tat durchführt. Ich befürchte, dass hier ein riesiges Netzwerk tätig ist und man sich die Daten aus dem Netz stiehlt. Schon oft wurden Befürchtungen geäußert, dass man Krankenakten öffentlich machen könnte. Ich hoffe nicht, dass wir hier einem solchen Netzwerk gegenüberstehen. Das wäre wirklich verheerend.«

Kai bat um Ruhe, als alle am Tisch plötzlich wild durcheinander sprachen.

»Gute Argumente von Leonie und Dino. Also teilen wir uns auf. Außerdem werde ich Kontakt mit unserem Mann beim LKA aufnehmen. Die versprachen, parallel zu ermitteln. Vielleicht wissen die schon mehr als wir. Jetzt steht noch das Ergebnis über den Dr. Virchow aus. Gleichzeitig versuchen wir herauszubekommen, wie der Ablauf in den Praxen und später in der Klinik datentechnisch ist. Erst dann können wir uns daran machen, die betreffenden Personen an den Schnittstellen zu ermitteln. Ich weiß, Leute, eine Scheißarbeit, aber sie muss sein. Also, ran an den Feind. Es ist für die Kinder.«

21

»Wo hast du die Ware? Ich sehe nichts.«

Rübezahl trat gefährlich langsam aus dem Schatten des Riesenahorns hervor und näherte sich Melanie Kühn, die instinktiv zurückwich. Angst vor dieser mächtigen Gestalt hielt ihren gesamten Körper gefangen. Sie wusste, dass sie sich auf verdammt dünnem Eis befand und jetzt nicht über Gebühr den Riesen provozieren durfte. Doch sie musste ihm deutlich machen, dass sie es mit ihrem Entschluss, aufzuhören, ernst meinte.

»Ich habe bereits gesagt, dass ich nicht weiter mitmache bei diesem dreckigen Geschäft. Das werde ich auch den Leuten sagen, für die ich bisher gearbeitet habe. Ihr werdet euch jemand anderen suchen müssen.«

»Soll das jetzt bedeuten, dass du auch den letzten Auftrag nicht ausgeführt hast?«

Eine Hitzewelle überfiel Melanie, als sie beobachtete, wie Rübezahl eine Hand unter das Sakko schob und diese mit einem Stilett bewaffnet wieder erschien. Weiter konnte sie nicht zurücktreten, da sie gegen den Kotflügel ihres Autos gedrängt wurde. Die Angst schnürte ihr den Hals zu, sodass ihr Schrei erst gar nicht den Mund verlassen konnte. Gefährlich nahe war ihr die Spitze dieser schmalen Klinge, berührte schon ihre Nasenspitze, als der Blick von Rübezahl wie zufällig das Bündel auf dem Rücksitz erfasste.

»Warum machst du diese Scheiße mit mir? Was ist das da? Willst du mir auf den Sack gehen mit deinem Geheule vom Aufhören? Hol das Balg da raus und versuche sowas nie wieder mit mir. Du hast gerade einen Teil deiner Provision verspielt, du bescheuertes Weib.«

Mit einer wilden Bewegung stieß er Melanie zur Seite, die versuchte, sich noch am Rückspiegel festzuklammern, bevor sie in voller Länge in die Schlammpfütze neben dem Auto fiel. Sie spie den Dreck aus, der ihr in den Mund geflossen war, und warf sich herum. Erstaunt beobachtete sie, wie übervorsichtig, fast zärtlich Rübezahl das Baby in den Arm nahm. Ohne Eile öffnete er die Decke, die über dem Gesicht des Kleinen lag. Die Taschenlampe blitzte auf, was dazu führte, dass der Säugling erschrak und losplärrte. Da das Kind die Augen geschlossen hatte, schob Rübezahl ein Lid hoch und grunzte zufrieden.

»Das war aber auch dein Glück, du Miststück«, rief er Melanie zu und zerrte mit der freien Hand einen Umschlag aus der Seitentasche, warf ihn zu Boden.

»Die Käufer scheinen nicht zu wissen, dass die Augen von Babys am Anfang immer blau sind. Wir sprechen uns noch. Darauf kannst du wetten. Du bleibst da liegen, bis ich zurück bin. Und fass den Umschlag nicht an. Darin ist zu viel Knete. Ich habe dir versprochen, dass ich dir was abziehe für den Ärger, den du mir bereitet hast. Bin in wenigen Minuten wieder da.«

Melanie Kühn wäre gar nicht in der Lage gewesen, sich zu erheben. Sämtliche Glieder zitterten und versagten ihr den Dienst. Plötzlich spürte sie die Faust in ihrem Haar. Rübezahl hatte sich von ihr unbemerkt von hinten genähert und riss sie hoch. Sein fester Griff hielt sie in der Senkrechten und sorgten für Tränen des Schmerzes. Die zu Schlitzen verengten Augen waren nur wenige Zentimeter von den ihren entfernt und signalisierten, dass er von Wut und Gier erfüllt war. Seine Worte, die er ihr zuzischte, gaben genau das wieder, was sie in ihrem tiefsten Inneren befürchtet hatte.

»Die Hose. Runter damit. Ich werde dir jetzt zeigen, was wir bei uns zu Hause mit Weibern anstellen, die glauben, so clever zu sein wie du.«

Er unterstrich die Ernsthaftigkeit seiner Worte mit einem verstärkten Griff, der jetzt ihre Brüste umfasste. Nachdem er ihre Bluse und den Büstenhalter brutal zerrissen hatte, hantierte er an seinem Hosengürtel herum. Melanie spürte sofort, wie sich sein Glied wie ein fester Ast gegen ihren Unterleib drückte. Mit zitternden Fingern versuchte sie, den eigenen Gürtel zu öffnen. Als es Rübezahl zu lange dauerte, riss er Melanie herum und presste ihren Oberkörper nach vorne. Hart prallte ihr Gesicht auf die Motorhaube. Mit äußerster Brutalität zerrte er Hose und Slip nach unten und stieß in sie hinein, brüllte dabei wie ein Bär. Ihr leises Wimmern ging unter in den animalischen Geräuschen dieses Urmenschen, der sich Minuten später wortlos den Hosenschlitz schloss und in den Schatten des Ahorns verschwand, aus dem er zuvor aufgetaucht war. Melanie blieb mit bebendem Körper auf der Haube ihres Wagens liegen und versuchte, sich zu beruhigen. Sie spürte, dass Blut über ihre Schenkel in die Schuhe lief. Sie überhörte die Schritte, die sich ihr wieder näherten.

»Ich habe was vergessen, du Schlampe. Wo hast du den Umschlag?«

»Ich ... ich weiß nicht, wo ... geh weg.«

»Halt dein elendes Maul und rück den Umschlag raus.«

Als sie der gewaltige Schlag mit der Rückhand auf die Wange traf, kippte sie halb ohnmächtig auf die Seite und gab den Blick auf den verschmutzten Umschlag frei, der noch immer im Schlamm lag. Rübezahl bückte sich danach und öffnete ihn. Mit geschickten Fingern zählte er einige Geldscheine ab und steckte sie in die Hosentasche.

»Das nehme ich für den guten Fick, den du genießen durftest. Übrigens bist du eine miese Hure. Es macht keinen Spaß mit dir. Du bist im Schritt trocken wie die Wüste Gobi. Jetzt verstehe ich auch, warum du keinen Kerl hast und alleine leben musst. Etwas mehr Körpereinsatz wäre besser. Wir hören noch voneinander.«

Als sich Rübezahl entfernen wollte, holte ihn Melanies schwache Stimme ein, hielt ihn für einen Moment zurück. Er näherte sich sogar und legte den Kopf auf die Seite, als würde er lauschen.

»Was hast du da gerade gefragt? Du willst wirklich wissen, warum ich das mit dir gemacht habe? Hast du das denn in deinem beschissenen Leben noch nicht mitbekommen?«

Melanies Worte musste er fast von ihren Lippen ablesen und fühlte sich bemüßigt, ihr seine Sicht vom Leben darzustellen.

»Ich ... ich habe dir doch gegeben, was du ... was du verlangt hast. Glaubt ihr Kerle denn, dass nur Gewalt und Angst nötig sind, um eure Macht unter Beweis zu stellen?«

Warum frage ich das überhaupt? Er wird mich dafür umbringen. Ach, soll er doch. Egal. Mein Leben hat keinen Sinn mehr.

Allmählich baute sich Trotz in ihr auf und sorgte sogar dafür, dass sie sich aus der alten Stellung erheben konnte. Ohne jegliche Angst blickte sie in die Augen ihres Vergewaltigers, der wieder halbwegs abgeregt schien. Als wäre zuvor nichts geschehen, kreuzte er die Arme vor der Brust und betrachtete Melanie von oben herab. Seine Worte erschienen Melanie wie aus einem schlechten Film. Dennoch glaubte sie daran, dass dieser Saukerl genau danach sein Leben gestaltete.

»Furcht ist Macht. Das habe ich früh erlernen müssen. Mein Vater hat mir das schon als Kind eingebläut. Die Welt muss in Flammen stehen, dann verdienen wir Geld - sehr viel Geld. Wer die Angst beherrscht und richtig einsetzen kann, hat die Fäden der absoluten Macht in der Hand. Geschickt angewandt macht sie dich zum Herrscher über das Leben. Weißt du, das dumme Volk braucht jemanden, der ihm sagt, wie es zu leben, aber auch wie es zu sterben hat. Der König befielt und das Volk bewundert ihn sogar dafür. Jetzt wirst du dich sicherlich fragen, warum das so ist. Ganz einfach. Weil er allein lernte, über das Leben anderer zu bestimmen. Und das erzeugt Angst, Demut und Unterwürfigkeit. Ich bin die Macht. Verstehst du das Prinzip?«

Fasziniert hatte Melanie zugehört. Sie musste zugeben, dass ihr diese Darstellung seiner Lebensphilosophie mächtig zugesetzt hatte. Sie wünschte sich nichts sehnlicher, als dass dieser Mann und alle, die ebenso dachten, den Tod in der Hölle fanden. Das allerdings lag nicht in ihrer Hand. Mit Sorge verfolgte sie, wie sich Rübezahl das Sakko richtete und sich mit herausgedrückter Brust auf den Weg machte. Aus der Ferne vernahm sie das Wimmern des Kindes, das jetzt einer ungewissen Zukunft entgegenfuhr.

22

»Ach, ist das ein hübsches Kerlchen. Wenn wir ja nicht wüssten, dass er adoptiert wurde, könnte man glatt sagen, dass er auf dich rauskommt.«

Katharina Paschke, gute Freundin des Hauses, kniff dem Neugeborenen zärtlich in die Wange und strahlte Oliver Teuscher an, der sofort wieder den Mückenschutz über das Kinderbettchen zog. Tanja stellte das Trinkfläschchen, mit dem sie kurz zuvor den Kleinen versorgt hatte, zur Seite. Nachdem sie sich vergewissert hatte, dass die Windel perfekt saß, blickte sie ein letztes Mal auf den neuen Mitbewohner hinab und drängte alle aus dem Kinderzimmer. Mit einem Lächeln auf den Lippen glitt der Junge hinüber in das Land der Träume.

»Ich beneide dich sehr darum, Tanja, dass wenigstens ihr es so schnell geschafft habt, ein so kleines Kind zu erhalten. Unser Antrag liegt schon fast zwei Jahre beim Amt und man machte uns wenig Hoffnung darauf, jemals ein Neugeborenes erhalten zu können. Charly hat es sogar mit Geld versucht. Du verstehst, was ich meine? Die sind uns fast ins Gesicht gesprungen, als wir ihnen ein Angebot machten. Klar, ich verstehe das ja auch. Immerhin ist ein Kind ja keine Handelsware. Immer wieder bieten sie uns an, doch ein Waisenhaus zu besuchen.«

»Und das ist für euch keine Option?«, meinte Oliver und warf Tanja einen warnenden Blick zu. Er wusste nur zu gut, dass sie in ihrer Naivität schnell geneigt war, Wahrheiten auszuplaudern, die sie besonders in diesem Fall unbedingt für sich behalten musste. Zu viel stand auf dem Spiel, sollte ihre Vorgehensweise jemals bekannt werden. Sicher, Katharina und Charly Paschke waren die besten Freunde, doch diese Sache war einfach zu heiß. Die Gefahr war auf jeden Fall zu groß, dass man ihnen das Kind wieder wegnahm. Oliver hatte sich bereits erkundigt, dass es heutzutage überhaupt kein Problem bedeutete, durch DNA-Abgleiche die richtige Mutter zu finden. Nicht um alles auf der Welt würden sie den kleinen Elias, wie er später getauft werden sollte, wieder hergeben. Inwieweit sie sich strafbar gemacht hatten, wollten sie gar nicht wissen. In diesem Punkt verdrängten sie Schuldgefühle, wollten absolut nichts über die Hintergründe der Übernahme erfahren. Wichtig für sie war die Aussage bei der Übergabe, dass die eigentliche Mutter das arme Kind nicht wollte. Bei ihnen würde es Elias gut haben und in eine glückliche Zukunft blicken können.

»Die Zeit vergeht nur so unendlich langsam, Katharina. Das eine Jahr müssen wir auf jeden Fall warten, bis Elias ganz sicher uns gehört. Stell dir mal vor, wenn er uns plötzlich wieder genommen würde. Daran darf ich gar nicht denken. Schließlich hat man diese Adoptionspflegezeit nicht ohne Grund eingeführt. Es kann ja auch sein, dass die Pflegeeltern das Kind plötzlich nicht mehr wollen. Bei älteren Kindern dauert das sogar noch länger.«

Tanja Teuscher spürte die Arme der Freundin an ihren Schultern.

»Warum sollte das geschehen, Tanja? Die Mutter wird eine rechtsverbindliche Vereinbarung unterschrieben haben. Außerdem ist das doch bei euch eine Inkognito-Adoption. So hast du mir das jedenfalls erklärt. Ich kann mir einfach nicht vorstellen, dass so was wieder rückgängig gemacht werden kann.«

Tanja war dafür dankbar, dass die beiden Männer, die sich zwischenzeitlich auf die Terrasse begeben hatten, endlich wieder ins Haus traten und nach ihren Gläsern griffen. Oliver hob seines und blickte in die Runde.

»Lasst uns über etwas anderes reden. Vorher noch ein kräftiges Prost auf Elias. Er ist ein Segen für uns und wird es auf jeden Fall gut haben. Habe ich euch übrigens schon das Holzschaukelpferd gezeigt, das in der Garage steht?«

Charly Paschke ließ sein Glas sinken und versteckte erst gar nicht seine Überraschung. Er schlug seinem Freund lachend auf die Schulter.

»Mensch, Oliver. Bist du jetzt völlig durchgedreht? Der Junge kann gerade einmal selbstständig die Augen öffnen, und du willst ihn schon reiten sehen. Jetzt erzähl mir nur noch, dass du ihn schon für die Fahrschule angemeldet hast.«

Katharina spuckte den Schluck Wein wieder zurück ins Glas, um sich bei ihrem Lachkrampf nicht zu verschlucken. Dass die Eltern nicht mitlachten, registrierten die Freunde nicht. Erst als sie in die ernsten Mienen blickten, bemerkten sie, dass dieser Scherz nicht besonders gut angekommen war. Die mögliche Diskussion darüber wurde allen erspart, da das Telefon einen verhaltenen Gong von sich gab. Oliver beeilte sich, das Gespräch anzunehmen, damit der Kleine davon nicht geweckt werden konnte. Auffällig lange hörte er zu und antwortete nur sporadisch mit einem Ja oder Nein. Mit der Bemerkung, dass er am nächsten Vormittag zum Treffpunkt kommen wolle, beendete er das Telefonat und kam nachdenklich zurück zum Tisch. Tanja kannte ihren Mann gut genug, um sofort zu erkennen, dass etwas Außergewöhnliches passiert sein musste. Allerdings vermied sie es, ihn direkt darauf anzusprechen. Charly hatte diese Skrupel aus verständlichen Gründen nicht.

»Was ist los, Oliver? Du siehst gar nicht gut aus. Was Schlimmes passiert?«

Oliver vermied es, Tanja anzusehen, als er den Kopf zögerlich schüttelte und die Besucher beruhigte.

»Nein, nein. Ein Kunde. Er möchte eine Rechnung erklärt haben, da er der Meinung ist, dass der Posten nicht geliefert wurde. Kein Problem. Ich bin nur etwas irritiert.«

»Na, Gott sei Dank. Dann lasst uns endlich mit dem Kartenspiel beginnen. Ihr seid mir noch eine Revanche schuldig.«

Mitternacht war längst vorbei, als sich Tanja aufatmend von innen gegen die Haustür lehnte. Seit Stunden hatte sie gehofft, dass dieser Zeitpunkt endlich kommen würde und Plaschkes nach Hause gingen. Oliver sortierte in der Küche die Gläser in die Spülmaschine und tat so, als hätte er Tanjas Eintreten nicht bemerkt.

»Willst du mir nicht endlich verraten, was das vorhin sollte? Wer war das am Telefon? Ich habe ein Recht darauf zu erfahren, mit wem du dich am Vormittag triffst. Ein Kunde? Was sollte das? Ich konnte sehr gut verstehen, dass es sich um eine Frauenstimme handelte. Glaube mal nicht, dass dir die beiden das mit dem Kunden wirklich abgenommen haben. Sie besitzen nur genug Taktgefühl, das Thema nicht anzusprechen. Findest du nicht auch, dass es ein denkbar schlechter Zeitpunkt ist, jetzt, wo der Kleine da ist, sich in eine Affäre zu stürzen?«

Das Erschrecken war in Olivers Gesicht deutlich zu erkennen, als er herumfuhr und Tanja anstarrte. Er suchte nach Worten, konnte sie jedoch nicht schnell genug finden. Längst waren Tanjas Fäuste in die Hüften gestützt und ihr Gesicht zeigte kalte Ablehnung.

»Oh Gott, das denkst du wirklich von mir? Das kann doch nicht sein. Lass dir erklären, worum es wirklich geht.«

»Was gibt es da noch zu erklären? Sag es einfach frei raus. Wer ist das und wie lange kennt ihr euch schon?«

Endlich fand Oliver zu einem gequälten Lachen und machte einen Schritt auf Tanja zu. Sie wich sofort zurück und begegnete ihm mit funkelnden Augen.

»Fass mich nicht an. Ich schreie das ganze Haus zusammen, wenn du es tust.«

»Schatz ... hör mir zu. Es war Frau Kühn am Telefon. Die bat um dieses Treffen. Niemals würde ich dich ...«

»Was wollte die Kühn von uns?«

Längst hatte Tanja Teuscher die Situation neu eingeordnet, sodass ihr Gesichtsausdruck von zornig auf ängstlich wechselte. Sie sprang förmlich auf Oliver zu, fasste ihm ans Hemd und schüttelte ihn verzweifelt.

»Ich ... ich weiß es wirklich nicht genau. Sie sprach nur davon, dass etwas Unvorhergesehenes geschehen ist und sie unbedingt mit uns darüber reden muss. Ich habe keinen blassen Schimmer. Ich möchte mich hinsetzen. Mir ist schlecht.«

Statt zurückzuweichen, verstärkte Tanja ihr Schütteln noch und schrie Oliver an.

»Sie kann jetzt nichts mehr ändern. Ich gebe Elias nicht mehr her. Wenn sie mehr Geld will, dann gib es ihr in Gottes Namen. Gib dem habgierigen Weib, was sie verlangt. Aber niemals wird sie ...«

»Ich weiß, Liebes, ich weiß. Male bitte nicht den Teufel an die Wand. Möglicherweise handelt es sich nur um eine Kleinigkeit, eine fehlende Unterschrift, ein neues Formular.

Das mag ganz harmlos sein und wir regen uns hier über nichts auf. War das übrigens vorhin ernst gemeint von dir? Ich meine das mit der Affäre?«

»Ach Gott, nein, Oliver. Nimm mir das nicht übel. Das waren meine Nerven, die mir durchgingen. Natürlich sehe ich in dir den liebenswertesten und treuesten Ehemann auf dieser Welt. Entschuldigung.«

Oliver war deutlich anzumerken, dass ihm die Vorwürfe seiner Frau schwer zu schaffen machten. Wortlos drehte er sich ab und verteilte die Gläser in der Spülmaschine neu. In seinem Kopf rasten wie wild die Gedanken.

Was wäre, wenn Tanjas Sorgen berechtigt waren und diese Frau Kühn einen schweren Fehler begangen hatte, der ihnen Elias kosten würde. Würde man ihnen das Kind wieder wegnehmen können? Das durfte niemals geschehen. Niemals!

23

Noch immer wühlten die Schmerzen im Unterleib, als Melanie Kühn sich erschöpft gegen den Baum lehnte und versuchte, die Tränen zurückzuhalten. Ein Arzt wäre dringend nötig gewesen, da sie vermutete, sich im Schambereich erhebliche Verletzungen zugezogen zu haben. Doch das war unmöglich. Wie sollte sie den Vorfall erklären, ohne aufzufallen? Selbst eine dritte Ibuprofen-Tablette konnte nicht verdecken, was dieser Urmensch angerichtet hatte. Es würde Tage dauern, bis alles verheilt war, zumindest was das rein Körperliche betraf. Die Psyche würde niemals wieder heilen, nichts würde durch die Zeit in Vergessenheit geraten. Es war genug. Das hatte dieses Schwein nicht ungestraft getan.

Melanie legte die Hand auf die Stelle, an der sie den Umschlag unter der Kleidung versteckt hielt. Wenn Oliver Teuscher auf ihr Vorhaben vorbereitet war, würde sie das Finale dieser Geschichte einläuten. Sobald sie ihn aufgeklärt hatte, musste sie noch einmal zurück und alles vorbereiten. Nach einem Blick auf die Uhr schaute sie Richtung Friedhofstor, wo Teuscher längst hätte erscheinen müssen. Er war schon zehn Minuten über der Zeit.

Verdammt, warum kommst du denn nicht? Ich habe dir am Telefon deutlich gesagt, dass es wichtig für euch und das Kind wäre. Du machst mir den ganzen Plan kaputt.

Melanie kniff die Zähne zusammen und suchte die Bank auf, auf der sie sich mit Teuscher verabredet hatte. Weitere zehn Minuten wollte sie ihm noch geben, bevor sie abbrechen musste. Immerhin konnte er durch irgendwas aufgehalten worden sein. Sie bemerkte den stillen Beobachter nicht, der sich hinter einer hohen Säule versteckt hielt und jede ihrer Bewegungen verfolgte. Schließlich erhob sie sich und quälte sich zurück zum Auto, um den Weg zur Wohnung zu nehmen. In ihrem Kopf überdachte sie ihr Vorhaben, das jetzt verändert werden musste.

Ihr hattet die Chance. Jetzt könnte das Schicksal auch euch überrollen. Tut mir leid.

Erschöpft lehnte sich Melanie Kühn von innen gegen die Wohnungstür und atmete durch. Wieder nahm sie das Blut wahr, das an ihrem Oberschenkel entlanglief und die Stoffhose bereits durchtränkte. Sie sah den Riesenflecken, der sich immer weiter auf ihrem Bein ausbreitete. Sie stöhnte leise auf dem Weg ins Bad. Gerade als sie die Tür erreichte, hielt sie das Klopfen an der Eingangstür zurück. Blitzschnell musste sie die Entscheidung treffen, ob sie öffnen sollte oder erst die Kleidung wechseln. Kurzentschlossen griff sie nach einem Badetuch hinter der Badezimmertür und legte sich das um die Hüfte. Rein mechanisch war ihr Griff ins Haar, mit dem sie versuchte, es zu richten. Sie staunte, als sie durch den Spalt den Besucher erkannte, der sofort seinen Fuß vorschob, um das Schließen zu verhindern.

»Sie? Warum kommen Sie in meine Wohnung, Herr Teuscher? Ich hatte Sie am Treffpunkt erwartet, an dem Sie nicht erschienen sind. Was wollen Sie ...?«

Der Satz blieb unvollendet, da Oliver Teuscher die Tür mit einem kräftigen Schub aufdrückte. Er betrachtete

Melanie mit einem Blick, der ihr Angst einflößte, während er die Tür schloss. Er schob sie vor sich her, die in der schmalen Diele keine Möglichkeit sah, sich dagegen zu wehren.

»Ich ... ich wollte Ihnen alles erklären, Herr Teuscher. Aber das kann ich ja auch jetzt noch, wo Sie einmal hier sind. Kommen Sie durch ins Wohnzimmer.«

Teuschers Blick blieb längere Zeit an dem großen Blutfleck hängen, der für ihn sichtbar wurde, als Melanie Kühn das Badetuch aus der Hand rutschte. Sie gab den kläglichen Versuch auf, den Flecken mit den Händen zu verdecken, beschmutzte sich nur die Handflächen. Überall, wo sie das Mobiliar berührte, hinterließ sie Blutspuren. Es war ihr mittlerweile egal.

Ich muss es dem Mann erklären. Er versteht nicht, was sich über ihm zusammenbraut.

»Was soll das alles? Können Sie sich vorstellen, welche Angst Sie meiner Frau durch Ihren Anruf gemacht haben? Sie dreht zu Hause fast durch. Ich musste ihr versprechen, dass ich alles tue, um uns zu schützen. Und ich sage Ihnen, dass ich das auch tun werde. Was ist mit Ihnen geschehen?«

Teuschers Blick ruhte wieder auf Melanie Kühns Hose, die mittlerweile vom Blut durchtränkt war. Bevor sie antwortete, kniff sie die Lippen aufeinander, da ein schmerzhafter Krampf zum wiederholten Male durch ihren Unterleib raste. Sie versuchte, sich am Wohnzimmerschrank festzuhalten, griff jedoch daneben und drohte zu stürzen. Im letzten Moment konnte Teuscher sie auffangen.

»Verdammt, Sie müssen in ein Krankenhaus. Das sieht ja schlimm aus«, meldete Teuscher erste Bedenken an, wobei sich für einen Augenblick seine anfängliche Härte und der

Zorn aus dem Gesicht verflüchtigten. Als Melanie seine Hand zur Seite drückte, kam seine Ablehnung sofort zurück.

»Dann eben nicht. Ich bin mir auch nicht sicher, ob es sich lohnt, Ihnen zu helfen. Sie haben sich einer Tätigkeit verschrieben, die nicht in jedem Fall für die armen Kinder von Vorteil zu sein scheint. Ja, ich gebe zu, dass wir Ihnen dankbar sein sollten. Der Kleine hat es bei uns gut getroffen und wir werden uns um ihn kümmern. Aber wissen Sie immer genau, ob das auch bei anderen Eltern so ist? Sie haben uns nie zu Hause besucht, haben nie nachgeforscht, was den Kleinen wirklich erwartet. Doch ich werde mir darüber keine Gedanken machen, da ich es eh nicht mehr ändern kann. Was also wollten Sie mir so Wichtiges mitteilen?«

Melanie hatte Teuschers Ansprache kaum richtig wahrgenommen, während sie sich Halt suchte und schließlich in den Sessel fallen ließ. Beide Hände hielt sie auf den Bauch gepresst und versuchte, die Atmung zu kontrollieren. Der Schmerz ließ für einen Moment nach, den sie dazu nutzte, dem Besucher zu antworten.

»Sie haben völlig recht, Herr Teuscher. Ich bin das Anspeien nicht wert. Ich schäme mich auch dessen, was ich getan habe. Bei Ihnen glaube ich allerdings, alles richtig gemacht zu haben. Doch das allein reicht nicht, um all das Leid auszugleichen, das ich verursacht habe. Aus diesem Grund habe ich mich entschlossen, damit aufzuhören und ...« Hier machte Melanie eine bedeutungsvolle Pause, die Teuscher erstarren ließ. »... ich gehe zur Polizei und stelle mich. Jedes dieser Schweine soll dafür büßen, was er den Müttern und vor allem den Kindern antut. Die ganze Bande gehört ins Gefängnis.«

Teuscher glaubte, dass man ihm die Füße unter dem Körper wegziehen wollte, und torkelte zur Couch, in die er sich hineinfallen ließ. Seine Lippen zitterten, versuchten, einen zusammenhängenden Satz zu formulieren, was ihm nicht gelang. Sein Stottern ließ Melanie aufsehen.

»Herr Teuscher ... bitte hören Sie mir nun genau zu. Ich will, dass Sie und Ihre Frau unbeschadet bleiben. Auch dem Kind darf nichts geschehen. Es muss auf jeden Fall bei Ihnen bleiben. Ich habe mir alles genau überlegt. Und allein deshalb schon musste ich mit Ihnen reden.«

»Sie wollen bei der Polizei ... es soll alles publik gemacht werden? Ich habe Ihnen viel Geld, sehr viel Geld dafür bezahlt, dass wir ein Kind bekommen und auch behalten können. Und nun wollen Sie das alles wieder kaputt machen? Alles nur, weil Sie glauben, Unrecht getan zu haben? Das wussten Sie doch vorher schon.«

Oliver Teuscher stemmte sich aus den Polstern hoch und versuchte, einen festen Stand zu erreichen. Sein Blick irrte durch den Raum, suchte ebenfalls nach Halt und blieb haften am Gesicht der Frau, die nun alles zerstören wollte.

Ich werde das nicht zulassen. Du wirst uns Elias nicht mehr wegnehmen. Er gehört zu uns und wird für immer unser eigenes Kind bleiben. Du bist ein schlechter Mensch.

Melanie, die seinen Blick erwiderte, glaubte, seine Gedanken lesen zu können und versuchte, sich im Sessel ganz klein zu machen. Immer näher kam Teuscher und streckte seine Hände vor, als wollte er sie erwürgen. In ihrer Verzweiflung schrie sie ihn an.

»Gehen Sie weg und hören Sie bitte zu, was ich Ihnen zu sagen habe.«

Als wäre Oliver Teuscher aus einem Traum erwacht, stoppte er kurz vor Melanie und senkte die Arme. Sie nutzte diesen Augenblick der Unentschlossenheit und erklärte Teuscher ihren Plan in der Hoffnung, dass er aufnahmefähig war.

»Sie, Herr Teuscher sollen auf jeden Fall Ihr Kind behalten. Dafür habe ich gesorgt. Sehen Sie her.«

Melanie zog ihre Bluse hoch und ergriff den Umschlag, den sie sich schon vor Stunden hinter den Gürtel geschoben hatte. Vorsichtig, darauf bedacht, keine falsche Bewegung zu machen, öffnete sie den und legte etliche, eng bedruckte Blätter auf den Tisch.

»Das, Herr Teuscher, sind Listen, auf denen jedes einzelne Kind vermerkt ist, das ich jemals vermittelt habe. Jedes – außer Ihres. Verstehen Sie mich, Herr Teuscher? Ihr Kind steht nicht auf dieser Liste. Niemand wird jemals danach bei Ihnen suchen. Sie und Ihre Frau brauchen sich also keine Sorgen machen, dass man Ihnen den Kleinen wegnehmen wird. Das war es, was ich Ihnen mitteilen wollte.«

Wenn Melanie Kühn geglaubt hatte, den Besucher damit vollends beruhigt zu haben, wurde sie sofort enttäuscht. Wie ein Wilder ergriff er die Papiere und blätterte darin herum, als würde er nach etwas Bestimmtem suchen. Seine Finger fuhren über die Zeilen, seine Lippen formulierten Worte, die er aber nicht aussprach. Melanie gewann den Eindruck, dass er gar nicht begriff, was er da las. Plötzlich warf er die Papiere wieder auf den Tisch und stammelte: »Ich finde Elias nicht. Wo kann ich unseren Sohn finden?«

Dass Teuscher nicht begriffen zu haben schien, was Melanie ihm kurz zuvor erklärt hatte, bereitete ihr nun zusehends Sorgen. Als hätte sie ein Kind vor sich, legte sie ihre Hand auf seinen Arm und begann von vorn. Immer wieder betete sie ihm förmlich vor, dass sein Name und der seines Kindes nicht auf der Liste sein würde und dass es einen Elias ja als Name noch gar nicht geben konnte.

»Was sind das da für Namen? Ich meine die ganzen Ärzte auf der letzten Seite?«

In Melanie schoss ein Glücksgefühl hoch, als sie bemerkte, dass bei Teuscher wieder der Verstand einzusetzen schien. Nachdem sie einen erneuten Schmerzkrampf niedergerungen hatte, setzte sie zu einer Erklärung an.

»Das, Herr Teuscher, ist einer der wesentlichen Punkte. Und hier kämen Sie ins Spiel. Hören Sie mir deshalb bitte zu. Alle diese Ärzte sind in dem Netzwerk diejenigen, die das große Geld machen, indem sie den Müttern die Kinder wegnehmen und zu horrenden Preisen verkaufen. Denen ist es absolut egal, was mit den Kindern geschieht. Hauptsache, der Verkauf macht sie noch reicher. Nicht jedes Kind hat das Glück wie Ihres. Da gibt es schlimme Schicksale.«

»Wieso, was macht man mit denen?«

»Das, Herr Teuscher, wollen Sie nicht wissen und werden es auch nicht von mir erfahren. Mich belastet es schon genug und hat mein Leben zerstört. Also weiter. Ich möchte, dass Sie diese Listen an sich nehmen und sie aufbewahren. Später sollen sie an die Kripo gehen. Sie werden sich fragen, warum ich das nicht sofort tue und mich stelle. Der Grund liegt unter anderem daran, was Sie bei mir als Erstes bemerkt haben. Ich muss erst herausfinden, wer mir das hier angetan hat.«

Ihr Blick war auf ihren Schoß gerichtet, der sich dunkelrot gefärbt hatte.

»Ein sehr gewalttätiger Mann hat mich vergewaltigt. Sie selbst können erkennen, wie brutal er dabei vorgegangen ist. Er ist es aber auch, der einen Großteil der Kinder erhielt und ihnen ebenfalls Unglaubliches angetan hat. Noch weiß ich nichts über seinen Aufenthaltsort und kenne seinen Namen nicht. Und genau das muss ich noch herausfinden. Falls mir vorher etwas zustoßen sollte, müssen Sie, Herr Teuscher, der Polizei diese Listen anonym zukommen lassen. Sie haben, wie ich schon sagte, nichts zu befürchten. Finde ich den Namen heraus, ergänze ich die Liste und bringe sie selbst zur Polizei. Verstehen Sie nun, welche Aufgabe Ihnen zugedacht wurde? Ich bereue meine Taten, die ich aus purem Egoismus und aus Habsucht beging. Doch Sie sollen mir dabei helfen, Teile davon wiedergutzumachen. Kann ich mich auf Sie verlassen?«

Mittlerweile hatte Oliver Teuscher eine Wanderung durch das recht kleine Zimmer gestartet und wog alle Argumente gegeneinander ab. Melanie beobachtete ihn dabei und hoffte, dass er die richtige Entscheidung treffen würde.

»Wie erfahre ich, dass Ihnen nichts passiert ist? Ich muss ja abschätzen können, ob und wann ich den Umschlag übergeben muss.«

»Das ist relativ einfach. Sie erhalten jeden Tag um die gleiche Zeit eine SMS mit einem willkürlichen und unverfänglichen Text auf Ihr Smartphone. Die Absendernummer wird unterdrückt sein, damit sie nicht nachverfolgbar ist. Kommt diese Nachricht an zwei aufeinanderfolgenden Tagen nicht mehr, ist das für Sie das Signal, den Umschlag abzuliefern. Dann ist mir etwas ... ach, egal. Tun Sie es einfach und leben Sie glücklich weiter mit Ihrer Familie.«

Mit bebenden Händen sortierte Melanie die Papiere wieder und schob sie zurück in den Umschlag. Lange betrachtete Teuscher den und schob ihn letztlich ebenfalls hinter seinen Hosengürtel.

»Soll ich Sie wirklich nicht zu einem Arzt fahren? Das sieht nicht gut aus.«

»Das wird schon wieder, Herr Teuscher. Aber Danke für Ihr Angebot. Kann ich mich wirklich auf Sie verlassen? Im besten Fall rufe ich Sie in den nächsten Tagen an, um den Umschlag zurückzufordern. Dann bringe ich ihn selbst zur Polizei. Fällt die Nachricht aus, tun Sie es bitte schnell.«

»Sie können sich darauf verlassen. Und seien Sie vorsichtig. Ich werde Sie hoffentlich gesund wiedersehen.«

Noch lange starrte Melanie Kühn auf die Tür, die sich hinter Teuscher geschlossen hatte.

24

Es musste eine Eingebung gewesen sein, dass Melanie ihr Telefon mit ins Bad genommen hatte. Schon den dritten Tag bemühte sie sich darum, in einem heißen Kamillenbad endlich Linderung zu erfahren. Mit geschlossenen Augen ließ sie immer wieder die Szenerie bei der letzten Kindübergabe an sich vorbeiziehen. Sogar den Schmerz der Vergewaltigung spürte sie heftig und riss die Augen auf, als sie das Klingeln aufschreckte. Als sie auf dem Display bemerkte, dass es eine unterdrückte Nummer war, die nach ihr verlangte, wurde ihr schlagartig klar, wer sich um Kontakt bemühte.

»Na, hast du deine Gedanken wieder geordnet? Es tut mir leid, Sternchen.«

»Was tut dir leid, du Mistkerl?«

»Ich meine, dass ich dich ohne Vorspiel gevögelt habe natürlich. Das ist nicht meine Art, musst du wissen. Eigentlich bin ich der zärtliche Typ, der erst die Dame zum Essen ausführt und sich beim Kaffee danach verführen lässt. Aber du hast mich total angemacht.«

Melanie musste den Hörer weghalten, als das dröhnende Lachen durch die Leitung an ihr Ohr drang und augenblicklich eine Welle von Hass in ihr auslöste. Sie hatte sich vorgenommen, egal was der Typ auch zu ihr sagen würde, cool zu bleiben.

»Dann hattest du wohl einen miesen Tag, als du es mir besorgt hast. Beim nächsten Mal wirst du es bestimmt besser machen. Warum rufst du an? Das tust du doch bestimmt nicht, weil du einen billigen Joke loswerden möchtest. Also? Wo drückt dich der Schuh?«

»So gefällst du mir besser, Melanie. Wieder ganz die Alte. Ich dachte mir von Anfang an, dass du nicht so bescheuert sein wirst, auf das Geld zu verzichten. Noch ein paar Monate und du hast ausgesorgt – und ich auch. Die neue Quelle ist ergiebiger, als ich zuerst dachte. Die brauchen noch ein paar Bälger mit den gleichen Attributen wie beim Letzten. Wie ich hörte, wollen ein paar stinkreiche Knacker eine Kolonie in Chile aufbauen, wo sie reinarische Bälger großziehen möchten. Was die sonst noch mit denen anstellen, ist mir scheißegal. Ich weiß, das hatten wir schon mal, aber das scheint da unten wohl immer wieder zu klappen. Wann kannst du liefern?«

Obwohl Melanie immer noch im warmen Wasser saß, konnte sie die Gänsehaut nicht verhindern, die sich über ihren Körper ausbreitete. Gleichzeitig wuchs ihre Abscheu gegen diesen Mann und die, die so etwas Menschverachtendes planten, ins Unermessliche. Sie musste ihren gesamten Willen aufbringen, um ihrer Stimme einen halbwegs festen Klang zu verleihen.

»Ein paar Wochen wird es schon dauern. Ich kann aber mal die Liste durchgehen und rumtelefonieren.«

»Ein paar Tage, Mäuschen. Nur ein paar Tage. Wir sind am Markt nicht die Einzigen, die so was anbieten. Das solltest du nie aus dem Blick verlieren. Allerdings weiß man in deren Kreisen, dass unsere Ware ausgesuchte Qualität besitzt. Die wollen keine Untermenschen aus den Tropen. Reinrassig müssen die Kinder sein. Damit können wir besonders punkten. Ich erwarte dein Angebot übermorgen. Du schickst mir die Nachricht wieder auf dem üblichen Weg. Kommt nichts von dir, werde ich dich besuchen kommen. Du weißt, was das heißt.«

Genau dahin wollte Melanie ihren Peiniger bringen. Er sollte sich zu ihr bewegen. Hier war ihr Revier, in dem sie sich auskannte, und sie hatte sich auf die Großwildjagd vorbereitet. Die Leitung war tot, bevor sich Melanie wieder äußern konnte. Nun war es an ihr, die Voraussetzungen für einen erfolgversprechenden Empfang zu stellen. Es fiel ihr noch immer schwer, sich normal zu bewegen. Sie befürchtete schon seit Tagen, dass dieses Monster ihr einen größeren Schaden im Gebärmutter- und Analbereich zugefügt hatte.

Ich halte das aus, du Tier. Du wirst mich nicht umbringen, bevor ich dich getötet habe. Ich bestimme ab jetzt das Geschehen und die Wahl der Waffen.

Sie wählte aus dem Gedächtnis die Nummer, die sie niemals im Leben einem anderen Menschen anvertrauen würde, und wartete auf die so vertraute Stimme.

»Er hat angerufen. Wir können mit den Vorbereitungen beginnen.«

Immer wieder sicherte Melanie nach allen Seiten, um keinem möglichen Verfolger die Chance zu liefern, ihr folgen zu können. Den Klingelton hatte sie vorsichtshalber abgestellt, sodass sie nur das Vibrieren in ihrer Westentasche darauf aufmerksam machte, dass man nach ihr verlangte. Sie hatte sich angewöhnt, keinen Laut von sich zu geben, da alle, die diese Nummer anwählten, wussten, dass nur sie es sein konnte, die ihnen zuhörte.

»Schön, zu hören, dass es dir wieder gut geht und du vernünftig geworden bist. Wie du siehst, funktioniert unsere Nachrichtenkette perfekt. Es hätte mich auch gewundert, wenn du abgesprungen wärst. Der Laden läuft doch perfekt und die Polizei tappt, wie ich erfuhr, komplett im Dunkeln. Dein Mann vor Ort muss sich nicht sorgen. Allerdings muss ich zugeben, dass du es warst, die uns zwischenzeitlich Sorgen bereitet hat. Aber es gibt immer wieder gute Nachrichten, mein Stern. Eine davon habe ich für dich. Hör zu. Ab sofort wird deine Provision um fünf Prozent erhöht. Ist doch gut, oder? Du sagst ja gar nichts.«

»Was soll ich dazu sagen, Fredi? Für den alten Satz hätte ich sowieso nicht mehr weitergemacht. Ihr kauft euch dicke Häuser und Sportwagen – ich möchte auch was vom Kuchen abhaben. Hat dir dieses miese Schwein, mit dem du dich ja scheinbar blendend verstehst, auch erzählt, was er mit mir angestellt hat? Hat er das?«

Melanie glaubte, ein verhaltenes Kichern gehört zu haben, was hinter einer vorgehaltenen Hand zurückgehalten wurde.

»Nun ja. Er hat was angedeutet, dass ihr zwei euch auf der Motorhaube vergnügt habt. Tut dir bestimmt mal gut. Es verändert einen Menschen, wenn er nicht ab und zu mal die Hormone tanzen lassen kann. Ihr solltet euch zusammentun. Ich meine, gehört zu haben, dass er auch allein lebt. Scheiß drauf. Es ist mit ihm durchgegangen, Melanie. Du bist Profi und wirst das wegstecken können.«

Was ihr in diesem Moment auf der Zunge lag, schluckte sie hinunter, da sie wusste, dass ihre Rache absolut unvorbereitet über diese Bestien hereinbrechen würde. Sie als Kronzeugin würde sämtliche Ärzte aus dem Babyclan in den Strudel der Vergeltung ziehen. Ihnen würde die Arroganz auf den Gesichtern einfrieren, wenn man sie in eine Zelle sperrte und ihre Taten der Öffentlichkeit preisgibt.

»War es das, was du mir erzählen wolltest? Ich habe wenig Zeit und muss mich ums Geschäft kümmern. Wenn es außer Häme nichts gibt, was dein Lästermaul hergibt, mache ich hier Schluss. Du wirst von mir hören – versprochen.«

Nun hatte sich ein dämonisches Grinsen auf ihr Gesicht gestohlen, da sie es war, die einen klaren Blick in die Zukunft tun konnte. Wieder sicherte sie nach allen Seiten und nahm den fast komplett verdeckten Weg quer durch den dichten Wald, der sich bis weit hinter Velbert hinzog und tausende Verstecke lieferte für Menschen, die etwas zu verbergen hatten. Erst nach mehreren hundert Metern tauchte die Hütte auf, die unter dem Holzboden etwas verbarg, das der Besitzer als Schatzkammer bezeichnete.

Viele Spaziergänger, die mehr durch Zufall auf diese Hütte gestoßen waren, wunderten sich stets, dass sämtliche Fenster mit Gittern gesichert waren und die einzige Tür, die ins Haus führte, weder Schloss noch Türklinke besaß. Melanie konzentrierte sich auf die kleine Kamera, die absolut unauffällig und kaum sichtbar in den äußeren Türrahmen eingelassen worden war. Es handelte sich um eine technische Besonderheit, die nicht nur dem Bewohner anzeigte, wer sich draußen aufhielt, sondern auch ein Mikrofon besaß. Das Codewort, um die Tür öffnen zu können, war nur ihr und dem Besitzer bekannt. Wer es nicht kannte, hätte nur die Möglichkeit gehabt, mit brutaler Gewalt und schwerem Gerät ins Haus zu gelangen. Fast lautlos schwang die massive Holztür zurück und schloss sich sofort wieder, als Melanie den dunklen Raum betreten hatte.

Niemals würde sie sich an die Atmosphäre gewöhnen können, die sie überfiel, wenn sie sich in diesem Raum befand. Nichts um sie herum gab Anlass, um Ängste zu schüren, da jeder Gegenstand im Raum die Vermutung zuließ, sich in einem gewöhnlichen Wochenendhaus zu befinden. Die Inneneinrichtung entsprach dem absoluten Standard, mit dem der Durchschnittsbürger eine derartige Behausung ausstatten würde. Sessel, Couch, Holzeckbank, kurze Küchenzeile mit Kühlschrank wurden lediglich durch ein einfaches Bett ergänzt, das sauber geordnet unter einem der zwei Fenster stand. Nur ein Teller, eine Tasse und Brotkrümel zeugten davon, dass sich hier vor kurzer Zeit noch jemand mit Essen versorgt hatte. Ein Griff an die lauwarme Tasse bewies ihr, dass sich derjenige genau jetzt im Haus befinden musste. Der Verschlag, in dem sich die Toilette befand, war gut einzusehen und leer. Ihre Vermutung war, dass sich die Zielperson im unteren Bereich der Hütte befinden musste. Nicht der leiseste Ton im Haus ließ diese Vermutung zu, und doch wusste sie, dass er sich dort unten versteckt hielt. Obwohl das mäßige Licht nicht zuließ, den Kontakt neben dem Toilettenspiegel zu entdecken, wusste sie, wo er zu finden war. Fast geräuschlos schob sich ein Teil des Holzbodens zurück und gab den Blick auf die schmale Treppe frei, die in den Keller führte. Erst als sie den Boden fast erreicht hatte, konnte sie einmal mehr die raffinierte Konstruktion bewundern, die dafür sorgte, dass die Abdeckung auch zurückfuhr. Ein weiterer Kontakt hatte die Aufgabe, dass man die Hände nicht benutzen musste, um für andere Besucher wieder unsichtbar zu werden.

Es war nur ein kurzer Gang, der sie in den Raum führte, der das Heiligtum für den Mann darstellte, der ihn vor Jahren eingerichtet hatte. Es war nicht ihr erster Besuch hier unten. Und doch faszinierte sie immer noch die Zweckmäßigkeit, mit der alles angeordnet war. Zumindest kleine Operationen hätten hier problemlos durchgeführt werden können, da der außergewöhnliche OP-Tisch von Lampen und anderen medizinischen Gerätschaften umgeben war. Besonders war der Tisch deshalb, weil er mit kettenartigen Befestigungen für Arme und Beine ausgestattet worden war. An den Wänden befanden sich sauber angeordnet Instrumente und Fläschchen, die die unterschiedlichsten Medikamente und Narkotika enthielten. Ein Krankenhaus im Miniformat eben. Ein schwaches Licht leuchtete den Raum so weit aus, dass sie alle Einzelteile erkennen konnte.

»Ich habe mir neue Geburtszangen, Gefäßclips und Bulldogklemmen zugelegt. Die Wundhaken musste ich austauschen und habe mir sofort ein ganzes Sortiment gekauft. Möglich, dass ich das Ganze später in der neuen Praxis verwenden kann.«

Melanie hatte ihren ersten Schreck überwunden und richtete ihren Blick auf den jungen Mann, der sich nun vollends durch den Spalt geschoben hatte, der in einen Nebenraum mündete, in dem er sich einen Notausgang geschaffen hatte. Längst konnte sie die warme Stimme des Mannes nicht mehr schocken. Im Gegenteil. Sie beruhigte sie ungemein, da sie sich förmlich in den Geist anderer einschmeichelte.

»Es ist schön, dich hier zu sehen, Melanie«, fuhr er fort und strich ihr zärtlich über das Haar. »Aber du siehst gar nicht gut aus. Deine Augen verraten, dass du leidest und traurig bist. Außerdem ist es deine gebückte Haltung, die im krassen Gegensatz zu dem steht, wie ich dich kenne. Du hast Schmerzen. Setz dich und erzähle mir davon.«

Ein dankbares Lächeln stahl sich auf Melanies Lippen und sie küsste die Innenfläche der Hand, die weich und anschmiegsam auf ihrer Wange lag. Als sie auf dem OP-Tisch Platz genommen hatte, brach es wie ein Wasserfall aus ihr heraus. Während Ströme von Tränen über ihr Gesicht liefen, berichtete sie von den Geschehnissen und der letzten Begegnung mit Rübezahl. Geduldig hörte ihr der junge Mann mit dem langen blonden Haar zu, dessen braune Augen ehrliche Teilnahme ausdrückten. Allerdings veränderten sich diese mit jedem Satz, den er zu hören bekam. Sie verhärteten sich in einer Art, die Melanie bei ihm bisher noch nie entdeckt hatte. Als sie zögerte, wurde sie aufgefordert, alles detailliert zu berichten und nichts auszulassen. Es war nur ein kurzes Aufblitzen in seinen Augen, was Melanie auffiel, bevor er ihr wieder diesen gütigen Blick schenkte, den sie an ihm so sehr liebte.

»Bitte zieh dich aus. Lege deine Sachen dort über den Stuhl und lege dich hin. Ich will mir ansehen, was dieser Mann bei dir angerichtet hat.«

»Es ist schon wieder ...«

»Leg dich hin, meine Liebe. Ob es wieder gut ist, werde ich dir später sagen können. Vertraue mir, denn ich kann dir helfen. Und das tue ich gerne, denn ich lerne daraus. Alles wird wieder gut.«

Schon immer überkam Melanie ein beklemmendes Gefühl, wenn sie sich auf den Stuhl eines Gynäkologen legen musste, um eine Vorsorgeuntersuchung über sich ergehen lassen zu müssen. Sie zwang sich dazu, alle Vorbehalte über Bord zu werfen und tat, wie ihr gesagt wurde. Aufmerksam verfolgte sie jede Bewegung im Gesicht von ihm, dem sie sogar ihr Leben anvertraut hätte. Seinem Gesichtsausdruck war nicht anzumerken, was er empfand, wie schlimm es möglicherweise um sie stand. Seine Hände umfassten Instrumente und hantierten mit ihnen, als hätte er niemals im Leben etwas anderes gemacht. Endlich streifte er die Latex-Handschuhe ab und setzte sich neben sie auf die Tischkante. Seine Augen waren fest auf sie gerichtet, als er seinen ersten Eindruck schilderte.

»Hast du mir bewusst unterschlagen, dass er dich auch anal vergewaltigte? Es wird eine Weile dauern, bis die Risse an deinem Schließmuskel und den Hämorriden wieder verheilt sind. Ich werde dir nachher eine Salbe mitgeben, die Hydrocortisonacetat und Wollwachs enthält. Damit kannst du das Ekzem behandeln. Was mir jedoch mehr Sorgen bereitet, ist nicht die Tatsache, dass er dir erhebliche Risse im oberen Vaginalbereich beigebracht, sondern dass er dir eine Infektion hinterlassen hat. Ich empfehle dir einen zeitnahen Schwangerschaftstest und Abklärung, ob er eine Krankheit übertragen hat.«

»Ich kann doch nicht die Vergewaltigung ...«

»Musst du ja auch gar nicht, meine Liebe. Erkläre dem Arzt, dass du einvernehmlichen Sex hattest, du aber aus dem Bekanntenkreis hörtest, dass der Typ ständig wechselnde Beziehungen hat. Nun hast du Angst, dass er dir eine Geschlechtskrankheit übertragen hat. Das reicht völlig aus. Wenn du danach gefragt wirst, kennst du nicht einmal seinen Namen. Punkt und aus.«

»Glaubst du wirklich, dass er mir so was übertragen haben könnte?«

»Kann sein, muss aber nicht. Gehe bitte auf Nummer sicher. Wie geht es dir sonst, Melanie? Es war schließlich eine Vergewaltigung, die nicht ohne Folgen an der Psyche bleibt? Träumst du davon? Siehst du sein Gesicht, wenn du einschläfst? Kannst du überhaupt schlafen?«

Mühsam richtete sich Melanie wieder in die Sitzposition auf, nachdem sie die Beine aus den Stützen gehoben und sich angezogen hatte. Sie legte ihre Arme um die Knie und den Kopf gegen die Schulter des Mannes. Bei keinem anderen Mann auf dieser Welt hätte sie das tun können. Hier und heute machte es ihr nichts aus, da ein Vertrauen vorhanden war, das sie hätte mit Worten nicht ausdrücken können. Mit geschlossenen Augen horchte sie in sich hinein, versuchte, tiefe Gedanken zu beschreiben. Es war mehr ein Flüstern, mit dem sie ihre Gefühle ausdrückte.

»Ich weiß nicht, ob meine Schlafstörungen sich allein darauf stützen, da ich auch vorher schon damit Probleme hatte. Aber ich werde dieses fürchterliche Gesicht nicht mehr los. Sobald es auftaucht, muss ich schreien und schlage sogar wild um mich. Ich mag es mir ja nur einbilden, aber ich spüre danach immer wieder diese Schmerzen. Es ist nicht so schlimm wie damals, aber sie treten auf und klingen erst im Laufe des Tages ab. Ich hasse diesen Mann, wie man nur seinen schlimmsten Feind hassen kann. Verstehst du mich?«

Sein Griff wurde fester, als er sie näher an sich heranzog.

»Das verstehe ich sehr gut. Und das ist gut so, dass du es tust. Ich habe davon gehört, dass viele Frauen, die vergewaltigt wurden, die Schuld bei sich suchen. Ich glaube, da hilft eine gesunde Portion Hass ganz gut, über dieses vermeintliche Schuldgefühl hinwegzukommen. Du hast es schließlich nicht gewollt oder den Mann unnötig gereizt. Lebe deinen Hass gegen das Tier aus. Das befreit dich sicher.«

Melanie drehte den Kopf und küsste ihn auf die Wange. Ihr dankbarer Blick streifte ihn, bevor sie weitersprach.

»Ich werde morgen einen Termin machen, versprochen. Aber ich bin aus einem völlig anderen Grund hierher gekommen. Ich möchte etwas mit dir besprechen.«

Neugierig geworden löste sich der junge Mann von ihr und setzte sich Melanie gegenüber auf den Tisch. Geduldig wartete er darauf, dass sie ihm verriet, was sie außerdem noch bedrückte. Was er zu hören bekam, entlockte ihm hin und wieder ein anerkennendes Heben der Augenbraue. Wieder überzog diese seltene Härte sein Gesicht und zeigte Melanie, mit welcher Intensität er sie bei ihrem Plan unterstützen würde. In den Händen dieses Mannes fühlte sie sich absolut sicher und wusste, dass sie mit seiner Hilfe ihr Ziel erreichen würde.

25

Thomas Welling machte keinen Hehl daraus, dass er sich im Umfeld des Hauptkommissars sichtlich unwohl fühlte. Auch er war sich dessen bewusst, dass dieser Kripomann in der gesamten Szene bekannt war wie ein bunter Hund. Allerdings genoss er auch den Respekt des Milieus, da er einen ausgeprägten Gerechtigkeitssinn besaß, der so manchem kleinen Ganoven zugutekam, der sich nicht dem Gewaltverbrechen zugewandt hatte. Trotzdem hatte Welling seinen Mantelkragen hochgeschlagen, was schon fast albern wirkte. Es erinnerte an die Erscheinung einer von Raymond Chandler erfundenen Detektivfigur des Philip Marlowe, der einst von Filmgrößen wie Humphrey Bogart, Robert Mitchum oder Elliott Gould verkörpert wurde. Gordon Rabe schien genau das zu denken, als er sich grinsend der Parkbank näherte, auf der Welling auffallend nervös wartete.

»Befürchten Sie hier Scharfschützen, die Sie für Ihren vermeintlichen Verrat bestrafen wollen. Lassen Sie uns deshalb schnell machen. Ihnen soll doch auf keinen Fall was zustoßen. Außerdem müsste ich anschließend noch die Sauerei beseitigen. Was haben Sie für mich?«

»Machen Sie ruhig Ihre Scherze, Rabe. Ich habe viel zu verlieren. In meiner Branche zählt der gute Ruf noch etwas.«

»... und den glauben Sie in meiner Gesellschaft zu verlieren? Ich muss über mein Leben nachdenken, mein Freund.

Da muss einiges schiefgelaufen sein. Halten wir uns also nicht allzu lange mit Vorgeplänkel auf und kommen wir zur Sache.«

Allmählich entspannte sich Welling und kramte einen Zettel aus den Tiefen seines Mantels. Gordon erkannte darauf eine Adresse eines Restaurants. Wortlos wartete er ab.

»Sie sollten da ab und zu mal mit Ihrer Familie essen gehen, Rabe. Gutbürgerlich und lecker. Aber auch die High Society der Stadt scheint die Location für sich entdeckt zu haben. Zumindest die halbe Ärzteschaft versammelt sich dort zum gemeinsamen Essen und um frivole Spielchen zu treiben.«

»Ich wäre Ihnen dankbar, Welling, wenn Sie nicht in Rätseln sprechen würden. Wer ist dort anzutreffen und was würde mich erwarten. Wenn Sie von frivolen Spielchen reden, wäre es doch wohl besser, ich hielte meine Familie von diesem Etablissement fern. Jetzt mal Klartext!«

Welling verdrehte die Augen, als müsste er einem älteren Schüler das kleine Einmaleins erklären.

»Sie wollten doch etwas über diesen Dr. Virchow erfahren, wenn ich mich recht erinnere. Der hat das hier wohl zu seinem Stammlokal erklärt. In der Regel trifft er sich alle vierzehn Tage mittwochs dort mit einigen Kollegen aus der gleichen Branche, isst dort zu Abend und später verschwinden die Herrschaften mit diversen Damen, die sich gewaltig von denen unterscheiden, die man normalerweise heiraten würde. Sie verstehen?«

»Das bekomme ich noch soeben hin, Welling. Und die haben sich also am letzten Mittwoch dort vergnügt. Die wären dann turnusmäßig erst wieder in zwei Wochen dran. Ich denke, dass die sich nicht im Lokal den Freuden des Lebens hingeben, sondern ...«

»Klar, Rabe. Die werden bestimmt nicht über die Tische kriechen und im Beisein anderer Gäste rumvögeln. Kurz vor Mitternacht dackeln die mit ihren Mädels ab. Wohin sie fahren, kann ich Ihnen nicht sagen. Dürfte wohl auch völlig irrelevant sein. Mir scheint nur wichtig, dass diese Herren einem Club oder einer Loge anzugehören scheinen. Und jetzt kommt das Wichtigste, Rabe.«

Hier machte Welling eine bedeutungsvolle Pause und musterte den Hauptkommissar mit einem verschlagen wirkenden Blick.

»Was ist Welling? Erwarten Sie nun ein Bittgebet von mir? Legen Sie endlich los, Mann.«

»Ich bin Sie dann endgültig los, Rabe? Versprechen Sie mir das?«

»Verdammt, Welling. Ich verspreche Ihnen das. Aber auch nur, wenn die Info was taugt. Lassen Sie es endlich raus, bevor Sie einen dicken Hals bekommen und mir noch auf der Bank ersticken.«

»Wissen Sie, Rabe, dass Sie ein Riesenarschloch sind und ich Sie eigentlich nicht leiden kann?«

»Wissen Sie, Welling, dass mir das am besagten Arsch vorbeigeht und mich überhaupt nicht interessiert. Ich mache den Job nicht, um Freunde zu gewinnen, sondern um solche Typen wie Sie hinter Gitter zu bringen. Ich warte immer noch.«

Wenn Blicke töten könnten, wäre Gordon in diesem Moment zur Hölle gefahren.

»Ich habe mich an der Theke mit dem Restaurantbesitzer unterhalten können. Der mag die Bande nicht, freut sich aber trotzdem über den üppigen Umsatz. Der hat mir so Einiges über die Scheißer erzählt. Er kennt die meisten von ihnen, wundert sich deshalb darüber, dass sie sich mit Vornamen ansprechen, die überhaupt nicht passen. Die scheinen sich Pseudonyme zugelegt zu haben, um ihre wahre Identität zu verschleiern. Außerdem hat er hier und da ein paar Gesprächsfetzen aufgeschnappt, wenn die sich über ihre neuesten Investitionen austauschen. Bei denen scheint Knete einen besonderen Stellenwert zu haben, die sie für Dinge ausgeben, über die wir zwei erst gar nicht nachdenken wollen. Eine Welt, die uns fremd sein dürfte.«

»Das, Welling, hört sich endlich mal interessant an. Ich werde mich also mal über die Einkommensverhältnisse der Leute informieren. Die einzelnen Identitäten herauszufinden, dürfte uns keine Schwierigkeiten bereiten, wenn wir die Kennzeichen der Fahrzeuge haben. Und noch was, Welling. Sie sind sich aber sicher, dass Dr. Berrada nicht zum Club gehört?«

Welling zog die Schultern hoch und versuchte, eine Zigarette aus einer völlig verknautschten Schachtel herauszufummeln, was er schließlich fluchend aufgab.

»Zumindest habe ich den Kerl an diesem Abend dort nicht angetroffen. Das überlasse ich aber jetzt gerne Ihnen. Mein Job endet hier. Und bitte, Rabe, werfen Sie den Zettel weg, auf dem Sie meine Telefonnummer notiert haben. Fressen Sie den auf. Für Sie existiere ich nicht. Mich hat es in Ihrem Scheißleben nie gegeben. Haben wir uns verstanden?«

Welling wartete Gordons Antwort nicht ab und erhob sich. Mit weitausholenden Schritten verließ er den Ort des Geschehens, verfolgt vom Blick eines grinsenden Hauptkommissars. Rabe blieb noch einen Moment sitzen und sortierte das Gehörte gedanklich ein. Zufrieden mit dem Ergebnis machte er sich auf den Weg zurück ins Büro.

Gordon platzte mitten in eine Besprechung hinein, an der auch Kriminalrat Kläver teilnahm. Lauthals wurde der

Kollege auf Zeit begrüßt und mit Kaffee versorgt. Kai beendete kurz darauf seinen Zwischenbericht, der zumindest den positiven Abschluss darin fand, dass man bisher keinen weiteren Fall einer Mütterentführung zu verzeichnen hatte. Das ließ die Hoffnung aufkeimen, dass die vor Ort aktiven Teile der Bande momentan pausierten. Niemand aus der Soko war so naiv zu glauben, dass der Handel zwischenzeitlich gestoppt worden war. Möglich war, dass man von den Ermittlungen seitens der Polizei hörte und die Strategie geändert bzw. angepasst wurde.

»Gibt es aus deinen geheimen Quellen was Neues, Gordon? Du hast erwähnt, dass du gerade heute einen Informanten treffen wolltest.«

Alle Augen richteten sich auf den passionierten Jeansträger, der in aller Ruhe seine Tasse wieder absetzte. Kai hatte geschickt den Ball weitergereicht, um die Gespräche am Laufen zu halten.

»Ich bin mir noch nicht sicher, ob wir hier auf eine heiße Spur gestoßen sind oder nur etwas erfahren konnten über das Lotterleben sittlich verkommener Akademiker.«

Der Bericht wurde von ihm zusammengefasst vorgetragen und anschließend diskutiert. Leonie Felten hatte sofort Blut geleckt und hakte nach.

»Das kann doch kein Zufall sein, dass ausgerechnet einer der beteiligten Ärzte zu dieser Gruppe gehört. Und diese Methode, sich mit Pseudonymen unkenntlich zu machen, kann doch nicht allein darin begründet sein, dass die Herrschaften sich nur vor den bezahlten Huren schützen wollen. Die würden sich dieses lukrative Geschäft bestimmt nicht zunichtemachen wollen, indem sie Erpressungen durchführen. Das würde die gesamte Branche gegen sie aufbringen.« Sie sah Kriminalrat Kläver an und richtete ihre Frage direkt an ihn. »Sehen Sie eine Möglichkeit, dass wir schnell an Auskünfte über die Vermögensverhältnisse dieses Dr. Virchow herankommen? Der Hinweis erscheint mir äußerst wichtig, dass der Mann diverse Immobilien im Ausland unterhält. Wirft die Praxis wirklich so viel ab? Gibt es bei der Familie Virchow größere Erbschaften, die so was ermöglichen? Taucht der Name möglicherweise schon jetzt bei Steuerverfahren auf? Da könnten uns doch das LKA und die Staatsanwaltschaft weiterhelfen.«

Kläver unterbrach seine Spielerei mit dem Kugelschreiber, bei dem er schon seit einigen Minuten den Knopf rein- und wieder herausdrückte. Dankbar wurde es vom danebensitzenden Dino Wohlert registriert.

»Das, liebe Kollegin Felten, gestaltet sich etwas schwierig. Die Staatsanwaltschaft erwartet dazu einen fundierten Verdacht, was Steuerhinterziehung betrifft. Das wäre optimal und würde auf der Stelle eine Ermittlung einleiten. Doch in unserem Fall handelt es sich lediglich um mögliche Beihilfe zur Kindesentführung. Sie werden den feinen Unterschied herausgehört haben, denke ich. Hinterziehen wir Steuergelder, werden die schnell tätig. Doch was haben wir, liebe Kollegen?«

Kläver ließ seinen Blick einen Moment über die Gesichter der Anwesenden gleiten. Er erwartete eigentlich auch keine Antwort, gab sie sich deshalb selbst.

»Nichts! Wir können diesem Herrn nicht einmal Falschparken nachweisen. Der Oberstaatsanwalt schmeißt mich aus seinem Büro, wenn ich ihm mit einem vagen Verdacht eines Restaurantbesitzers oder eines namenlosen Spitzels komme. Uns bleibt nur Eigeninitiative. Verstehen Sie mich bitte nicht falsch. Ich meine damit nicht, dass wir den Mann entführen und unter Anwendung von Waterboarding alles aus ihm herausholen. Zapfen Sie dazu andere Quellen an, von denen ich jedoch nichts wissen möchte. Ich weiß, dass ich mich mit meinen Bemerkungen in Teufels Küche bringe. Doch in mir baut sich der gleiche Hass gegen diese Brut auf, der auch in ihnen allen lebt. Stoppen wir die Verbrecher nicht, wird es zu Toten kommen, wobei ich persönlich die Vermutung habe, dass es schon zu solchen Vorfällen kam. Lassen Sie mich die Begriffe Organhandel und Verkauf an Pädophile in den Raum stellen. Keinem von ihnen muss ich beschreiben, was mit den Kindern geschieht, wenn sie nicht gerade illegal an liebende Eltern vermittelt werden.«

Kläver schwieg, bis das dezente Klopfen auf dem Tisch endete. Gordon wusste nur zu gut, was jeder von ihnen dachte. Er musste die Anwesenden nicht an den belastenden Fall erinnern, an dem sie kurz vor seinem Abschied gearbeitet hatten.

»Meiner Meinung nach ist diese Ärztegruppe, vorausgesetzt wir landen einen Treffer mit denen, nur ein Teil des Ganzen. Sie bilden lediglich ein Glied der Kette, vielleicht aber auch den Kopf des Ganzen.«

Er erhob sich und trat an das Flipchart, ergriff den Stift und begann damit, Kreise aufzuzeichnen, die er mit Pfeilen verband.

»Sehen wir einmal dieses Geschäft mit Babys wie eine Industrie, eine Produktionskette, was es schließlich auch in der Realität ist. Ganz oben steht natürlich die Produktion selbst: Mutter und Vater. Entschuldigt bitte, wenn ich das Ganze so pragmatisch darstelle.«

Das kurz aufflammende Grinsen verschwand sofort wieder aus sämtlichen Gesichtern.

»Nun steht am Ende der Produktion das Produkt selber: das Kind. Doch bevor wir Dinge produzieren, benötigen wir

Abnehmer, die diese Ware benötigen, bestellen und bezahlen. Im Normalfall fällt das bei Kindern weg, da sie von den Eltern behalten werden. In unserem Fall muss sich jemand um die Akquisition kümmern. An einer zentralen Stelle muss der Bedarf angemeldet werden.«

»Das müsste doch in der Regel das Jugendamt oder eine freie Trägerschaft sein. Ich glaube, dass dort alle Fäden zusammenlaufen«, warf Dino Wohlert ein. Gordon nickte.

»Das trifft in dem Fall zu, wenn ein Kind an Pflegeeltern vermittelt werden soll. Dazu kommen wir später, denn auch hier könnte schon ein erster Ansatz zu finden sein. Doch nehmen wir mal den schlimmsten Fall an und die Kinder sollen als Ersatzteillager auf den freien Markt geworfen werden. Im vorliegenden Fall wird das Produkt, also das Kind, einfach der Mutter weggenommen und verschwindet für immer. Doch reicht das aus?«

»Wie meinst du das, Gordon?«, warf Leonie ein.

»Das ist doch so schwer nicht zu verstehen, Leonie. Uns liegen offiziell drei Fälle vor. Glaubst du wirklich, dass nur damit das große Geschäft zu machen ist? Wir sprechen sicherlich von mehreren Millionen Euro. Ich persönlich habe einen schlimmen Verdacht.«

Augenblicklich trat eine Stille ein, in der selbst das Atmen jedes Einzelnen hörbar wurde.

»Du meinst wirklich, dass ...?«, ereiferte sich Leonie, den Verdacht in Worte zu fassen.

»Ja, liebe Kollegin. Das glaube ich tatsächlich. Es reicht nicht aus, mit drei Kindern zu handeln, wobei wir nicht einmal wissen, ob alles bei der Geburt glatt lief. Da vermute ich ein wesentlich größeres und globales Geschäft. Keiner von uns ist so naiv zu glauben, dass das Verbrechen vor der Kliniktür haltmacht. Ich formuliere jetzt nur eine reine

Hypothese. Ich wiederhole, dass es sich nur um eine Hypothese handelt. Ich kann nicht sagen, wie hoch der Anteil von nicht gewollten Kindern ist. Die werden häufig sofort an Pflegeeltern gegeben, die zuvor auf Eignung getestet worden sind. Ich kann nur hoffen, dass nicht schon hier erste Bedenken durch entsprechende Zahlungen ausgeräumt werden. Das muss nicht zwingend schlecht für das Kind sein, kann aber doch nicht ausgeschlossen werden.«

Kläver schaltete sich an dieser Stelle ein.

»Es wäre also eine Ermittlung nötig, ob eine oder mehrere Personen an dieser Schalt- oder Entscheidungsstelle krumme Geschäfte betreiben. Das lässt sich einrichten. Weiter, Rabe. Mir scheint, Sie haben noch ein Schwergewicht im Köcher.«

»Ja, leider, Chef. Es klingt hart, aber so ganz sollten wir meinen Verdacht nicht völlig verdrängen. Stellen wir uns die Hausgeburt vor. Keine Ahnung, wie viele es gibt. Mein Verdacht zielt ab auf zwei Dinge. Auf der einen Seite steht die wirtschaftliche Not der Eltern. Auf der anderen Seite steht die Hebamme, die bereit ist, ein Kind illegal zu vermitteln. Merkt ihr, worauf ich hinauswill?«

»Klar«, meldete sich Kai zurück, der bisher erstaunlich still zugehört hatte. »Zweifel dürfen sicherlich angemeldet werden, wenn nach der Geburt eines Kindes die Rede von einer Adoptionsfreigabe ist und jeder im Umfeld des Paares weiß, wie sehr man sich auf das Kind freute. Wenn dann plötzlich noch eine unerwartete finanzielle Entspannung feststellbar ist, wäre deine Idee gar nicht so abwegig. Da muss die Hebamme aber auf jeden Fall mitspielen. Anders könnte ich mir den Deal kaum vorstellen. Anders wäre es, wenn das Kind erst später freigegeben wird. Doch welche Mutter gibt ihr Kind her, wenn sie es für längere Zeit in den Armen gehalten hat. Verdammt, Gordon, ich bin immer wieder erstaunt darüber, wohin dich deine Gedanken lenken.«

»Kai, selbst wenn es dieser Weg ist, den die Babys nehmen, um neue Eltern zu finden, kann ich dem Ganzen noch etwas abgewinnen. Meine Angst treibt in diesem Zusammenhang jedoch andere Blüten. Weiß die Mutter oder wissen die Eltern, was mit ihren Babys geschieht? Lernen sie die neuen Eltern überhaupt kennen? Ich glaube, dass das nur in äußerst seltenen Fällen geschehen wird. Lass uns diejenigen aufspüren, die die Not der Eltern für ihre Zwecke ausnützen und die armen unschuldigen Würmer an Menschen und Organisationen vermitteln, die ihnen unsägliches Leid zufügen.«

Minuten später waren die Aufgaben verteilt, sämtliche Verantwortlichen bei örtlichen freien Trägern und Jugendämtern zu ermitteln. Leonie und Mia kümmerten sich um die Liste von ansässigen Hebammen. Gordon organisierte eine Beobachtung der Ärzteclique zum nächsten Treffpunkt, um herauszufinden, wer genau dazugehörte.

26

»Vergessen Sie das besser sofort, Herr Hauptkommissar Wiesner. Niemals werde ich Ihnen ohne hochrichterliche Anordnung den Verbleib unserer betreuten Kinder herausgeben. Schon mal etwas von Daten- und Kinderschutz gehört? Diese Angaben hüten wir besser als die englischen Kronjuwelen. Das Wohl der Schutzbefohlenen besitzt bei uns die höchste Priorität. Hätten Sie das sofort bei Ihrem Anruf erwähnt, wäre dieser Besuch überflüssig geworden. Kann ich Ihnen sonst wie behilflich sein?«

Eigentlich hatte Kai Wiesner nichts anderes erwartet. Und doch hatte er gehofft, Auffälligkeiten entdecken zu können. Nun saß er dem Amtsleiter des Jugendamtes gegenüber und versuchte es auf andere Weise.

»Ich verstehe und akzeptiere Ihre Ablehnung, habe trotzdem noch eine Frage an Sie. Es existiert aber doch auf jeden Fall eine Liste von Bewerbern, wenn ich das aus Sicht eines Laien betrachte. Oder wie kommen Sie an die neuen Eltern?«

Regungslos hatte Alex Montain zugehört und atmete kräftig durch, bevor er zu einer Erklärung ausholte.

»Prinzipiell liegen Sie richtig, Herr Wiesner. Doch muss allen Bewerbern eines klar sein. Eine Adoption soll ausschließlich dem Wohl des Kindes dienen. Eine neue Familie will gefunden werden. Dort soll es gut aufwachsen. Unsere

Aufgabe sehen wir darin, passende Eltern für ein Kind zu suchen und nicht umgekehrt. Doch bevor wir damit beginnen, steht eine andere Prüfung an. Könnte nicht doch die Möglichkeit bestehen, dass das Kind, manchmal mit Hilfe von außen bei den Eltern oder bei Verwandten aufwachsen kann. Erst wenn das absolut verneint werden kann, beginnt unsere Suche nach einer neuen Familie.«

»Wenn ich Sie richtig verstehe, gibt es hier keinen Automatismus, was bedeuten könnte, dass eine Wartezeit mitentscheidend ist, ob ich das nächste Kind erhalte?«

»Um Gottes willen, Herr Wiesner. Das Prüfungsverfahren ist äußerst streng und kompliziert. Mitunter können Sie viele Jahre warten, bis ein Kind zugesprochen wird. Und selbst dann ist da noch das Pflegejahr zu beachten, in dem beide Seiten prüfen, ob es so passt. Wir können nicht riskieren, dass ein Kind in einer Umgebung aufwächst, in dem es sich nicht wohlfühlt oder sogar irgendwann abgelehnt wird. Doch das zu erklären, ist zeitraubend. Dazu kann ich Ihnen aber gerne Infomaterial zukommen lassen. Kann ich Ihnen sonst noch in irgendeiner Art helfen?«

Einen Moment zögerte Kai Wiesner, bevor er die Frage herausließ.

»Wäre es rein theoretisch möglich, dass dieser Prüfungsvorgang durch mehr oder weniger unsaubere Wege abgekürzt würde?«

Wiesner spürte augenblicklich, wie sich der Körper von Alex Montain versteifte. Seine Augen bekamen eine Härte, die den erfahrenen Hauptkommissar jedoch nicht wesentlich beeindruckten.

»Möchten Sie damit durch die Hintertür möglicherweise ausdrücken, dass einer meiner Mitarbeiter korrupt sein könnte? Ist es das? Gott noch mal, was hat Ihr Beruf bei

Ihnen angerichtet, Herr Hauptkommissar? Sehen Sie in Ihrem Umfeld nur noch Verbrechen und abartiges Handeln? Ich garantiere Ihnen, dass so was in meinem Amt nicht vorgekommen ist und es das auch zukünftig nicht geben wird. Jede Vermittlung läuft zusätzlich über meinen Tisch und muss von mir bestätigt werden. Kein einziges Kind kann an mir vorbei ...«

»Was ist mit Kindern, die Ihnen gar nicht erst gemeldet werden? Können die den Weg finden zu Bewerbern aus Ihren Listen?«

Einen Moment überlegte Montain intensiv und schüttelte anschließend den Kopf.

»Nein, Herr Wiesner. Das würde uns auffallen, wenn diese Bewerberfamilie plötzlich von der Liste verschwinden würde. Dann stünde dort ein Vermerk für die Gründe.«

Kai Wiesner ließ nicht locker.

»Besteht denn wenigstens die Möglichkeit, einen Blick auf die zu werfen, die in den letzten Monaten aus welchen Gründen auch immer ihre Bewerbung zurückzogen? Verstehen Sie meine Beharrlichkeit bitte richtig. Wir suchen Menschen, denen illegal Kinder vermittelt wurden. Alles geschieht im Sinne dieser Kinder.«

»Nein, nein, und noch mal nein, Herr Wiesner. Da gibt es klare Regeln, was den Datenschutz betrifft. Außerdem unterstellen Sie damit gleichzeitig, dass jemand aus meinem Mitarbeiterteam darin verwickelt sein könnte.«

»Das, Herr Montain, habe ich mit keinem Wort erwähnt. Der Rückzug dieser Bewerber kann absolut nachvollziehbare Gründe gehabt haben, was keine anderweitige Adoption bedingt. Aber wenn es Ihren Prinzipien und Vorschriften entspricht, möchte ich meine Wünsche auf nur noch den einen Punkt beschränken. Ich hätte gerne sämtliche Namen Ihrer

Mitarbeiter, die Zugriff auf diese Listen haben bzw. sich mit der Adoptionsabwicklung beschäftigen. Da greift der Datenschutz nicht, da es für weitere Ermittlungen in einer Strafsache relevant sein kann.«

Demonstrativ erhob sich Alex Montain in voller Größe, wurde jedoch von Kai Wiesner überragt. Im Vorzimmer gab der Amtsleiter entsprechende Anweisungen und verabschiedete sich ohne weiteren Gruß wieder in sein Zimmer.

»Ich bin mir nicht sicher, ob wir im Bereich des Jugendamtes eine undichte Stelle haben. Es ist ja nicht einmal bewiesen, dass gemeldete Kinder den Weg in den illegalen Handel gefunden haben. Ich tippe eher auf Babys, die niemals in ein Geburtenregister eingetragen wurden. Es fragt doch keiner nach, wenn eine Hausgeburt nicht gemeldet wurde. Oder liege ich da falsch?«

Kai blickte sich um und wartete auf Widerspruch, der jedoch ausblieb. Er fuhr deshalb fort.

»Wenn ich ein solches Geschäft aufziehen würde, gäbe es bei mir hier und da ganz offiziell Totgeburten. Die Hebamme muss mitspielen und der *Arzt meines Vertrauens* stellt den Totenschein aus. Das Kind existiert offiziell gar nicht. Ich muss es nur noch mit Adoptionsunterlagen versehen und der Deal steht.«

»Kai, du bist pervers.« Leonie verzog das Gesicht, als hätte sie eine Abscheu vor dem Kollegen entwickelt. »Das mag theoretisch funktionieren, praktisch jedoch nicht. Glaubst du nicht auch, dass die Häufung solcher Vorfälle mit ein und derselben Hebamme und dem gleichen Arzt auffallen würde?«

An dieser Stelle schaltete sich Dr. Klaus Lieken ein, der rein zufällig zu Besuch gekommen war und seine Erklärung aus Sicht der Rechtsmedizin darstellte.

»Wenn ich mich mal eben mit meiner bescheidenen Meinung einklinken dürfte. Das, was der Kollege Wiesner da anführt, funktioniert nur in Ausnahmefällen. Ich darf erwähnen, dass dabei einige Punkte zu beachten sind. Einer wäre schon: In welchem Zustand befand sich der Fötus? Wäre er rein theoretisch lebensfähig, wird unter Umständen geprüft, ob das Kind gelebt hat. Das macht man mit der sogenannten Schwimmprobe. Die Lunge wird in Wasser gelegt. Schwimmt sie, hat das Kind mindestens einmal geatmet. In jedem Fall sollte, wenn theoretisch ein Leben möglich wäre, geprüft werden, ob der Tod eine natürliche Ursache hatte. Immer eine knifflige Sache, wobei der Arzt dann eine hohe Verantwortung hat. Ihr seht, Tod ist nicht gleich Tod.«

Niemand am Tisch wagte, dazu eine Bemerkung zu machen. Folglich tat es Lieken selber.

»Doch das ist nur der gesetzlich vorgeschriebene Weg. Außerdem geht so nur vor, wer ein wenig in der Rechtsmedizin geschult wurde. Leider ist das der wunde Punkt in unserer Gesetzgebung. Jeder beliebige Arzt darf einen Totenschein ausfüllen und kaum jemand überprüft die Richtigkeit der Diagnose. Sollte jemand ins Krematorium überführt werden, kann möglicherweise hier noch bei der zweiten Leichenschau Versäumtes festgestellt werden. Doch unmöglich ist die Vorgehensweise, wie sie Herr Wiesner darstellt, gar nicht. Das würde zumindest vieles erklären.«

»Danke für die interessante Darstellung, Dr. Lieken«, bemerkte Leonie unerbittlich. »Mich hält immer noch von Kais Version ab, dass die benötigten Stückzahlen nicht erreicht werden dürften. Das fällt auf Dauer doch auf.«

»Die Mischung aller Möglichkeiten ist es vielleicht, was die Sache für die Gangster lukrativ macht.«

Kai fand am Tisch kein weiteres Veto. Jeder hing seinen Gedanken nach, bis er die Runde abbrach.

»Lasst uns hier für heute Schluss machen. Vielleicht bietet sich ja auf Gordons Grillparty die Gelegenheit, weitere Ideen auszutauschen.«

27

Leonie saß über einem Berg von Papieren und hatte beide Hände in den Haaren vergraben, als Kai Wiesner den Raum betrat und auf sie zuging.

»So schlimm, Leonie? Was macht dir so zu schaffen?«

Ohne aufzublicken, schob sie einige Blätter zusammen und legte sie zur Seite.

»Das ist eine Arbeit für Strafgefangene und nicht für die, die sie hinter Gitter bringen wollen. Hast du dir einmal die Liste an Hebammen angesehen, die allein in Essen tätig sind? Allein im Netzwerk finde ich über dreiundfünfzig. Ich habe mir einige von diesen Frauen im Netz angesehen und kann mir einfach nicht vorstellen, dass eine von denen ein solch schreckliches Verbrechen unterstützen könnte. Diese Menschen haben sich zur Pflicht gemacht, das neugeborene Leben zu schützen und nicht, es zu vernichten.«

»Moment, Leonie«, unterbrach Kai an dieser Stelle, »mit keinem Wort haben wir den Frauen unterstellt, dass sie die Kinder bewusst in die Hände von Verbrechern steuern, die deren Körper missbrauchen. Es ist ja nur eine vage Vermutung, dass zumindest eine von ihnen davon überzeugt werden konnte, dass mit ihrer Hilfe ein Kind und die dazugehörigen Pflegeeltern auf unbürokratischem Weg glücklich werden könnten. Wissen wir, was ihr versprochen wurde? Ich unterstelle dieser Person keine böse Absicht. Doch sie wird bestimmt davon überzeugt sein, dass sie dem Kind eine bessere Zukunft verschaffen könnte. Und bedenke bitte, dass viele Hebammen derzeit darüber nachdenken, den Job an den Nagel zu hängen, weil sie von den Versicherungskosten aufgefressen werden.«

Immer wieder schüttelte Leonie den Kopf und betrachtete nachdenklich den Himmel, der sich immer weiter zuzog.

»Nein, Kai, mit dem Gedanken kann ich mich einfach nicht abfinden. Das mag in einem Einzelfall vielleicht möglich sein, doch bei den Frauen würde ich niemals eine Mehrfachtäterin suchen. Dann schon eher bei einem Arzt.«

Kai trat näher heran und stützte die Hände auf der Schreibtischkante ab.

»Jetzt muss ich dir unterstellen, dass du das Thema mit gewissen Vorurteilen angehst. Warum tut das eine Frau nicht, aber doch ein studierter Mann, der sogar den hippokratischen Eid abgelegt hat? Er ist es, der geschworen hat, das Leben zu schützen. Erkläre mir das bitte, Leonie.«

»Kann ich nicht, Kai! Es ist ein Gefühl eben. Das würde eine Frau nie tun.«

Kai zuckte etwas zurück, als Leonie ihm diese Worte entgegenschleuderte. Er bemühte sich um Fassung, da er die Kollegin noch nie derart erregt erlebt hatte.

»Seit wann lassen wir uns von Gefühlen leiten? Wir sind Polizisten, die Fakten sammeln und völlig losgelöst von diesen weltlichen Wesenszügen in einer Strafsache ermitteln. Gefühle dürfen sich in Grenzen Beisitzer vor Gericht oder Geschworene erlauben. Aber selbst die müssen die vorliegenden Beweismittel beachten, bevor sie sich für schuldig oder unschuldig entscheiden. Du bewegst dich auf sehr dünnem Eis, wenn du deine Ermittlungsmethoden von deiner sexuellen Ausrichtung abhängig machst. Jeder hier im

Dezernat toleriert eure Entscheidung füreinander, doch lass das bitte nie wieder in deine Entscheidungen einfließen, wenn es um Ermittlungen geht.«

Als Gordon Rabe den Raum betrat, blieb er wie angewurzelt stehen und beobachtete seine beiden ehemaligen Mitarbeiter, die sich im Abstand von wenigen Zentimetern gegenüberstanden und wild anfunkelten. Er schritt erst ein, als er Leonies überlaut vorgetragene Bemerkung wahrnahm.

»Was hat meine sexuelle Ausrichtung damit zu tun, du sturer Kerl. Es ist unser gutes Recht, so zu sein, wie uns die Natur ausgestattet hat. Ich mache dir auch nicht den geringsten Vorwurf, weil du heterosexuell bist. Also bringe dieses bescheuerte Argument nicht vor, wenn es um meine Gefühle in einem Fall geht. Wir sind keine Maschinen und dürfen uns Gefühle erlauben. Und jetzt lass mich bitte meine Arbeit machen.«

Erst jetzt hatten beide Streithähne bemerkt, dass sie einen Zuhörer hatten, der sich mit schnellen Schritten näherte.

»Kann man euch nicht einen Augenblick aus den Augen lassen, ohne dass ihr euch in den Haaren liegt? Was geht hier ab? Ich glaube das einfach nicht, was ich da gerade zu hören bekam. Ihr zwei streitet über etwas, was noch nie zuvor zwischen uns allen stand? Das kann nicht sein. Wie kam es dazu?«

Leonie ließ es sich nicht nehmen, den gesamten Vorgang wiederzugeben. Ohne sie auch nur ein einziges Mal zu unterbrechen, hörte ihr Gordon Rabe zu. Als Kai bestätigend nickte, erlaubte sich Gordon, seine Meinung vorzutragen.

»Man könnte es den bekannten *Streit um des Kaisers Bart* nennen, was ihr hier gerade beispielhaft abgezogen habt. Ihr habt aneinander vorbeigeredet, wobei jeder von euch recht hat. Aber der eigentliche Anlass überrascht mich schon etwas, Leonie. Habe ich dir nicht immer gezeigt, dass jeder Mensch, egal welchem Geschlecht oder Rasse er oder sie angehört, fähig ist, ein Verbrechen zu begehen? Selbst der soziale Stand ist unerheblich. Jeder Mensch ist fähig, ein Verbrechen zu begehen. Jeder.«

»Aber Gordon, es geht hier ...«

Mit einer Handbewegung zeigte ihr Gordon an, dass er noch nicht fertig war und nicht unterbrochen werden wollte. Selbst Kai hatte den Kopf gesenkt und hörte ihm zu.

»Kai und auch sonst keiner hier hat dir jemals einen Vorwurf daraus gemacht, dass du mit einer Kollegin zusammenlebst. Im Gegenteil, wir haben euch in allem unterstützt. Und das, so denke ich, wird auch so bleiben. Gleichzeitig teile ich aber die Befürchtung deines Vorgesetzten, dass du dich irgendwann einmal von gewissen Vorbehalten in deinen Entscheidungen beeinflussen lassen könntest. Das darf nicht sein, Leonie. Auch ich habe eine große Sympathie gegenüber den Frauen, die helfen, unsere Kinder auf diese Welt zu holen. Doch der Satan unterscheidet nicht zwischen Mann und Frau. Wir alle hier haben das oft genug erleben müssen.«

»Gordon, ich habe das gar nicht böse gemeint, als ich Leonie ...«

»Das weiß ich doch, Kai«, unterbrach Gordon seinen Freund und schob ihn näher an Leonie heran.

»Gebt euch jetzt verdammt noch mal die Hand, nehmt euch von mir aus in den Arm – aber vertragt euch endlich wieder. Das hat vielleicht sogar gutgetan, gewisse Dinge auszusprechen, damit die Luft sauber bleibt.«

Mit ernstem Gesicht, das jedoch kurze Zeit später von einem freudigen Lächeln abgelöst wurde, umarmten sich die beiden Streithähne und blieben so sekundenlang stehen.

»Störe ich gerade? Dann komme ich später noch mal vorbei.«

Drei erwachsene Menschen schnellten herum und erblickten Mia Richter, die lautlos den Raum betreten hatte und nun mit in die Hüften gestemmten Fäusten die Szene beobachte. Zornesfalten entstellten ihr hübsches Gesicht. Die verstärkten sich noch, als ihr lautes Gelächter entgegenschlug. Als sich Leonie, Gordon und Kai vor Vergnügen auf die Schenkel schlugen, konnte sie die aufkeimende Belustigung nicht mehr unterdrücken und beteiligte sich an dem Gelächter. Kai war es, der sich redlich bemühte, wieder Ruhe zu finden. Schließlich war er es auch, der die Bemerkung herausließ.

»Gerade in dem Augenblick, als Sie herankamen, Richter, haben Leonie und ich beschlossen, dass wir eine WG bilden und alle zusammenziehen. In der ersten Etage des Präsidiums wird ein Bereich aufgelöst. Ein paar passende Möbel werden wir bestimmt zusammenbringen.«

Die drei platzten wieder los, als sie in Mias Gesicht blickten, die von Zweifeln geplagt nicht wusste, wo sie den Unsinn hinstecken sollte. Erst als man sie in den Kreis holte, löste sich bei ihr die Anspannung.

»Mal im Ernst – was war wirklich los?«

Eine kurze Zusammenfassung der Ereignisse beruhigte Mia zwar für den Augenblick, würde jedoch am Abend sicherlich Gesprächsstoff auf der heimischen Couch liefern.

»Das sind ja eine Menge Listen, Leonie, die du da durchackerst. Kann ich dir Arbeit abnehmen? Ich bin mit meiner Arbeit fast durch.«

»Hast du was gefunden, Mia? Bei den Leuten des Jugendamtes müssen wir besonders pingelig sein, weil dort eine wichtige Schaltzentrale ist.«

»Beim Jugendamt sind nur vier Leute mit den Adoptionen beschäftigt, wenn man den Chef, diesen Montain, mal ausklammert. Ich muss nur noch deren Privatleben durchforsten. Bis auf eine Person sind alle verheiratet und leben in geordneten Verhältnissen.«

»Und was ist mit Nummer vier? Verwitwet oder geschieden?«

Mia griff nach ihren Papieren und suchte sich die entsprechende Person raus.

»Eine gewisse Melanie Kühn. War mal verheiratet, lebt jetzt aber allein. Wie ich hörte, ist sie die Eifrigste und Engagierteste von allen. Eine Kollegin von ihr verriet mir, dass es wohl daher kommt, dass sie ihr Kind bei einem Wohnungsbrand verlor, als es noch klein war. Neben ihrer Arbeit hat sie noch ihre Mutter am Hals, die sie ständig drangsaliert. Trotzdem versorgt sie die leicht demente Frau mit Essen. Ich glaube, dass wir dort in eine Sackgasse laufen. Werde die Frau trotzdem anrufen und mich mit ihr treffen. Vielleicht gibt sie uns ja wertvolle Tipps. So langsam verrennen wir uns in Mutmaßungen, von denen aber keine eine verwertbare Spur liefert. Was übersehen wir, Leonie? Vielleicht liegt die Lösung direkt vor uns. Ich persönlich tippe auf diese Ärzteclique. Bin gespannt, was die Herrschaften uns liefern werden. Kai hat aber schon angedeutet, dass von allen Seiten geblockt wird, weil man befürchtet, dass die uns Heerscharen von Anwälten auf den Hals hetzen.«

»Ich sage da nichts mehr zu, Mia«, schob Leonie ein und zuckte mit den Schultern. »Da wird dir das Wort im Mund herumgedreht. Trotzdem lasse ich die Kerle nicht von der Angel. Die sollen spüren, dass ihr Kokon aus Anwälten sie nicht vor allem schützen kann. Niemand ist unverletzlich. Sie haben alle eine schwache Stelle und wir müssen zupacken, wenn sie Fehler machen, und diese Stelle freilegen. Wir kriegen die irgendwann.«

28

Kai hob die linke Augenbraue, als er auf das Papier blickte, das ihm Gordon Rabe unter die Nase hielt. Das Grinsen des Kollegen war ihm dabei nicht entgangen.

»Wie bist du denn daran gekommen, Gordon? Die Strolche haben sich doch noch gar nicht wieder getroffen. Wir hatten doch bisher nur das Kennzeichen von Dr. Virchows Auto.«

»Manchmal ist es vorteilhaft, wenn man bei den Trinkgeldern großzügig ist. Ich war selbst in dem Restaurant, in dem die Herrschaften die Sau rauslassen. Die Kellnerin steht total auf ACDC und hat sich auf eine nette Art darüber gefreut, dass ich ihr ein altes Konzert-Plakat schenken konnte, das schon jahrelang in meinem Kofferraum rumlag. Da ich glücklich verheiratet bin und ihr das auch deutlich machte, als ich ihre abendliche Einladung ausschlug, hat sie nach Alternativen für ein adäquates Dankeschön gesucht. Das war schnell gefunden. Sie kellnert meistens, wenn die Ärzte ihr Festmahl einnehmen. Sie meinte, dass sie die Ärsche zum Kotzen findet, da sie so total abgehoben und arrogant wären. Es war nicht schwer, ein paar Namen aus ihr herauszukitzeln. Genau die findest du hier auf der Liste.«

Kai setzte sich kopfschüttelnd und konnte die Bemerkung nicht zurückhalten: »Ich sollte mir Gedanken zu meinem Outfit machen. Du kommst in deinen Jeansklamotten wohl besser an bei den Damen. Aber Spaß beiseite, Gordon. So allzu viel wird uns das allerdings nicht bringen. Wir können bisher diese Namen in keinerlei Beziehung bringen zu irgendwelchen verschwundenen Kindern oder entführten Frauen. Ausnahme bildet nur Dr. Virchow. Was hast du nun vor?«

»Du solltest besser fragen, was hattest du damit vor. Wie du sicherlich noch weißt, habe ich gewisse Beziehungen zu Leuten, die uns bei komplizierten Dienstwegen Abkürzungen verschaffen können. Ich weiß selbst, dass wir diese Informationen nicht offiziell verwenden können, da sie nicht gerichtsverwertbar sind. Doch sie können die Basis für weitere Recherchen bilden. So auch hier.«

Gordon vermittelte den Eindruck, als würde es ihm Spaß bereiten, seinem Freund Rätsel aufzugeben. Bevor dieser Gordons Bemerkung hinterfragte, klärte er ihn jedoch auf.

»Mich hat vor allem interessiert, mit wem Dr. Virchow in der letzten Zeit häufiger telefonierte. Der Name des Mannes, der mir dabei behilflich war, spielt jetzt keine Rolle. Der bleibt anonym. Wichtig ist für mich, dass ich ein Ergebnis habe, das wir nun auswerten müssen. Natürlich ganz inoffiziell. Kannst du damit leben, Kai?«

»Du bist ein Arschloch, Gordon. Wie kannst du mich so was fragen?« Fast beleidigt verzog er das Gesicht und hielt Gordon die ausgestreckte Hand entgegen. »Wo sind die Nummern? Ich werde dafür sorgen, dass die Liste den Raum nicht verlassen wird. Ich setze Mia, Leonie und Dino daran. Die treten derzeit sowieso auf der Stelle und sind froh, wenn sie ein kleines Licht am Horizont sehen dürfen. Aber mal was am Rande, Gordon. Glaubst du wirklich, dass der Kerl, wenn er wirklich Dreck am Stecken hat, über die Praxisnummer anruft?«

»Wofür hältst du mich, Kai? Das ist ein Nebenanschluss, über den nur er telefonieren kann. Allerdings läuft der auch über die Anlage in der Praxis und kann nachverfolgt werden.«

Als die beiden Partnerinnen einige Minuten später eintrafen, saßen Gordon und Kai bereits über der Telefonliste und strichen fast sämtliche Einträge heraus, die nur einmal vorkamen.

»Sind das die Nummern von deinen ehemaligen Bekanntschaften, Gordon? Weiß Denise davon, dass du alte Kontakte aufleben lassen willst?«

»Mach dich nicht lustig über Gordon. Der hatte mal wieder eine glorreiche Idee. Holt euch einen Stuhl und haut euch hin. Ich erkläre euch sofort, was wir vorhaben.«

In knappen Sätzen fasste Kai das Vorhaben zusammen und bemerkte nun auch das anerkennende Lächeln in den Gesichtern der beiden Kolleginnen.

»Ab welcher Anzahl wird das denn für uns interessant?«, wollte Mia wissen. »Ich würde behaupten, dass wir unser Augenmerk besonders auf die Teilnehmer lenken sollten, die häufig außerhalb der normalen Bürozeiten angewählt wurden. Krumme Geschäfte würde ich zumindest erst dann abwickeln.«

»Hört, hört, hier spricht der Profi. Aber das ist gar nicht so dumm, Kommissarin Richter.« Den anerkennenden Blick und die Bemerkung von Gordon Rabe genoss Mia, auch wenn das von einer aufsteigenden Gesichtsröte begleitet wurde. »Bitte erstellt dazu eine Tabelle und fügt die Namen der Teilnehmer hinzu. Der Computer wird uns später bei der Sortierung helfen. Wenn Dino eintrifft, kann er das Technische übernehmen.«

»Welche Arbeit wurde mir gerade zugewiesen, Leute? Ich bin zwar komplett ausgelastet, kann aber Außentermine wahrnehmen.«

Da Dino Wohlert durch einen Nebeneingang eintrat, war sein Erscheinen den Ermittlern entgangen. Auch er erfuhr die Kurzeinweisung und machte sich daran, eine entsprechende Tabelle zu erstellen. Es ging schon auf Mitternacht zu, als sämtliche Daten übertragen worden waren und sich alle erschöpft zurücklehnten. Sekunden später meldete der PC, dass er das Vorsortieren durchgeführt hatte. Mit gedämpfter Neugierde, was der fortgeschrittenen Abendstunde geschuldet sein durfte, überlasen alle die Zahlen- und Namenreihen. Schon wollte man sich abwenden und das Ganze auf den kommenden Tag verlegen, als Mias Reaktion die Aufmerksamkeit aller erregte. Ihr Finger wies auf einen Namen, der auffällig oft und in bestimmten Abständen auftauchte.

»Ich glaube es einfach nicht. Ich kenne die Nummer und die Person. Treffer, Kollegen. Wir haben den Knoten gelöst.«

29

»Ich möchte, dass wir diese Person ab sofort beschatten. Offiziell können wir nicht gegen sie vorgehen«, erregte sich Kriminalrat Kläver, dem anzumerken war, dass er hier einen großen Schritt zur Lösung des Falles vermutete. »Das Ganze steht noch auf zu wackligen Füßen, zumal ihr illegal an die Daten herangekommen seid. Jetzt haben wir aber was Greifbares und können die Saubande hochgehen lassen.«

Kläver hatte sich von seinem Stuhl erhoben und mit jedem Wort die fleischige Faust auf den Besprechungstisch geschlagen. Nachdem er jedem Einzelnen am Tisch tief in die Augen gesehen hatte, fuhr er fort.

»Ihr seid einfach die Besten. Ich bin stolz auf euch. Nur schade, dass die Art und Weise, wie wir hinter diese Schweinerei kamen, niemals in der Öffentlichkeit bekannt werden darf. Da muss ich mir noch was einfallen lassen, wenn die Staatsanwaltschaft danach fragt. Kommt das raus, Leute, verlieren wir den Prozess, weil wir außerhalb des gesetzlichen Rahmens gearbeitet haben. Ihr kennt das noch aus einem alten Fall. Egal. Organisiert eine Rund-um-die-Uhr-Überwachung für die Frau und diesen Virchow. Ich halte das mit den Kosten so lange zurück, bis der Fall gelöst ist.«

Gordon machte sich zum Sprecher der Kollegen und unterbrach den Kriminalrat.

»Sie können sich darauf verlassen, dass jeder hier am Tisch notfalls seine Freizeit opfern wird, um sich an der Beobachtung zu beteiligen. Wir brauchen also nur einige wenige Kollegen. Übrigens ist die besagte Dame seit gestern nicht telefonisch zu erreichen. Zu Hause war sie auch nicht. Ich werde es mal bei der Mutter versuchen. Die wird, so wie es ja heißt, regelmäßig von ihr versorgt. Wenn sie das unterlässt, muss was passiert sein.«

»Die Möglichkeit besteht, dass sie von meinem Besuch bei ihrem Chef erfahren hat und nun ihre Sachen gepackt hat«, versuchte Kai, diese Tatsache zu erklären. Alle drehten sich Mia zu, die ihre Bemerkung mehr geflüstert hatte, dennoch damit für höchste Aufmerksamkeit unter den Kollegen sorgte.

»Oder man hat sie aus dem Weg geräumt. Es geht bei denen um zu viel, um eine Mitwisserin am Leben zu lassen.«

Die Wohnung von Emma Kühn befand sich am Ende eines langen Flurs, der sich über die gesamte Hausfront hinwegzog und von dem man bequem über einen Teil von Schonnebeck blicken konnte. Erst beim vierten Klingeln bemerkte Gordon eine Bewegung hinter der Gardine, die den Blick durch ein Fenster verwehrte, das sich direkt neben der Haustür befand. Schnell verschwand das Gesicht wieder, welches sich nur für eine Sekunde dort gezeigt hatte. Entschlossen legte Gordon den Finger auf den Klingelknopf und ließ ihn so lange darauf, bis die Tür aufgerissen wurde und eine ältere Frau mit schriller Stimme ihren Ärger herausschrie.

»Ich rufe die Polizei, wenn du nicht sofort verschwindest. Ich kaufe nichts an der Tür. Oder bist du etwa ...?«

Die kleine Frau, die ihren gebeugten Körper auf einen Stock stützte, kam näher heran und betrachtete den Besucher durch die hinter Schlitzen verborgenen Augen. Nun nahm ihre Stimme einen leisen gefährlichen Unterton an.

»Du wirst doch wohl nicht dieser ... dieser Nichtsnutz sein, der sich bei Melanie eingenistet hat? Ich kenne dich nicht, rate dir aber, meine Tochter in Ruhe zu lassen. Sie ist ein anständiges Mädel, das was Besseres verdient hat als so was wie dich. Was willst du von mir? Wo ist Melanie?«

Ihre Augen suchten den Gang ab. Sie schrak etwas zurück, als sie bemerkte, dass der Mann vor ihr eine Karte vor ihr Gesicht hielt.

»Was soll das? Nimm das da weg. Ich kann das sowieso nicht lesen. Meine Brille ... wo habe ich die denn wieder ... verdammt, ich finde meine Brille nicht.«

Gordon Rabe konnte ein Grinsen nicht ganz verbergen, als er mit dem Finger auf seine Stirn zeigte und dann auf die von Emma Kühn wies. Diesen Hinweis verarbeitete Emma Kühn zu Gordons Erstaunen sofort und tastete in ihrem Haaransatz herum, bis sie das Objekt der Begierde fand. Umständlich setzte sie ihre Lesebrille mit einer Hand auf, ohne den Stock abzulegen. Gordon hatte Zeit, um sich das stark von Falten geprägte Gesicht der Frau anzusehen, die jetzt seinen Dienstausweis näher heranzog. Schon glaubte er, sie wolle den gesamten Text auswendig lernen, als sie endlich zu begreifen schien, dass es jemand von der Polizei war, der vor ihr stand.

»Wieso sucht sich Melanie ausgerechnet einen Bullen aus, wenn sie einen Kerl sucht? Da draußen laufen doch tausende normale Männer rum. Nein, sie muss wieder einmal ...«

Frau Kühn hatte nun die Grenze erreicht, die auch für den ansonsten geduldigen Hauptkommissar gesteckt worden war. Er unterbrach sie, indem er den Ausweis wieder aus den Fingern der alten Frau befreite und einsteckte.

»Frau Kühn, ich muss etwas klarstellen. Entschuldigen Sie bitte, wenn ich Sie unhöflich unterbreche. Aber ich kenne Ihre Tochter nicht einmal. Ich dachte nur, dass ich sie bei Ihnen finden könnte. Ist sie hier?«

»Du kennst Melanie nicht? Was willst du dann hier? Ich mag dich nicht. Geh weg. Ich sagte dir ja schon, dass ich sonst die Polizei rufe.«

Gordon bemühte sich darum, die Ruhe zu bewahren, als er leicht in die Knie ging und sich somit annähernd auf Augenhöhe mit Emma Kühn befand.

»Ich bin von der Polizei, gute Frau. Und ich brauche dringend Ihre Hilfe. Verstehen Sie mich? Die Polizei braucht Ihre Hilfe.«

Geduldig wartete Gordon ab, wie diese Nachricht auf die Emma Kühn wirkte. Überrascht nahm er die Veränderung im Gesicht der Frau wahr, die plötzlich ein Lächeln zeigte und einen Schritt zur Seite trat. Sofort nutzte er die Gelegenheit, um in die schmale dunkle Diele zu treten, die von umherstehenden Kartons eingeengt wurde. Es hatte fast den Anschein, als würde Frau Kühn sich auf einen Umzug vorbereiten, bis Gordon bemerkte, dass es sich bei den Inhalten der Kartons ausschließlich um Puppen handelte, die teilweise ihren Kopf aus den Öffnungen streckten.

»Ist das da eine echte Annette Himstedt-Puppe, Frau Kühn?«

Gordons Finger wies auf eine Mädchenpuppe, deren langes Haar sich aufgetürmt hatte. Emma Kühn blieb völlig überrascht von der Frage an der Haustür stehen, die sie gerade schließen wollte.

»Du kennst Friederike? Die ist sehr selten. Verdammt gut für einen Bullen. Wie heißt du eigentlich?«

»Mein Name ist Hauptkommissar Rabe, Frau Kühn. Meine Frau hat früher einmal diese Puppen gesammelt. Wir haben das allerdings aufgegeben, da die nur zustauben und heute keiner mehr viel Geld dafür zahlen will. Aber Sie scheinen Ihre Liebhaberei ja noch auszuleben. Sind die Kartons hier alle ...?«

»Nein«, unterbrach Frau Kühn Gordon, »da sind auch andere Künstlerpuppen drin. Soll ich sie dir zeigen?«

»Vielleicht ein anderes Mal, wenn ich mehr Zeit habe. Nun will ich etwas anderes von Ihnen. Wann haben Sie zum letzten Mal Ihre Tochter gesehen? Man erzählte mir, dass sie oft hierher kommt und Ihnen Essen zubereitet. Supernett von ihr, finde ich.«

In Frau Kühn schien es zu arbeiten, was unschwer daran zu erkennen war, dass sie Gordon unentwegt anstarrte. Umständlich versuchte sie, sich in den Ohrensessel fallen zu lassen, was ihr schließlich mit Gordons Hilfe gelang. Er zog sich einen kleinen Hocker heran und setzte sich vor Frau Kühn.

»Melanie ist ein gutes Mädchen. Du wirst sehen, dass sie immer allen Menschen hilft. Halte sie gut fest, denn eine bessere wirst du so schnell nicht finden. Sie müsste gleich kommen. Sie kommt immer um diese Zeit vorbei. Wie spät ist es denn, ...? Wie war noch mal dein Name? Ich vergesse in der letzten Zeit vieles.«

Ohne auf die Fragen von Emma Kühn einzugehen, forschte Gordon weiter.

»Was hat sie Ihnen denn gestern an Essen gebracht?«

»Ich weiß es nicht mehr. Sieh selbst in der Küche nach. Steht alles im Kühlschrank. Willst du mit mir essen? Dann mach uns das Essen warm. Mir ist es egal, was es gibt – Hauptsache keinen Fisch. Weißt du? Wenn ich Fisch zubereite, zieht der Geruch in die Kleider der Mädchen. Das ist unerträglich. Aber ich glaube, dass Melanie das weiß. Sieh ruhig nach. Ich warte.«

Die Chance, selbst nachzusehen, ließ sich Gordon nicht entgehen und beeilte sich, bevor es sich Frau Kühn anders überlegte. Er wich zurück, als ihm ein unangenehmer Geruch aus dem Kühlschrank entgegenschlug. Für ihn war sofort klar, dass hier in der letzten Zeit keine frische Ware den Weg hineingefunden hatte. Zwei Frischhaltedosen schienen Fertigessen zu enthalten. Bei einem auf einem Teller liegenden Schmelzkäserest war er sich sicher, dass er bei einem Anstieg von wenigen Grad Außentemperatur sich eigenständig hätte fortbewegen können. Übelkeit stieg in ihm auf und zwang ihn dazu, diesen Ort des Grauens wieder zu schließen. Ihn erfüllte die Sorge, dass Emma Kühn schon bald häusliche Betreuung benötigen würde.

»Ich habe mich mal umgesehen, Frau Kühn. Ich würde an Ihrer Stelle noch warten, bis Ihre Tochter frisches Essen bringt. Ich kümmer mich darum. Wissen Sie denn so aus dem Gedächtnis, welchen Wagen sie augenblicklich fährt? Vielleicht haben Sie ja mit ihr darüber gesprochen.«

»Melanie fährt sehr gut Auto. Da kannst du ohne Bedenken einsteigen. Nirgendwo fühle ich mich sicherer, wenn ich zum Arzt gefahren werde. Sie hält immer direkt vor der Haustür, weißt du. Dann muss ich nicht so weit laufen. Hast du was zum Essen mitgebracht? Du glaubst gar nicht, wie lecker das Hühnerfrikassee von ihr ist. Das gibt es zweimal im Monat. Sie holt das Fleisch immer von dem Fleischer unten an der Kreuzung. Der macht ...«

Als Gordon aufstand, stoppte Emma Kühn ihre Lobeshymne und beobachtete den Besucher, der sich an den Bildern auf dem Sideboard zu schaffen machte.

»Ist das ein Foto Ihrer Tochter?«

»Das auf ihrem Arm ist Torben. Den hat sie schon sehr früh verloren. Ein liebes Kind, sage ich dir. Habt ihr zwei auch vor, ein Kind zu bekommen? Ich würde mir eine Enkelin wünschen. Sie soll so aussehen wie meine Puppen. Das wäre schön und ich könnte der Kleinen dann Kleidchen von meinen Puppen anziehen.«

Eine ausgeprägte Wehmut erschien im Gesicht der Frau, die bereits in einer anderen Welt zu leben schien, was wiederum Gordon Sorgen bereitete. Er nahm sich vor, für eine kompetente Betreuung dieser Frau zu sorgen, da ihr ansonsten Verwahrlosung drohte, sollte Melanie Kühn weiter unauffindbar bleiben.

»Darf ich mir eines oder sogar zwei der Bilder ausleihen, Frau Kühn. Ich habe noch keines von Melanie und würde gerne ...«

»Nimm dir nur weg, was du möchtest. Sie wird nichts dagegen haben.« Verschwörerisch beugte sie den Kopf in Gordons Richtung und flüsterte: »Dann kannst du es dir zu Hause ans Bett stellen. Ich mag dich. Du bist zwar ein Bulle, aber was solls? Jeder verdient eine Chance.«

Minuten später lehnte Gordon den Kopf gegen die Kopfstütze seines Autos und versuchte, das Bild seiner Mutter vor seine Augen zu projizieren, die ihre letzten Tage ebenfalls in dem Stadium fortschreitender Demenz zugebracht hatte. Er sah es als eine Gnade Gottes an, dass sie über Nacht friedlich in ihrem Bett einschlafen durfte. Er sah plötzlich dieses Lächeln auf ihren Lippen, das sie mit in den Tod begleitete. Gleichzeitig wechselte es zu dem Antlitz von Emma Kühn, das sich jedoch in erschreckender Weise zu einer Fratze verzog. Er zuckte zusammen und umklammerte das Lenkrad. Sein Puls raste. Hastig suchte er nach dem Startknopf und drückte ihn unnötig lange durch. Als er am Präsidium ankam, hatte er seine Fassung zurückgewonnen.

30

»Gut, dass du kommst, Gordon. Ich wollte dich schon mobil erreichen. Eine Frau Hermes, Siegrid Hermes, will dich sprechen. Sie behauptet, dass sie die Sekretärin von deinem Boss wäre. Ich habe ihr versprochen, dass du umgehend zurückrufst. Es scheint wichtig zu sein.«

Leonie konnte dem eintretenden Gordon noch soeben ausweichen, als der völlig in Gedanken durch die Tür trat.

»Danke, ich rufe sie sofort an. Habt ihr schon was Neues von der Suche nach Melanie Kühn?«

»Nein. Sie ist und bleibt wie vom Erdboden verschluckt. Habe aber herausfinden können, dass ein Golf auf sie zugelassen ist. Der wird nun gesucht. Du warst doch bei der Mutter. Gibt es von dort etwas, was uns weiterbringt?«

Ohne auf die Frage weiter einzugehen, ging er auf seinen Schreibtisch zu und wählte wortlos die Nummer von Frau Hermes.

»Gut, dass Sie endlich anrufen. Ich weiß nicht mehr weiter, Herr Rabe. Das wächst mir hier derzeit über den Kopf. Helfen Sie mir, denn Sie sind der Einzige, der das jetzt noch kann.«

Gordon besaß ein feines Gespür für die echte Panik, die Frau Hermes zu überwältigen drohte.

»Beruhigen Sie sich bitte, Frau Hermes und berichten mal der Reihe nach. Für alles gibt es eine Lösung. Also bitte.«

Er wartete geduldig darauf, dass Siegrid Hermes endlich ihr Problem darstellte. Während sie nach Worten suchte, sah Gordon seine E-Mails durch und überflog sie flüchtig. Schließlich erreichte ihn wieder die schwache Stimme der Sekretärin.

»Ich weiß nicht, wie ich mich verhalten soll. Das liegt daran, dass mich Frau Kohland-Schleidig um ein Gespräch unter vier Augen bat. Sie nannte das anders: ein Gespräch von Frau zu Frau. Ich kann mir denken, worauf das hinauslaufen wird, ohne dass sie sich konkret dazu ausließ. Ich kann doch nicht meinen Chef in die Pfanne hauen, Herr Rabe. Sie wissen genau, was ich über ihn denke. Doch es gehört sich nicht, hinter dem Rücken seines Brötchengebers mit seiner Frau über seine Eskapaden zu sprechen. Ich bin völlig verzweifelt.«

Oh Gott. Jetzt werde ich auch noch zum Seelsorger für andere. Ich habe es soeben geschafft, meine eigene Ehe zu erhalten, und nun erwarten andere von mir kleine Wunder.

»Frau Hermes. Natürlich verstehe ich Ihr Problem sehr gut und fühle mit Ihnen. Aber ich tue mich momentan etwas schwer, Ihnen den richtigen Rat zu geben. Sie berichteten mir, dass die Firma von dem Vater der Frau Kohland-Schleidig gegründet und nun von Herrn Kohland lediglich weitergeführt wird. Sie dürfen nicht aus den Augen verlieren, dass die Ehefrau schließlich auch ein Brötchengeber, wie Sie es nennen, von uns beiden ist. Irgendwie sind Sie auch ihr gegenüber verpflichtet. Meinen Sie nicht, dass sie es verstehen wird, wenn Sie ihr darstellen, dass sie nicht über ihren Ehepartner sprechen möchten?«

Gordon dachte schon, dass Frau Hermes aufgelegt hatte, als sie sich erst nach einer sekundenlangen Pause meldete.

»Sie kennen diese Frau nicht, Herr Rabe. Wenn Sie glauben, dass es eine verständnisvolle Frau ist, würden Sie eines anderen belehrt, wenn Sie Ihr begegnen. Ein Eisblock wäre kuschelig warm gegen diese Frau. Sie kennt keine Kompromisse und würde meine Ausflüchte nur als Schuldbekenntnis gegen ihren Mann ansehen. Sie versteht es hervorragend, sich in der Öffentlichkeit als liebende Ehefrau zu präsentieren, wobei präsentieren da wohl auch der passende Ausdruck wäre. Ich bin davon überzeugt, dass sie schon lange über die Seitensprünge ihres Mannes informiert ist und nun handfeste Fakten sammeln möchte, um ihren Mann ohne unnötige Abfindungen rauszudrängen. Sie will, so denke ich, die Scheidung.«

»Warum sollte sie das wollen? Sie hat es bisher ertragen und könnte das Spiel fortsetzen.«

»Ich dachte, Sie wüssten bereits davon, Herr Rabe. Diese Frau treibt auch ein Spiel, allerdings viel raffinierter und versteckter als Herr Kohland. Sie hat ein Verhältnis mit seinem besten Freund, dem Hausanwalt. Sie haben Herrn Wendler ja bereits kennengelernt. Ich weiß wirklich nicht, was passieren wird, sollte Herr Kohland dahinterkommen. Verstehen Sie so langsam, was sich hier in der Firma zusammenbraut? Und ganz am Rande geht es ja auch um unsere Zukunft, Herr Rabe. Kommt es zum Krieg in der Familie, kann hier alles den Bach runtergehen. Ich bin völlig verzweifelt, da ich nicht das Zünglein an der Waage sein möchte.«

Momentan öffnete sich im Umfeld von Gordon Rabe eine Schlangengrube, in die man ihn einladen wollte. Wenn er glaubte, sich mit der Trennung von der Kripo und dem Einstieg in diesen Job einen netten Ruhestandseinstieg verschafft zu haben, wurde er spätestens jetzt eines anderen belehrt. Bei der Polizei wusste er aus reiner

Erfahrung, wo das Böse zu suchen und wie es zu bekämpfen war. Nun spürte er jedoch ähnliche Strukturen auf, die jedoch weitaus belastender sein konnten. Hinter den Fassaden des Bürgertums versteckten sich Gut und Böse gleichermaßen, konnten allerdings schwerer erkannt werden. Er saß in der Falle, da er sich in die Rolle des Vermittlers gedrängt fühlte. Von ihm wurden Hilfe und eine Entscheidung erwartet.

»Sind Sie noch dran, Herr Rabe? Sie sagen ja gar nichts. Verstehen Sie nun, was in mir vorgeht? Ich will das nicht und ich kann das auch nicht. Helfen Sie mir?«

»Wie sind Sie mit Frau Kohland-Schleidig verblieben?«, versuchte Gordon, die Entscheidung hinauszuzögern. »Ich weiß so Ad-hoc selbst nicht, wie ich da hineinpasse. Ich weiß viel zu wenig über diese Menschen und habe eigentlich kein Recht, mich da einzumischen. Geben Sie mir Zeit, mir darüber Gedanken zu machen. Ich werde mich sofort melden, wenn ich mir über alles klar bin. Okay?«

Eine ganze Weile vernahm Gordon lediglich das Rauschen und ein schwaches Atmen in der Leitung. Das wurde abgelöst von dem Tuten einer unterbrochenen Verbindung. Siegrid Hermes hatte aufgelegt.

»Was hat Ihr Besuch bei der Mutter von Frau Kühn ergeben? Hallo, Rabe – Kläver an Rabe. Hören Sie mich überhaupt?«

Kriminalrat Kläver stieß den Hauptkommissar gegen die Schulter und versuchte, ihm in die Augen zu sehen. Darin erkannte er lediglich ein plötzliches Erschrecken. Gordon sprang auf, als er den Vorgesetzten bemerkte.

»Was ist mit Ihnen? Bleiben Sie um Gottes willen sitzen. Wo waren Sie gerade bloß?«

»Das wollen Sie bestimmt nicht wissen, Chef. Das war mehr privat. Was haben Sie gefragt? Ach so, die Mutter. Ja, alles ist wieder gut.«

Kläver schüttelte den Kopf, da er seinen besten Ermittler so noch nie erlebt hatte. Er übte sich in Geduld und lehnte sich gegen die Schreibtischkante. Ohne weitere Aufforderung klärte Rabe ihn auf.

»Die Frau kann einem nur leidtun. Ich habe versucht, herauszufinden, wann die Tochter zuletzt bei ihr war. Vergessen Sie das. Viel mehr als den eigenen Namen bekommt sie nicht mehr zusammen. Die braucht zwingend Betreuung, sollte was mit ihrer Tochter passiert sein.«

Mit wenigen Sätzen klärte er den Vorgesetzten über den Besuch auf und endete damit, dass er befürchtete, Melanie Kühn könnte sich auf der Flucht befinden, sich möglicherweise abgesetzt haben, ohne Rücksicht darauf, dass ihre Mutter verkam. Selten hatte Gordon seinen Vorgesetzten so nachdenklich gesehen.

»Sie haben recht, Rabe. Informieren Sie die Fürsorge. Die sollen sich der armen Frau annehmen. Ich muss mir jetzt beim Staatsanwalt etwas einfallen lassen, warum wir nach Melanie Kühn eine landesweite Fahndung rausgeben müssen. Der wird dumme Fragen stellen, die ich ihm nicht beantworten kann.«

Gordon überlegte nur kurz und machte mit todernster Miene seinem Chef einen passenden Vorschlag.

»Die Mutter berichtete mir noch vor wenigen Minuten davon, dass ihre Tochter sich volltrunken und mit Suizidabsichten hinter das Steuer ihres Autos gesetzt hat. Hatte ich Ihnen das noch nicht erzählt, Chef?«

Gordon konnte nicht einschätzen, was dieser Blick Klävers wirklich zu bedeuten hatte, mit dem er ihn ansah. Ob er an Rabes Verstand zweifelte oder ihm gleich um den Hals fallen wollte – beides lag im Bereich des Möglichen. Tatsache war, dass er sich vom Schreibtisch abstieß und sich beim Hinausgehen noch einmal umdrehte.

»Warum sind Sie bloß gegangen, Sie Schlitzohr? Jetzt weiß ich erst, was mir in der letzten Zeit so gefehlt hat. Sie sind ein komplett durchgeknallter Zeitgenosse, der den Laden hier am Laufen hält. Wir müssen später noch reden. Jetzt muss ich zum Staatsanwalt. Diese Kühn gefährdet schließlich nicht nur sich, sondern auch andere. Das müssen wir verhindern. Bis später.«

31

»Fängt das nun wieder an, verdammt? Du hast mir versichert, dass wir weiter im Geschäft bleiben. Ich habe die Schnauze jetzt voll von dem Theater. Du weißt genau, was dir und deiner Alten droht, wenn du die Brocken hinschmeißt.«

Melanie musste den Hörer ein Stück weghalten, um nicht Gefahr zu laufen, dass das Geschrei von Rübezahl bei ihr einen Hörsturz verursachte. Als sie das Gefühl bekam, dass er sich halbwegs abgeregt hatte und Luft holen musste, erklärte sie ihm ihr Vorhaben.

»Reg dich ab. Du solltest besser zuhören, dann bliebe dir so manche Aufregung erspart. Du hättest mich ausreden lassen sollen. Also, das Ganze noch mal von vorne.«

Einen Moment wartete Melanie ab, verfolgte das heftige Schnaufen am anderen Ende und legte mit erstaunlich ruhiger Stimme los.

»Du hast mich natürlich richtig verstanden, wenn es um den Punkt Aufhören geht. Das ist meine feste Absicht, egal was kommt. Aber es besteht für dich kein Grund zur Panik, denn das Geschäft kannst du problemlos weiterführen. Und jetzt erkläre ich dir das, was ich dir schon vorher mitteilen wollte.«

Noch immer kam aus Richtung Rübezahl lediglich Schnaufen, was deutlich machte, dass er weiterhin unter Dampf stand und sich nur schwer beherrschen konnte.

»Mit Rücksicht auf meine Mutter will ich dir die Chance geben, ohne mich weiterzumachen. Dazu habe ich schon alles Wesentliche in die Wege geleitet. Ein Kollege aus dem Amt ist mittlerweile eingeweiht und würde sich über einen fetten Zusatzverdienst freuen. Er erwartet sein drittes Kind und noch immer hängt ihm eine deftige Hypothek wie eine Garotte um den Hals. Für ihn bleibt nur verkaufen oder mein Angebot annehmen. Du wirst ihn brauchen, damit du auch alle Papiere zu den Bälgern geliefert bekommst. Aber damit nicht genug. Ich habe noch eine Überraschung für dich.«

Mit Absicht legte Melanie an dieser Stelle eine Pause ein. Rübezahl hatte sich zwischenzeitlich beruhigt und atmete gleichmäßig.

»Was soll das sein? Hast du eine neue Quelle aufgetan? Die Nachfrage ist groß und wir könnten ein Vielfaches von dem verkaufen wie bisher.«

»Ich sehe, wir verstehen uns. Deshalb schaffe ich dir, bevor ich mich absetze, die Grundlage dafür. Allerdings müsstest du dazu ein Verhandlungsangebot unterbreiten. Bisher bekam ich die Ware von einem guten Bekannten geliefert. Damit das Ganze forciert werden kann, würde derjenige sich einen Partner dazunehmen. Und jetzt kommst du ins Spiel. Die beiden wollen den Preis neu verhandeln. Das kann ich nicht und das will ich auch nicht. Sie wollen vor Ort mit dir sprechen. Dabei, mein Freund, erhältst du die einmalige Gelegenheit, den Ort des Geschehens, also der Geburten, kennenzulernen. Falls du befürchtest, dass man dich dadurch irgendwann identifizieren könnte, besteht diese Gefahr selbstverständlich auch für meine Freunde. Ihr befändet euch also in einer Patt-Situation.«

Lange musste Melanie warten, bevor sich Rübezahl zum ersten Mal dazu äußerte.

»Das ist eine beschissene Idee, du dummes Weib. Ich begebe mich damit in Teufels Küche.«

»Die beiden aber auch. Packt man dich bei den Eiern, geschieht das auch mit ihnen. Und noch etwas, bevor du dich entscheidest. Du bist nicht der Einzige, den ich bisher beliefert habe. Die Herrschaften aus dem Netzwerk, die übrigens weitaus mehr Grips besitzen als du und auch mehr zu verlieren haben, sind einverstanden und haben die beiden Neuen schon begutachtet. Du hast natürlich die Möglichkeit, auszusteigen. Wir ändern den Zugang zum Darknet und du bleibst außen vor. Such es dir aus. Entscheide dich aber schnell, denn die Bewerberliste erweitert sich ständig.«

Nun wurde Melanies Geduld auf eine harte Probe gestellt. Lange herrschte Ruhe in der Leitung. Und doch hörte sie sein Atmen und kaum vernehmbares Fluchen.

»Wie soll das ablaufen? Ich bin nicht so oft in deiner Gegend. Von Freitag bis Montag muss das abgewickelt sein. Dann fahre ich wieder nach Belgien. Wann und wo? Ich werde mir die Gegend vorher ansehen, darauf kannst du Gift nehmen. Und noch etwas. Falls du mich reinlegen willst, bist du tot und deine demente Alte auch. Überleg dir gut, was du tust. Sehe ich Polizei, seid ihr dran. Ich werde mich absichern, worauf du dich verlassen kannst.«

»Ich habe auch nichts anderes erwartet, du Scheißkerl. Aber ich will mich in aller Ruhe abseilen können. Ich übergebe alles in eure Hände und hoffe, dass ich mich nicht immer umsehen muss, bevor ich eine Straße überquere. Auch du kannst dir sicher sein, dass ich mich gegen dich absichere. Passiert mir was, wird sich die Staatsanwaltschaft über meinen Brief freuen, der denen sofort zugeht. Lass uns das Geschäft mit Fairplay abwickeln und zufrieden auseinandergehen. Ist das so für dich okay?«

213

Das Knurren aus der Leitung sollte anscheinend eine Zustimmung ausdrücken.

»Dann hör mir jetzt genau zu. Das Ganze läuft folgendermaßen ab.«

Melanie musste zugeben, dass alles in ihr total aufgewühlt war. Immer wieder zählte sie von einhundert rückwärts, um ihre Konzentration zu regulieren und Ruhe zu gewinnen. Als würde Petrus ihr Vorhaben verurteilen, hatte er tiefschwarze Wolken aufziehen lassen, die den Himmel näher heranrückten und bedrohlicher erscheinen ließen. Der Vollmond wurde dadurch komplett verdeckt und schickte nur hin und wieder Licht auf den Boden, wo die Wolkendecke aufriss. Die Fingerknöchel an ihrer Faust traten weiß hervor, da sie die Hände um das Lenkrad gekrallt hatte. Sie war sich darüber völlig im Klaren, dass sie ein wahnsinnig hohes Risiko einging, da sie es mit einem gerissenen Gewaltverbrecher zu tun hatte, dem das Leben eines Menschen absolut nichts bedeutete. Doch sie beherrschte nicht die Angst um ihr eigenes Leben, sondern die tiefverwurzelte Abscheu vor diesem Biest, das ihr etwas angetan hatte, das keine Frau auf dieser Welt jemals verzeihen könnte. Ihr Hass fraß sie fast auf und verhinderte zumindest zu Beginn, als der Plan reifte, ein klares Denken. Jetzt, wo sie glaubte, die Ruhe gefunden zu haben, kam alles das zurück, was sie eigentlich in den kommenden Stunden hatte verdrängen wollen. Sie roch ihn wieder, den Knoblauchatem dieser Bestie, als er von hinten in sie eindrang und aus seinem Mund dieses animalische Stöhnen kam. Übelkeit breitete sich ein weiteres Mal in ihrem Magen aus. Sie schluckte und schob sich erneut ein Mentholbonbon in den Mund.

Oh Gott, lass es endlich vorbei sein. Schicke einen Blitz vom Himmel, der in diesen hässlichen Schädel einschlägt.

Erspare mir die erneute Begegnung mit diesem Teufel in Menschengestalt. Ich flehe dich an. Er hat den Tod tausendfach verdient, so wie ich ihn sicherlich ebenfalls verdient habe. Ist das deine Rache an mir, indem ich ihm noch einmal begegnen muss? Soll ich es in deinem Namen sein, der ihn richtet? Nun, dann soll es eben so sein. Ich schicke ihn direkt dorthin, wo er hingehört. Der Satan wird sich seiner annehmen.

Kaum hatte Melanie diesen Gedanken zu Ende gedacht, betrachtete sie ihre Hände, die sie im Schoß wie zum Gebet gefaltet hatte. Sie zuckte zusammen, als der Lichtschein zweier Scheinwerfer an der Einfahrt zum Parkplatz auftauchte. Sofort fuhren ihre Hände hoch zum Lenkrad und umfassten den Kunststoff. Ihre Augen verfolgten den mächtigen Wagen, der rückwärts in eine Parklücke rangiert wurde. Stille kehrte ein, als selbst das sonore Brummen des Sechszylinders erstarb und die Lichter der Scheinwerfer verloschen. Nichts war zu hören, als das Laub der Bäume, das vom sanften Wind bewegt wurde.

Wann steigst du Dreckskerl endlich aus dieser Protzkarre? Dein Kontrollwahn lässt es wohl nicht zu, sofort den schützenden Kokon des Wagens zu verlassen. Ja, sieh dich um, suche nach den Männern, die ich dir am liebsten auf den Hals gehetzt hätte. Komm zu mir, damit es endlich vorbei ist.

Sie bemerkte erst, als der Schmerz aufstieg, dass sie die flache Hand kräftig auf das Lenkrad geschlagen hatte. Sie verzog für einen Moment das Gesicht und konzentrierte sich sofort wieder auf den Mercedes, in dem nun endlich etwas geschah. Als sich die Fahrertür öffnete, erhellte die Innenraumbeleuchtung ein Gesicht, das Melanie hasste wie sonst nichts auf der Welt. Ein einziger Schuss in diese Fresse hätte ihren Zorn zumindest in Teilen befriedigen können. Doch sie hatte ihre Rache anders geplant, was ihr eine große Portion Geduld abverlangte. Als das Licht in dem Wagen erlosch, erkannte sie schwach, wie sich der mächtige Schatten ihres Peinigers auf sie zubewegte und schließlich direkt neben ihrem kleinen Wagen stehen blieb. Es waren noch drei, vier tiefe Atemzüge, bevor sie gespielt relaxt ihre Tür öffnete und mit ruhiger Stimme sagte, was sie zuvor etliche Male geübt hatte.

»Wie du siehst, halte ich mein Wort. Niemand lauert dir auf, keine Bullen, die dir Handschellen anlegen wollen. Lass uns den Rest des Weges zu Fuß zurücklegen. Es ist nicht weit. Vielleicht zweihundert Meter.«

Gut, dass du Mistkerl die Schnauze hältst. Ich kann deine Stimme nur schwer ertragen. Beweg deinen Arsch. Lange wirst du das nicht mehr können.

Melanie befürchtete, während diese Gedanken durch ihren Kopf irrten, dass er sie hören könnte. Sein Schweigen zerrte an ihren Nerven, bis er endlich die erste Frage stellte.

»Hast du deinen Freunden schon eine höhere Provision zugesagt?«

»Nein, wieso sollte ich das tun? Das ist nicht mehr meine Sache. Das müsst ihr untereinander regeln. Mich interessiert in wenigen Minuten nicht mehr, wie ihr miteinander auskommt. Ich will endlich tausende Meilen zwischen uns bringen. Du weißt genau warum.«

Melanie glaubte, ein leises Glucksen aus dem Mund des Riesen gehört zu haben, dem aber weiter nichts folgte. Rübezahl kehrte zur ersten Frage zurück.

»Es wäre auch ein Fehler gewesen, das zu versprechen, mein Täubchen. Wenn mehr geliefert wird, senkt sich automatisch der Preis. Verknappung lässt den Preis wieder ansteigen. Ein Gesetz der freien Marktwirtschaft. Der Markt zeigt deutlich, dass es mächtige Ressourcen gibt, wenn es um den Verkauf von Kindern geht. Sieh mal in die osteuropäischen Länder oder nach Afrika. Aber warum sollte ich dir das erklären, du bist ja raus aus dem Geschäft.«

Melanie ging auf diese Belehrung nicht ein, da sie selbst schon lange diese Kenntnis besaß. Sie steuerte auf die Hütte zu, die nun allmählich wegen der Dunkelheit nur noch als Schatten erkennbar war.

»Was soll die Scheiße? Alles ist dunkel in dem Schuppen. Ist noch keiner da, oder hast du eine Schweinerei geplant? Ich habe dich schon am Telefon gewarnt.«

Als wollte er diese Warnung verdeutlichen, klappte er das Sakko zur Seite, sodass Melanie deutlich den Schaft einer schweren Waffe erkennen konnte. Obwohl sie darauf vorbereitet war, erschütterte sie doch der Anblick dieser großkalibrigen Smith & Wesson. Sie wusste um die gewaltige Wirkung dieser Pistole. Beide stoppten vor der glatten Tür, die keine Türklinke erkennen ließ, was Rübezahl gerade erwähnen wollte, als sich die Tür automatisch vor ihnen öffnet.

»Wir sind gut vorbereitet und können uns keine Einbrecher erlauben. Deshalb dieses Sicherheitssystem mit Gesichtserkennung.«

Seine Hand umfasste jetzt den Knauf seiner Waffe, als er neben Melanie im fast dunklen Raum auf das weitere Geschehen wartete. Mit Argwohn verfolgte Rübezahl jede Bewegung Melanies, die sich auf einen Nebenraum zubewegte, um dort den Kontakt seitlich vom Toilettenspiegel zu drücken. Mit einem Riesensatz sprang Rübezahl zur Seite, als sich direkt neben ihm ein Teil des Bodens wegbewegte und eine schmale Treppe freilegte. Die Waffe lag längst in seiner Hand und zeigte auf die schwach beleuchtete Öffnung im Boden.

»Mach so eine Scheiße nicht noch mal mit mir. Dann weiß ich nicht, was ich tue. Was ist das da unten? Ich gehe in keinen Keller. Da musste ich oft genug Zeit verbringen, wenn der Alte schlecht drauf war. Tagelang hat er mir den Arsch versohlt und nichts zu fressen gebracht. Weißt du, was das mit dir macht, Schlampe? Sag deinen Freunden, dass sie rauskommen sollen.«

Eine Situation, auf die Melanie Kühn nicht vorbereitet war. Ihr gesamter Plan drohte sich in Luft aufzulösen. Alles war darauf ausgerichtet, den Dreckskerl dort unten zu haben. Ihre Gedanken rasten.

»Tut mir leid. Keiner von uns konnte ahnen, dass wir es mit einem Weichei zu tun haben, der wehrlose Frauen nur außerhalb von geschlossenen Räumen vergewaltigen kann. Wir Normalos bewegen uns ohne Angst dort unten. Hilft dir das, wenn ich dir garantiere, dass es dort taghell ist und du bestaunen darfst, wie wir dir die Ware, wie du diese Kinder nennst, aus den Frauen herausholen? Verdammt, das sind doch höchstens zehn Stufen. Was glaubst du? Denkst du wirklich, dass ich da unten über dich herfallen werde und dir die Eier abschneide? Du bist ein Berg von Mann. Dein Vater lacht sich bestimmt gerade kaputt darüber, was er dir als Erbe hinterlassen hat. Geh oder lass uns wieder abhauen. Entscheide selbst.«

Es war ein irres Gefühl des Triumphes, das in Melanie aufstieg, als sie diese echte Angst in den Augen dieses Mannes erkannte, der einen inneren Kampf ausfocht. Sie meinte sogar, ein Zittern in dem Bein von Rübezahl bemerkt zu haben, als er es auf die erste Stufe setzte. Er steckte die Waffe weg, um sich an beiden Seiten des Niederganges fest-halten zu können. Sein ängstlicher Blick traf Melanie, die ihm mit Siegerlächeln folgte und sich unten angekommen an ihm vorbeidrückte. Wenige Meter weiter erreichten sie den Raum, in dem Melanie den OP-Tisch wusste. Auch ihr entfuhr ein spitzer Schrei, als urplötzlich die Strahler über dem Tisch aufflammten und die Besucher blendeten.

32

»Ich begrüße Sie hier in unserer Produktionsstätte. Schön, endlich unseren wichtigsten Großkunden persönlich kennenzulernen. Mein Name ist ... ach nennen Sie mich einfach Affan, was aus dem Arabischen kommt und so viel bedeutet wie *der gerne vergibt* oder *der Nachsichtige*. Gefällt Ihnen das?«

Wie ein Gladiator war Rübezahl herumgeschnellt und richtete seine Pistole auf den jungen Mann, der in komplett weißer Arztkleidung vor ihm aus der Dunkelheit auftauchte.

»Habt ihr sie nicht alle beisammen? Ich sollte euch für dieses beschissene Theater erschießen. Gibt es noch mehr Irre hier unten? Dann kommt besser raus, bevor hier noch was passiert. Stell dich neben das Weib und zeig mir deine Hände. Wie nennst du dich? Affan? Total bescheuerter Name, zumal du gar nicht arabisch aussiehst. Vergesst jetzt besser diesen Unsinn und lasst uns zum Geschäft kommen. Ich habe nicht ewig Zeit.«

»Beruhige dich«, schaltete sich Melanie ein, die sich darum bemühen wollte, die Situation zu entschärfen. Eine Kurzschlusshandlung des Russen wollte sie auf keinen Fall riskieren.

»Was hältst du davon, wenn du jetzt erst einmal die Knarre wegsteckst und wie ein Geschäftspartner mit uns sprichst? Mit einer Waffe in der Hand dürfte das Verhandlungsergebnis ungleich verteilt werden. Wir müssen auch noch auf den dritten Mann, meinen Kollegen warten. Dürfen wir dir bis dahin etwas zu trinken anbieten? Wasser, Bier, Wein oder was auch immer? Man ist hier auf längere Aufenthalte eingerichtet.«

Das Misstrauen bei Rübezahl blieb, obwohl er langsam die Waffe zurück ins Holster schob. Seine Augen verfolgten jede Bewegung, als sich Affan in den Nebenraum bewegte und mit drei Mineralwasserflaschen wieder auftauchte. Aus dem Regal holte Melanie Gläser und befüllte diese mit dem kalten Getränk.

»Lasst uns die Gläser erheben auf eine gute Zusammenarbeit.«

Affan hatte sein Glas erhoben und überreichte ein weiteres dem mächtigen Gast, der ihn fast um Haupteslänge überragte und kurz davor war, mit dem Kopf gegen die niedrige Decke zu stoßen. In einem Zug goss Rübezahl das Wasser hinunter und stieß einen gewaltigen Rülpser aus, der Melanie aus einem Ekelgefühl heraus die Augen schließen ließ.

»Setzen wir uns doch«, schlug Affan vor, der auf den OP-Tisch wies, der außer einem schmalen Drehstuhl die einzige Sitzgelegenheit bot. Rübezahl ließ sich nicht zweimal bitten, bewegte sich jedoch so, dass er beide Personen und den Eingang zum Zimmer im Blick hatte. Er riss Melanie ansatzlos die Wasserflasche aus der Hand und setzte sie an die Lippen. Sekunden später warf er sie auf das weiße Laken des Tisches. Mit der rechten Hand fuhr er sich über das Gesicht, um den dunklen Schatten wegzuwischen, der sich plötzlich vor seinen Augen bewegte und ihm den Blick trübte.

»Was ... was habt ihr mir ... ich werde euch kaltmachen, ihr ...«

Rübezahls Griff zur Waffe endete auf halbem Weg, da Affan reaktionsschnell seinen Ärmel ergriffen hatte. Melanie

221

glaubte, dass der Tisch zusammenbrechen würde, als der schwere Körper nach hinten fiel und schräg zum Tisch bewegungslos liegen blieb.

»Verdammt, das war knapp, Melanie. Fass mal mit an, damit wir das Dreckschwein gerade auf den Tisch bekommen. Du die Beine, ich gehe nach oben.«

Es dauerte fast dreißig Minuten, bis Rübezahl endlich die Augen öffnete und realisierte, was mit ihm geschehen war. Wild riss er an den Fesseln, die in stählernen Ketten endeten. Selbst seine Bärenkräfte konnten gegen diese massive Gewalt nichts ausrichten. Allmählich schien er zu begreifen, dass er einen Riesenfehler begangen hatte, als er aus diesem Glas getrunken hatte. Der Nebel vor seinen Augen hob sich langsam und er registrierte wieder seine Umgebung und seine Lage.

»Das ist nicht euer Ernst, ihr kleinen Scheißer. Glaubt ihr wirklich, dass ihr so mehr aus mir rausholen könnt? Das Geschäft ist gerade geplatzt. Hört ihr? Es ist vorbei. Seht zu, wo ihr eure Bälger loswerdet. Ich werde in der Szene dafür sorgen, dass ihr keinen Fuß mehr auf die Erde bekommt. Aber was sage ich da? Ich werde euer Licht endgültig ausblasen. Macht mich los und es wird schnell gehen mit euch. Tut ihr es nicht sofort, werdet ihr einen langsamen Tod sterben.«

Affan schlenderte bewusst langsam zum Tisch und blickte auf Rübezahl hinunter. Seine Augen besaßen nicht mehr diese milde Güte, die Melanie so an ihm mochte. Eine ungewohnte Härte ließ sie zu Schlitzen verengen. Seine schmalen gepflegten Hände glitten über den Körper des Russen, der alles gespannt verfolgte und schwieg.

»Du sprachst gerade von dem langsamen Tod, mein Freund. Glaube mir. Wenn sich in diesem Raum jemand damit auskennt, dann bin ich es. Es gibt zwei Gründe, warum ich das behaupten kann. Dir wird die Ehre zuteil, von beiden zu erfahren. Da du dieses Geheimnis keinem Außenstehenden mitteilen kannst, mache ich bei dir eine Ausnahme und berichte darüber.«

Affan hatte zwischenzeitlich den Drehstuhl herangezogen und setzte sich direkt neben Rübezahl, der wieder einmal versuchte, die Glieder aus den Fesseln zu befreien. Trotz der Befreiungsversuche sprach Affan in aller Ruhe weiter.

»Ein gewichtiger Grund, warum ich für langsame Todeskämpfe prädestiniert erscheine, mag darin liegen, dass uns in der Medizinerausbildung gezeigt wurde, wo es wirklich wehtut, aber die Verletzung nicht unbedingt todbringend ist. Es ist die Summe dessen, was ich dir antun werde. Verstehst du mich richtig? Wir lassen uns Zeit, damit du genießen kannst, was du wahrscheinlich zuvor anderen Menschen angetan hast.«

»Du bist verrückt, Affan, oder wie du auch immer heißen magst. Ich habe niemanden getötet. Das haben Leute wie du getan, die den Kindern Teile aus dem Leib geschnitten und verhökert haben. Ich bin nur ein Kurier. Und jetzt mach mich los. Ich vergess die ganze Scheiße und wir fangen von vorne an.«

Als hätte dieser Einwand überhaupt nicht stattgefunden, setzte Affan seinen Vortrag fort.

»Ich sprach von zwei guten Gründen, warum ich mich mit dem langsamen Tod gut auskenne. Hast du schon einmal von der HIV-Infektion gehört? Sicher hast du das, sonst würdest du nicht versuchen, von mir wegzurücken. Du musst dich nicht vor mir fürchten, weil ich diese Krankheit mit mir rumschleppe. Nein, du solltest dich vor dem fürchten, was ich anschließend mit dir machen werde. Ich wollte dir eigentlich nur damit klarmachen, dass der Tod mein ständiger Begleiter ist. Ich gebe ja zu, dass ich auch lieber mit meiner Schwester das Leben genossen hätte. Aber es ist uns nicht vergönnt. Sie verlor nicht nur ihren einzigen Sohn, sie wird bald auch ihren Bruder zu Grabe tragen müssen. Aber damit solltest du dich nicht belasten, mein Freund. Du hast ab sofort viel größere Sorgen.«

Affan erhob sich und eilte zurück in den Nebenraum. Während er dort hantierte, wandte sich Rübezahl an Melanie, die diese Szene mit einem zufriedenen Lächeln verfolgt hatte.

»Mach mich los. Bitte, mach mich hier los. Der Kerl ist total durchgeknallt. Halte deinen Bruder zurück, bevor er etwas tut, das er sein restliches Leben bereuen könnte. Er ist doch kein Mörder. Und wir haben doch immer gut zusammengearbeitet, Melanie. Übrigens habe ich im Kofferraum eine Tasche, in der viel Geld ist. Das war für einen Verkauf. Du kannst es haben. Nur mach diese bescheuerten Fesseln los.«

In aller Ruhe zog Melanie die Waffe aus dem Schulterholster und legte sie vorsichtig in das Regal. Sie stand jetzt direkt neben dem Tisch und bewegte die Hände über Rübezahls Hosenschlitz. Genüsslich zog sie an der Lasche, um den Hosengürtel zu lösen. Mit weit aufgerissenen Augen verfolgte der Gefangene das Bemühen Melanies, seine Hose zu öffnen.

»Was tust du da? Ist das Ganze etwa nur, weil ich dich gebumst habe? War das denn so schlimm, dass du mich deshalb umbringen möchtest? Nimm das ganze Geld und verschwinde damit. Ich werde niemals nach dir suchen. Das verspreche ich bei allem, was mir heilig ist.«

»Wo wir gerade dabei sind, Gott mit hineinzuziehen«, meinte Affan, der in diesem Moment wieder den Raum betreten hatte. »Ich werde dem Ganzen etwas Erhabenes verleihen. Sieh her, du Verdammter. Ich trage zwei Kerzenständer in meinen Händen. Wir werden dieses heilende Licht leuchten lassen, während du dich dem Schöpfer näherst. Bevor du auf das falsche Pferd setzt – ich meine damit nicht Gott, sondern den Satan, der dich auch geboren hat.«

Affan stellte die Leuchter direkt neben den OP-Tisch und zündete die dicken Kerzen an.

»Na, das ist doch wohl Atmosphäre, oder? Ich finde, dass dort, wo der Tod bald einzieht, auch die Stimmung vorhanden sein sollte. Ich denke, es wird dir auch gefallen. So, jetzt lasst die Spiele beginnen. Melanie, bist du bereit?«

»Ich bin es«, erwiderte sie feierlich und zog Rübezahls Hose mit einem Ruck runter, während Affan die Hosenbeine mit einem Skalpell durchtrennte. Kurze Zeit später lag der komplett entblößte Körper vor ihnen. Wie eine Göttin, die zur Zeremonie schritt, kam Melanie um den Tisch herum und suchte sich ein mächtiges Skalpell aus den bereitliegenden Instrumenten und gönnte Rübezahl einen gefährlich freundlichen Blick. Sein unmenschlicher Schrei hallte durch den Keller, bevor Melanie auch nur einen Schnitt getan hatte. Als sie den Penis von seiner Wurzel trennte, geschah das, was niemand erwartet hatte. Der Wahnsinn hatte dem Bären derartig viel Kraft verliehen, dass seine mächtige rechte Hand die Fessel zerriss und er wie ein Berserker um sich schlug. Einer dieser unkontrollierten Schläge erreichte sogar einen der Kerzenständer und gleichzeitig den Beistelltisch, auf dem etliche Flüssigkeiten in Flaschen bereitgestanden hatten. Das Feuer breitete sich in rasender Geschwindigkeit aus und erzeugte in dem abgeschlossenen Raum in kürzester Zeit giftige Rauchgase. Ungläubig blickten Melanie und Affan in die aufsteigenden Flammen und versuchten, sich in inniger Umarmung davor zu schützen. Rübezahl schrie seinen Wahnsinn und den Schmerz hinaus, während seine Haut Blasen trieb.

33

Es war Dino Wohlert, der die Kurzbesprechung im Büro der Soko mit seinem plötzlichen Auftauchen störte und die Tür laut hinter sich ins Schloss fallen ließ. Alle Blicke waren schweigend auf ihn gerichtet.

»Was hat dich aufgehalten, Dino? Wir sind schon mittendrin in der Morgenbesprechung. Du hast doch was auf der Pfanne, oder täusche ich mich?«

Kais Vorwurf blieb so lange unbeantwortet, bis es endlich aus dem Kollegen herausplatzte.

»Sie haben Melanie Kühn gefunden. Zumindest glaubt man daran. Die Feuerwehr hat in der Zentrale den Fund dreier Leichen nach einem Brand gemeldet. Die KTU ist schon vor Ort und hat Dr. Lieken angefordert. Der wird wohl auch schon dort eingetroffen sein.«

»Jetzt mal alles der Reihe nach«, forderte Gordon Rabe den Kollegen auf, den sie aus der Drogenabteilung zur Unterstützung erhalten hatten. »Welcher Brand? Wieso drei Leichen?«

»Es ist so, Gordon. Ein Spaziergänger mit Hund hatte den Brandgeruch zuerst bemerkt, der aus einer Waldhütte zu kommen schien, die ziemlich versteckt in einem Waldstück nördlich der Ruhrlandklinik liegt, das sich bis Velbert hinzieht. Das war in den Morgenstunden, als es noch stockdunkel war. Genau in dem Moment, als die ersten Rettungskräfte dort eintrafen, entzündete sich fast das gesamte Gebäude und drohte niederzubrennen. Die Männer vermuten, dass es in den Kellerräumen zu einem Brand kam, der sich aber erst viel später nach einer Verpuffung ausbreiten konnte. Sie konnten das Feuer mit dem vorhandenen Wasser aus den Fahrzeugen eindämmen.«

»Und wieso kommt man nun darauf, Melanie Kühn könnte eines der Opfer sein?«, wandte Leonie ein.

»In der unmittelbaren Nähe fand man zwei Fahrzeuge. Eines davon gehört ihr. Der andere Wagen, ein Mercedes, trug ein Kennzeichen einer Verleihfirma. Es dürfte wohl nicht schwierig sein, den Kunden herauszufinden, der ihn ausgeliehen hat. Außer der vermutlichen Kühn wurden im Keller zwei männliche Leichen gefunden. Fahren wir hin?«

»Wenn du mit *wir* uns alle meinst, dann nein«, warf Kai ein. »Ich werde mir die Sache mit Gordon ansehen. Hast du die Koordinaten, wo wir die Hütte finden können?«

Stumm warf Dino einen Zettel auf den Tisch, wobei ihm unschwer anzumerken war, dass er gerne selbst mitgefahren wäre. Kai und Gordon zogen sich die Jacken über und befanden sich kurz darauf auf dem Weg Richtung Essen-Werden. Eine weiße Rauchsäule zeigte ihnen, kurz bevor sie das Waldstück erreichten, dass die Feuerwehr den Brand bereits gelöscht hatte und nur noch Wasserdampf aufstieg. Unschwer war der alte Ford Taunus von Dr. Lieken zwischen den Einsatzfahrzeugen auszumachen. Der Boden rund um die Hütte war vom Löschwasser aufgeweicht und hätte die Schuhe der sich nähernden Beamten sicher ruiniert, wären die nicht mit Folie geschützt worden. Kreuz und quer lagen Löschschläuche, über die die beiden Freunde steigen mussten, um an den Brandherd heranzukommen.

»Sie können da noch nicht rein«, hielt sie der Einsatzleiter zurück, »das muss erst abkühlen und wir suchen noch nach Glutnestern. Sie können drüben warten, wo sich auch Ihre Kollegen von der KTU und der Arzt aufhalten. Das wird bestimmt noch Stunden dauern.«

»Na, das ging aber flott mit euch«, meinte Dr. Lieken, als er die beiden Neuankömmlinge bemerkte. »Wir warten alle noch, damit wir endlich reinkönnen. Aber ohne Maske und Schutzkleidung geht das bisher nicht.«

»Das wissen wir schon. Wir sind gespannt darauf, ob es sich tatsächlich um Melanie Kühn handelt. Der Brand entstand doch wohl nicht zufällig. Aber wir sollten jetzt noch nicht mutmaßen, bevor wir nichts gesehen haben. Zumindest würde es mich nicht wundern.«

Kai setzte sich auf einen Baumstumpf und beobachtete die Männer der Feuerwehr, die immer wieder neue Glutnester fanden und ablöschten. Nach eineinhalb Stunden, die sie mit den Kollegen der Spurensicherung gemeinsam verbrachten, gab der Einsatzleiter der Feuerwehr endlich das Zeichen zum Abzug. Er näherte sich den Männern der Polizei und klärte sie auf.

»Ich lasse noch eine Brandwache hier. Die Kollegen haben eine Metallleiter zum Keller angestellt, damit Sie später runtersteigen können. Aber ich rate zur Vorsicht. Da hat das Feuer eine Zeitlang gewütet, bevor es endlich nach draußen durchschlug. Da ist es noch verflucht heiß. Wir kamen genau zum richtigen Zeitpunkt, sonst hätten Sie hier nur noch Asche vorgefunden. Ich an Ihrer Stelle würde noch etwas warten.« Er hatte sich schon ein paar Meter entfernt, als er sich umdrehte und den Finger hob. »Ich mache darauf aufmerksam, dass Sie da nur mit Schutzmaske reingehen. Es ist noch immer jede Menge

Rauchgas vorhanden. Ich denke, dass Sie über Masken verfügen. Oder?«

Allgemeines Kopfnicken beruhigte den Fachmann, sodass er nach weiteren Anweisungen mit dem Großteil seiner Männer abzog. Die verbleibenden Polizisten beeilten sich, die vorgeschriebenen Schutzmasken aus ihren Fahrzeugen zu holen. Nachdem sich alle mit den Schutzanzügen ausgerüstet hatten, begaben sie sich auf den Weg zur Hütte. Das Inventar des oberen Bereiches war erstaunlich gut erhalten, wenn man von den Wasserschäden einmal absah. Man war davon überzeugt, sogar noch brauchbare Fingerabdrücke finden zu können. Gordon war es, dem sofort auffiel, dass die Tür keinen Türgriff besaß und allerlei Elektronik dort verbaut war. Selbst die Führungsschienen an der Bodenklappe entgingen den Männern nicht. Anerkennend registrierten sie die Sicherungsanlagen und standen nun vor dem Loch, das auf sie wirkte, als müssten sie in die Hölle hinabsteigen. Die Masken schützten sie vor dem bestialischen Geruch, den verschmortes Menschenfleisch verbreitete. Ein Mann der KTU drängte Gordon vorsichtig zur Seite, um bewaffnet mit Scheinwerfern als Erster hinabzusteigen. Als das Licht aufflammte, gestattete es den Blick auf eine Szenerie, wie sie in keinem Horrorstreifen schrecklicher hätte inszeniert werden können.

Keiner dieser Männer, die schon außergewöhnliche Tatorte betreten hatten, konnte sich des Eindruckes erwehren, dass sich hier eine besondere Tragödie ereignet haben musste. Inmitten des Raumes konnten sie einen Metalltisch ausmachen, auf dem immer noch eine große Gestalt lag, die zumindest an einem Arm und an beiden Beinen mit Ketten fixiert war. Der Körper lag, wie man es von Brandleichen kannte, in der berüchtigten Fechterstellung darauf. Der

Rachen war weit geöffnet, so als hätte dieser Mensch seinen Schmerz bis zum Schluss herausgeschrien. Was die Polizisten jedoch mehr beeindruckte, war der Zustand zweier weiterer Personen, die ineinander verschlungen, allerdings ebenfalls mit verkrümmten Leibern, direkt nebeneinanderlagen. Man konnte den Eindruck gewinnen, als wären sie in einer innigen Umarmung in den Tod gegangen.

»Wir haben zwei Männer und eine Frau«, konstatierte Dr. Lieken sachlich, so als wollte er die allgemeine Lähmung der Kollegen auflösen. »Vermutlich wurde der Mann auf dem Tisch gefoltert. Wenn wir uns die beiden Geräte neben dem Tisch betrachten, könnte es sich um zwei Kerzenständer handeln. Die Frage wird nun sein, ob sie ursächlich dafür verantwortlich sind, dass hier ein Feuer entstand. Betrachten wir die umherliegenden Glasscherben, liegt die Vermutung sehr nahe, dass es sich um Medizin, zum Beispiel Narkotika handelt. Möglich, dass Dämpfe das Unheil verursachten. Das wird aber der Brandsachverständige besser beurteilen können. Sobald ich die drei Opfer auf dem Tisch habe, kann ich die DNA bestimmen und die Frage möglicherweise beantworten, ob die Person auf dem Tisch vor dem Brand bereits gefoltert wurde. Eines steht allerdings jetzt schon fest: Er wurde bestimmt nicht ohne Genitalien geboren. Sein Glied fehlt, die Hoden sind noch vorhanden.«

»Hier liegen medizinische Instrumente herum, Dr. Lieken«, bemerkte einer der KTU-Leute, die bereits damit beschäftigt waren, einzelne Gegenstände in Plastikbeutel zu verstauen und Fotos herzustellen. Kai, der bisher nur staunend dagestanden hatte, äußerte sich zum ersten Mal.

»Ihr werdet mich für verrückt halten, aber ich habe eine Vermutung.«

»Du glaubst, dass wir den Ort gefunden haben, an dem die Mütter entbunden haben. Liege ich da richtig?«, ergänzte Gordon Rabe.

»Genau. Ein OP-Tisch, medizinische Instrumente und ein versteckt liegender Ort. Brauchen wir noch mehr, Gordon? Bringen wir die Personen mal in Verbindung – natürlich rein hypothetisch. Hier liegt wahrscheinlich Melanie Kühn. Warum sie diese zweite Person umarmt, lässt nur die These zu, dass man sich sehr gut kannte. Dahinter vermute ich den Arzt, der die Entbindungen vornahm.«

Gordon ergänzte Kais These mit seinen Worten.

»Bei dem Mann auf dem Tisch könnte es sich um jemanden handeln, der in einem direkten Zusammenhang mit dem weiteren Vertrieb der Kinder zu sehen ist. Warum es zu dieser Folterhandlung kam, werden wir wohl niemals erfahren. Aus irgendeinem Grund wurde man sich wohl uneins und das führte zu dieser schrecklichen Tat. Auch ob es sich um einen absichtlich gelegten Brand handelt, werden wir vorerst zurückstellen müssen. Dazu kann eventuell der Brandsachverständige mehr sagen.«

Kai wirkte nachdenklich, nachdem Gordon seine absolut logisch klingende Erklärung abgeliefert hatte. Dr. Lieken bemerkte das und stupste ihn an.

»Was ist los, Herr Wiesner? Für mich hört sich das schlüssig an. Sehen Sie das anders?«

»Prinzipiell gebe ich Gordon recht. Aber hier passt etwas nicht zusammen. Welche Rolle spielen dann die notgeilen Ärzte, bei denen wir die Hauptakteure, also die Nutznießer vermuten? Sollten sie bei dieser Tat die Finger im Spiel haben, hätten sie sich doch selbst das Geschäft versaut. Haben wir es mit verschiedenen Organisationen zu tun, deren Fäden bei Melanie Kühn zusammenliefen? Hat sie auf zwei Hochzeiten getanzt und sich dabei im wahrsten Sinne des Wortes nicht nur die Finger verbrannt? Möglich, dass alles mit dem Tod von Melanie Kühn endet und wir die Akten schließen können. Doch damit hätte nur ein Teil der Schuldigen die gerechte Strafe bekommen. Der Gedanke macht mich schon jetzt rasend, dass diese Bande wieder einmal straffrei davonkommen könnte. Diese Bestien gehören hinter Schloss und Riegel.«

Was die Kollegen im Raum darüber dachten, blieb erst einmal hinter den Masken verborgen. Gordon bewegte sich auf die Leiter zu, wurde aber von der Frage Liekens zurückgehalten.

»Wo willst du hin Gordon? Wir sind doch noch nicht fertig.«

»Bin gleich wieder zurück, Klaus. Ich muss nur telefonieren. Jetzt muss die demente Mutter von Melanie Kühn sofort in Obhut genommen werden. Die verkommt sonst noch allein zu Hause.«

34

Oliver Teuscher fuhr den Wagen in die Garage und klemmte den Umschlag unter den Arm, bevor er die Haustür öffnete. Lange hatte er grübelnd hinter dem Steuer gesessen und darüber nachgedacht, ob er ihn einfach öffnen sollte.

Kann ich dem Wort dieser Frau Kühn vertrauen, die mir versicherte, nicht auf dieser ominösen Liste zu stehen? Was passiert, wenn ich zur Polizei gehe und sie uns das Kind wegnehmen? Das würde mir Tanja niemals im Leben verzeihen.

Nachdem er die Diele betreten hatte und im Hintergrund die beruhigende Stimme von Tanja hörte, die leise auf den Kleinen einsprach, schob er den Umschlag hinter das Revers des Sakkos und machte sich auf den Weg in sein Arbeitszimmer. Kurz bevor er es erreichte, hielt ihn Tanjas Stimme zurück.

»Oliver? Willst du nicht gute Nacht sagen, bevor der Kleine einschläft? Komm zu uns und erzähl, was mit dieser Frau Kühn war.«

Oliver hatte keine Chance, den Umschlag in Sicherheit zu bringen, als Tanja mit Elias auf dem Arm in der Diele erschien.

»Was versteckst du da, Oliver? Ist das von dieser Frau? Das kannst du doch nicht vor mir verbergen. Ich will wissen, was sie von uns will – sofort. Ich bringe den Kleinen ins Bett

234

und dann zeigst du mir, was du unter der Jacke versteckt hältst.«

Kaum hatte Tanja ihrer Enttäuschung Luft gemacht, als sie auch schon den Kleinen an sich drückte und im Kinderzimmer verschwunden war. Immer wieder hörte er ihre beruhigenden Worte, mit denen sie auf den Jungen einsprach, bis sie endlich wieder im Wohnzimmer erschien, wo sich Oliver bereits ein Ginger Ale eingeschüttet hatte. Mit ernster Miene stand sie in der Tür und beobachtete ihn, der das Glas halb leerte.

»Na wenigstens trinkst du keinen Alkohol, was mir zeigt, dass es nicht so schlimm sein kann. Was ist passiert? Setzen wir uns?«

Tanja strich ihr dünnes Sommerkleid glatt, bevor sie sich Oliver gegenüber hinsetzte, jedoch den Körper aufrecht hielt. Für ihn ein klares Zeichen dafür, wie angespannt sie im Inneren war. Der ominöse Umschlag lag auf dem Tisch und schien zu glühen. Beide hatten ihren Blick auf ihn gerichtet und schwiegen. Tanjas Lippen bebten, als sie die Frage stellte.

»Du weißt, was da drin ist? Hat sie es dir verraten? Jetzt erzähle mir verdammt noch mal endlich, was sie von uns erwartet!«

Obwohl ihre Stimme anfangs beherrscht wirkte, explodierte sie förmlich, als sie ihn aufforderte, die Wahrheit zu sagen. Olivers Blick löste sich nicht von dem Umschlag, als er zu einer Erklärung ansetzte.

»Es ist nicht gut, wenn du alles weißt, Schatz.«

»Ich will es aber, Oliver – jetzt und hier! Ist es so schlimm, dass du mich vor der schrecklichen Wahrheit bewahren möchtest? Glaubst du denn wirklich, dass du das in aller Zukunft aufrecht erhalten kannst? Nein, ich möchte genauso wenig wie du mit einer Lüge leben. Ob ich es kann, werde ich entscheiden, wenn ich diese verdammte Wahrheit kenne. Steckt sie in diesen Papieren? Hat es mit Elias zu tun?«

»Ja, Schatz. Es hat auch mit Elias zu tun. Und es wird dir nicht gefallen, was ich über seine Herkunft erfahren musste. Alles ist so verworren, sodass ich gar nicht mehr weiß, was ich glauben soll. Es kann sein, dass sie mir die Unwahrheit gesagt hat, um sich selbst als Märtyrerin darzustellen. Aber es gibt gute Gründe, ihr zu glauben.«

»Öffne jetzt endlich diesen verdammten Umschlag und versuche nicht weiter in Rätseln zu sprechen. Du machst mir Angst.«

Oliver griff zögernd nach dem Papier, als wäre es in Feuer gehüllt. Kurz bevor er es berührte, schrie Tanja wieder laut und stürzte auf ihn zu.

»Nein, lass es, Oliver. Bitte fass dieses verfluchte Papier nicht an. Vernichte es, verbrenne es, als hätte es nie existiert. Ich will nicht wissen, was es verbirgt. Es ist verflucht und nimmt uns, was wir uns schon immer wünschten.«

Nun war es Oliver, der Tanja näher heranzog und ihren Kopf an seine Schulter drückte. Ihre Tränen durchnässten sein Hemd. Das Schluchzen wurde teilweise verschluckt, da er ihr Gesicht immer stärker gegen seine Brust presste. Sie drehte ihren Kopf zur Seite und sah ihn von unten mit tränenfeuchten Augen an. Ihre leise gesprochenen Worte drangen tief in sein Bewusstsein und zwangen auch ihn, um Beherrschung zu kämpfen.

»Werden wir Elias hergeben müssen? Sage es mir, Schatz. Wenn es das ist, was sie will, soll sie einen schrecklichen Tod sterben. Verflucht soll sie sein in alle Ewigkeit.«

»Sage so was nicht, Tanja. Du versündigst dich. Ich will dir sagen, was ich darüber weiß. Erst dann werden wir gemeinsam entscheiden, ob wir ihren Wunsch erfüllen oder den Umschlag sofort vernichten. Hör mir genau zu, denn es ist eine sehr wichtige Entscheidung.«

Tanjas Nicken war kaum erkennbar, signalisierte Oliver jedoch, dass er ihr alle Hintergründe erklären konnte. Lange hörte sie zu, erfuhr Stück für Stück, wie diese Vermittlungen überhaupt zustande kommen konnten. Ihr stetig anwachsendes Zittern entging Oliver nicht und ließ Zweifel in ihm aufkeimen, ob es richtig war, sie über alles zu informieren.

»... Melanie Kühn wollte mir jeden Tag eine SMS schicken, wie ich schon sagte. Heute kam sie nicht mehr. Ich mache mir Sorgen um sie. Ihr ist etwas Schlimmes zugestoßen. Das weiß ich, ich spüre es ganz deutlich.«

Kaum vernehmbar kam die Antwort aus dem Mund der Frau, die Oliver über alles auf dieser Welt liebte. Er konnte nicht glauben, was er hörte.

»Sie hat vielleicht ihre gerechte Strafe erhalten, Schatz. Hast du schon darüber nachgedacht, was sie angerichtet hat? Nein, ich habe meine Meinung nicht geändert, was Elias betrifft. Ich will diesen Jungen behalten dürfen, ihn an unserer Seite aufwachsen sehen. Ich möchte erleben, dass er die Schule besucht und später einen tollen Beruf erlernt. Wir sollten auf seiner Hochzeit tanzen und gute Großeltern werden.«

»Das möchte ich auch, Schatz«, bestätigte er ihre berührenden Worte. Doch Tanja legte ihm einen Finger auf die Lippen, bevor er weiterreden konnte.

»Nur dürfen wir nicht vergessen, woher die Kinder kommen. Sie wurden den Müttern gestohlen, einfach weggenommen. Ich weiß, dass es nicht bei allen so war. Doch wer sagt uns, dass eine Mutter nicht genau um unser Kind geweint hat? Sie wollte diesen Jungen vielleicht genau so sehr, wie wir es taten. Sie hat um dieses Kind geweint, hat gelitten. Du kannst dir nicht vorstellen, wie wir empfinden, wenn man uns das wegnimmt, was in unserem Körper monatelang heranwuchs. Du wirst jetzt sagen, dass ich es nicht erlebt habe. Das ist richtig. Aber ich bin eine Frau, die diese Gefühle gut nachvollziehen kann.«

Was geschieht hier? Was habe ich mit der Wahrheit bei ihr ausgelöst? Sie weiß nicht, was sie spricht. Wir können doch nicht dieses Kind opfern, um es irgendjemandem in die Arme zu legen, der es gar nicht möchte, nicht so liebt, wie wir es tun. Das werde ich nicht zulassen. Der Umschlag muss verschwinden.

»Hörst du mir überhaupt zu, Oliver? Ich weiß, was du gerade denkst. Du glaubst, dass ich den Verstand verloren habe und Elias einfach so weggeben werde. Stimmt es nicht? Du hast noch immer nicht erkannt, welch grausame Wahrheit sich hinter diesen Verbrechen verbirgt. Ja, Schatz, es ist ein Verbrechen. Niemals habe ich auch nur im Entferntesten daran gedacht, dass wir ein Kind erhalten würden, das einer Mutter aus dem Leib geschnitten und ihr geraubt wurde. Es hinterlässt schlimme Wunden an Leib und Seele. Wir müssen es der richtigen Mutter zurückgeben und akzeptieren, dass wir ohne eigenes Kind weiterleben müssen.«

»Ich ... ich kann das nicht glauben, was du da gerade sagst. Wir haben so um dieses Kind gekämpft, haben viel Geld investiert. Soll das alles umsonst gewesen sein? Ich kann dich nicht mehr verstehen.«

Nun war es Tanja, die zärtlich den Arm um seinen Hals legte, ihn zu trösten versuchte.

»Ich glaube dir, dass du an mir zweifelst, Schatz. Ich verstehe mich selbst nicht mehr. Doch etwas in mir sagt, dass wir Unrecht tun, wenn wir Elias nicht zurückgeben. Verzeih mir, wenn ich dich nun enttäusche. Es würde mir das Herz brechen, aber schlimmer wäre es, ein Kind mit dieser Lüge großzuziehen. Was sagen wir ihm, wenn er irgendwann wissen will, wer seine leiblichen Eltern sind? Erklärst du ihm, dass wir ihn gekauft haben wie einen Kürbis auf dem Markt? Ich könnte es nicht, ohne aus lauter Scham im Boden zu versinken. Und was das Geld betrifft, Oliver. Es ist nur Geld. Vergiss es. Es hat uns zumindest ein paar Tage glücklich sein lassen. Es war eine Zeit des Glücks mit diesem Kind. Ich bin so dermaßen dankbar dafür.«

Oliver senkte den Kopf und schlug beide Hände vor das Gesicht. Als er sie wieder fortnahm, griff er nach dem Umschlag. Kurz bevor seine Hände das Papier berührten, legte sich Tanjas Hand über seine.

»Lass es, Schatz. Ich möchte nicht mehr wissen, was sich darin befindet und ob es die Herkunft von Elias offenbart. Wichtig ist nur, dass wir erreichen können, diese Verbrecher zu entlarven und sie der gerechten Strafe zuzuführen. So wie du mir erklärt hast, wurden Kinder nicht ausschließlich in gute Hände vermittelt. Sie sollen büßen für das, was sie Müttern und vor allem diesen unschuldigen Seelen angetan haben. Keine Strafe ist ausreichend dafür, das Geschehene zu vergelten. Nimm diese Beweise und sorge dafür, dass wir wieder atmen können, ohne dass uns Schuldgefühle auffressen. Bitte.«

35

Schon seit Stunden wartete die gesamte Soko ungeduldig auf die Ergebnisse der Spurensicherung und aus der Rechtsmedizin. Siedend heiß fiel Gordon ein, dass er Siegrid Hermes zurückrufen wollte, um ihr seine Entscheidung mitzuteilen, ob er helfen konnte oder nicht. Endgültig stand diese nicht fest. Dennoch wählte er die Nummer der Sekretärin und blickte irritiert auf das Display, als sich eine ihm unbekannte Stimme meldete.

»Gordon Rabe hier. Sind Sie bitte so nett und verbinden mich mit dem Sekretariat von Herrn Kohland. Ich warte.«

»Sie müssen nicht warten, Herr Rabe. Sie sprechen bereits mit dem Sekretariat. Ich weiß, Sie wundern sich darüber, eine fremde Stimme zu hören. Aber Frau Hermes ist nicht mehr für dieses Unternehmen tätig. Sie hat gekündigt und ich werde diese Aufgabe für den Übergang übernehmen. Kann ich Ihnen vielleicht weiterhelfen?«

Was selten passierte, geschah jetzt: Gordon suchte nach Worten, die er nur zögernd fand.

»Das ... das ist eine kleine Überraschung für mich. Geht es ihr gut? Wissen Sie was darüber?«

»Wie ich unterrichtet bin, ging es ihr so weit gut, wenn man von einer gewissen Niedergeschlagenheit absieht. Kein Wunder, nach so vielen Dienstjahren. Wir haben uns alle sehr gewundert über diesen Schritt. Vielleicht ist sie krank

240

und möchte nicht darüber sprechen. Nun ja, alles nur Spekulation. Wenn es sonst nichts Wichtiges gibt, möchte ich hier abbrechen. Es klingelt auf der anderen Leitung. Bis bald dann, Herr Rabe.«

Als Dr. Lieken das Büro betrat, hatten sich sowohl Kai Wiesner, Leonie Felten, Mia Richter als auch Dino Wohlert um Gordons Schreibtisch versammelt. Die Diskussion wurde verhalten geführt, sodass der Rechtsmediziner vorsichtig an die Wand klopfte, bevor er vollends eintrat.

»Ist irgendwas mit Oma passiert, wenn ich das mal so halbwegs spaßig formulieren darf? Störe ich?«

»Komm rein, du Fleischdesigner. Wir hatten uns gerade den Kopf zerbrochen über jemanden, der nach tausend Jahren in einem Betrieb den Job hinschmeißt.«

»Ach, das wundert mich jetzt aber, dass du dein Problem nun sogar öffentlich diskutierst. Ich habe dir sofort gesagt, dass du es bereuen wirst. Einen solchen Job gibt man ...«

»Könntest du mal halblang machen, Doktor? Wir sprachen nicht über mich. Damit das klar ist. Was treibt dich überhaupt hierher? Gibt es nach tagelangem Warten endlich was Brauchbares?«

Lieken drehte sich um und machte Anstalten, den Raum zu verlassen.

»Wenn man meiner Arbeit gegenüber so wenig Wertschätzung entgegenbringt, bin ich hier wohl fehl am Platze. Sie können meinen schriftlichen Bericht in den nächsten Tagen erwarten.«

Leonie war es, die sich in seinen Arm einhakte und den Kopf an seine Schulter legte. Mit der freien Hand zog sie schelmisch lachend an dem grauen Pferdeschwanz, der den Rechtsmediziner so unverwechselbar machte.

»Das ist die einsame Meinung eines Mannes, der Ihrer nicht würdig ist und neidvoll auf Ihre Erfolge blickt. Dieser Herr, dessen Namen ich hier nicht nennen möchte, wird eh in wenigen Tagen wieder Geschichte sein. Sie, Herr Doktor aber, werden uns erhalten bleiben. Wir alle hören Ihnen gerne zu, wenn Sie uns über Ihre Ergebnisse aus dem Horrorhaus berichten. Kommen Sie und ignorieren Sie Herrn Rabe ... Huch, jetzt ist mir der Name doch herausgerutscht. Scheiß drauf.«

Selbst in Gordons Gesicht konnte Dr. Lieken dieses Grinsen erkennen, das deutlich machte, dass jeder im Raum den Spaß gerne mitmachte. Dr. Lieken setzte sich auf den angebotenen Stuhl. Ohne Umschweife kam er zur Sache.

»Es ist definitiv Melanie Kühn, die wir vorfanden. In der Wohnung hattet ihr ja Haare und Blutspuren gesichert. Die DNA stimmt zu hundert Prozent überein. Bei den beiden anderen Opfern gibt es diesbezüglich kaum verwertbare Ergebnisse. Doch eine Tatsache gibt mir noch Rätsel auf, was die ermittelte DNA betrifft. Die von dem Riesen auf dem Tisch läuft gerade durch den Computer des LKA. Ich wette, dass wir da schnell Ergebnisse haben werden.«

»Den Namen haben wir schon, Klaus«, unterbrach Gordon. »Die Autoverleihfirma war sehr kooperativ. Ein Russe, der bisher noch nicht auffällig wurde. Mal sehen, was das LKA hat.«

»Gut, das hätten wir ja dann. Aber zurück zu dem Mann an Kühns Seite. Wenn ich richtig unterrichtet wurde und die Akten des Jugendamtes nicht lügen, gebar Melanie Kühn einen Sohn, der schon früh starb. Diese DNA des Mannes ist so übereinstimmend, dass man meinen könnte, dass es ein absolut naher Blutsverwandter von ihr sein könnte. Ein Phänomen, dass so vielleicht einmal unter zehn Millionen vorkommen könnte. Seid ihr sicher, dass dieses Kind wirklich verstorben ist?«

Lieken blickte in leicht verstört wirkende Gesichter. Gordon war es, der plötzlich aufsprang und in seinen Akten suchte. Endlich fand er etwas, das er triumphierend hochhielt. Es war ein Foto, das er aus Emma Kühns Wohnung mitgenommen hatte.

»Das hier ist Melanie Kühn, sagt zumindest ihre Mutter, die es wissen müsste. Seht ihr den Mann neben ihr? Bisher dachte ich, dass es der Vater ihres verstorbenen Kindes wäre, mit dem sie sich fotografieren ließ. Was wäre, wenn es sich stattdessen um ihren Bruder handelt? Frau Richter, bitte gehen Sie die Familie der Kühns durch. Existiert ein Bruder, von dem uns bisher nichts bekannt ist und an den die Mutter keine Erinnerung mehr hat? Das wäre die Lösung für diese innige Umarmung im Todeskampf. Verdammt, dass ich aber auch nicht sofort daran gedacht habe.«

»Weil selbst du nicht perfekt bist, obwohl du dir das immer wieder einredest«, frotzelte Dr. Lieken und beobachtete Mia Richter, die auf ihrer Tastatur herumhämmerte. Schon nach kurzer Zeit kam sie mit einem Ergebnis zurück zum Tisch.

»Treffer. Es gibt einen Michael Kühn, der erst sieben Jahre nach Melanie Kühn geboren wurde. In seiner Legende steht, dass er nach der Schule Medizin studierte, jedoch alles abbrach, ohne dass ein logischer Grund vorhanden war. Erstaunlicherweise gibt es keine feste Adresse. Offiziell war er bei Melanie gemeldet, wo er aber so gut wie nie anzutreffen war. Ich vermute mal, dass sie ihn in der gepachteten Hütte untergebracht hatte und auch ihn regelmäßig versorgte. Geld genug dafür schien ja durch ihren Nebenjob vorhanden zu sein.«

»Deiner Schlussfolgerung würde ich mich anschließen«, bemerkte Kai und machte sich Notizen. »Das lässt die Hütte auch in einem anderen Licht erscheinen. Die Mütter wurden dort entbunden und anschließend gut versorgt irgendwo deponiert.«

»Halt, Leute«, schaltete sich nun Dino Wohlert ein. »Klingt ja alles sehr logisch, macht die Sache aber nicht völlig rund. Wir haben drei Fälle von Müttern, mit denen derart verfahren wurde. Ihr hört richtig. Ich habe von lediglich drei Fällen gesprochen. Damit lässt sich kein wirklich großer Handel aufbauen. Mit der Kaufsumme hält sich gerade mal eine Person über Wasser. Hier sprechen wir aber schon von mindestens drei Personen. Womit also wurde das große Geld gemacht?«

Alle Anwesenden hatten gut zugehört und zustimmend genickt. Alles, was Dino angeführt hatte, war überaus überzeugend und ließ das Team ratlos zurück. Gordon brachte es auf den Punkt.

»Wir haben eigentlich nichts in der Hand. Wir werden Melanie Kühn bestenfalls die Entführung und verbotene Entbindung der drei Mütter und den anschließenden Verkauf der Kinder nachweisen können. Die ist aber tot und kann nicht mehr belangt werden. Was ist aber mit den beschissenen Ärzten, die nach unser aller Meinung das große Geld gemacht haben und wohl bald wieder abkassieren werden? Wenn wir nicht mehr haben, stehen wir wieder am Anfang und können nur hoffen, dass die Kerle einen Fehler machen. Wir müssen zusammen mit der IT-Technik des LKA versuchen, in das Darknet einzubrechen. Das Netzwerk muss doch zu knacken sein, verdammt.«

Allgemeine Niedergeschlagenheit machte sich breit, sodass das Erscheinen eines Mannes für Abwechslung sorgte. Er stand plötzlich begleitet von einer Beamtin in der Tür und erreichte, dass Kai aufsprang.

»Was führt Sie denn hierher, Herr Montain? Haben Sie es sich doch noch überlegt, ob Datenschutz wirklich vor dem Schutz des Lebens gestellt werden darf?«

Kai wandte sich an die restliche Mannschaft und stellte den Ankömmling vor.

»Darf ich vorstellen? Das hier ist der Leiter des örtlichen Jugendamtes, Herr Montain, der sich bisher weigerte, uns die Daten der vermittelten Eltern herauszugeben. Das hier sind die Kollegen unserer Soko, die ich nicht im Einzelnen nennen möchte. Gibt es neue Überlegungen bei Ihnen?«

»Nein, Herr Hauptkommissar, die gibt es nicht. Zumindest nicht von meiner Seite. Allerdings kam mir zu Ohren, dass man mittlerweile eine meiner Mitarbeiterinnen fand und wir uns alle die Frage stellen, was genau Frau Kühn innerhalb unserer Behörde angestellt haben könnte. Wir haben uns bereits die Mühe gemacht und sind sämtliche Listen durchgegangen von Kindern, die sie vermittelt hat. Nichts. Wir konnten auch nicht die geringste Verfehlung feststellen. Wie ich Ihnen schon bei Ihrem letzten Besuch erklärte, handelt es sich bei Frau Kühn um eine sehr integre Person, die über jeden Zweifel erhaben ist. Was glauben Sie, der Frau nachweisen zu können?«

Gordon mischte sich in das Gespräch ein, was ihm einen vorwurfsvollen Blick des Freundes einbrachte.

»Sie werden verstehen, Herr Montain, dass wir an außenstehende Personen keinerlei Ergebnisse in laufenden Verfahren herausgeben können und dürfen. Doch da Sie einmal hier sind, könnten Sie uns ein paar Fragen aus Ihrem Fachgebiet beantworten.«

Obwohl Montain anzusehen war, dass ihm die Antwort nicht gefiel, setzte er sich unaufgefordert auf einen Stuhl und schlug leger die Beine übereinander, demonstrierte damit seine Souveränität. Mit ausdrucksloser Miene erwartete er die erste Frage, die sofort von Leonies kam.

»Ist es eigentlich grundsätzlich möglich, an allen anderen Kollegen vorbei, ein Kind zu vermitteln? Ich meine damit, ohne den ganzen Papierkram und Anhörungen?«

Die Frage schien Montain zu gefallen, da er sofort entspannter wirkte und loslegte.

»Das kann ich sofort verneinen. Ganz abgesehen davon, dass die zukünftigen Eltern schon vor irgendeiner Zusage von uns auf Herz und Nieren geprüft werden und eigentlich mehr als perfekt sein müssen, gibt es da noch mindestens das Vier-Augen-Prinzip, nach dem wir handeln. Selbst wenn ich eine Vermittlung abgesegnet habe, geht der Vorgang zwecks weiterer Kontrolle und Abstimmung an das Landesjugendamt. Ich möchte auch den anderen Herrschaften, die das nicht wissen können, erklären, dass nicht die späteren Eltern sich ein Kind aussuchen, sondern wir nach vorliegender Aktenlage dies im Sinne des Kindes tun. Folglich wäre eine Manipulation so gut wie ausgeschlossen.«

»Das hört sich sehr professionell an, Herr Montain«, fuhr Leonie fort. »Im Vorfeld der Ermittlungen habe ich mir die Mühe gemacht, mir im Netz ein Papier anzusehen, was Ihre Aufgaben eindeutig regelt. Ich spreche dabei von den Empfehlungen zur Adoptionsvermittlung in der Fassung aus 2019, herausgegeben von der Bundesarbeitsgemeinschaft der Landesjugendämter. Ein Bereich hat mich ein wenig irritiert und steht in gewisser Weise in einem direkten Widerspruch zu Ihrer Aussage. Darin geht man auf Zuwiderhandlungen ein.«

»Das müssen Sie so ...«, versuchte Montain, unsicher geworden, sofort abzuwiegeln.

»Lassen Sie mich bitte ausreden. Ich las von einem Maßnahmenkatalog, der von einfachen Bußgeldern bis zu Freiheitsstrafen bis zu zehn Jahren Gefängnis alles enthält. Erklären Sie uns bitte, warum so was nötig ist, wenn ein fehlerhaftes Verhalten so gut wie ausgeschlossen werden kann. Da scheint es doch Lücken im System zu geben, wie mir scheint.«

»Kein Verfahren ist absolut perfekt. Das müssten doch gerade Sie hier am besten wissen. Mit ausreichend vorhandener krimineller Energie ist es in der heutigen Zeit immer möglich, Gesetze und Sicherungen zu umgehen.«

Gordon übernahm wieder und setzte nach.

»Sie haben recht, Herr Montain. Gerade deshalb, weil wir es wissen, suchen wir nach solchen Möglichkeiten, um die Bevölkerung vor solchen Subjekten zu schützen. Lassen Sie uns doch einfach im vorliegenden Fall zusammenarbeiten, um die Lücken zu finden. Beispiel: Wäre es möglich, an Ihnen und Ihrem System vorbei eine eigene Datenbank zu führen, die eine einfache, aber selbstständige Kopie dessen innehat wie ihr Original? Zweitens: Kann jemand aus Ihrem Mitarbeiterkreis Unterlagen, also Formulare fälschen und in Umlauf bringen, die später die Pflegeeltern vor Behörden als Erziehungsberechtigte ausweisen können? Wir hören Ihnen zu.«

Dass Montain in einer schwierigen Falle saß, war für jeden Ermittler klar erkennbar. Er rutschte auf seinem Stuhl hin und her. Bevor er sich rechtfertigen konnte, kam ihm Gordon Rabe wieder zuvor.

»Bevor Sie jetzt aus Unwissenheit falsch antworten, möchte ich Sie darum bitten, genau diese Punkte in Ihrer

Behörde auf den Prüfstand zu legen. Helfen Sie uns dabei, diesen Babyhandel, der ohne jeden Zweifel hier vor Ort, aber auch weltweit geführt wird, vorläufig auszumerzen. Das ist zwar ein hochgestecktes Ziel, da die globale Zusammenarbeit der Behörden sehr zu wünschen übrig lässt. Doch schon im Kleinen, also vor Ort, können wir vieles bewirken. Also, Herr Montain, können wir mit Ihrer Hilfe rechnen?«

Die Erleichterung war dem Mann anzumerken, da er genau wusste, dass die Kripobeamten glatt ins Schwarze getroffen hatten. Es musste diese Lücke geben, davon war er spätestens jetzt überzeugt. Er erhob sich mit einem dankbaren und unsicher wirkenden Lächeln und ging zur Tür. Kurz vorher wandte er sich noch einmal um.

»Sie hören in den kommenden Tagen von mir. Darauf können Sie sich verlassen.«

Als er den Aufzug im Untergeschoss verließ, trat er zur Seite, um ein junges Pärchen eintreten zu lassen. Die Mutter drückte stolz ihr Baby an die Schulter und bedankte sich höflich.

36

Leonie fiel das Paar sofort auf, das von einer Polizistin begleitet aus dem Aufzug stieg und auf sie zusteuerte. Sie wollte eigentlich die Waschräume aufsuchen, blieb jedoch abwartend stehen und begrüßte die Ankömmlinge. Dass sich die beiden mit dem Kind auf dem Arm sichtlich unwohl fühlten, war deutlich spürbar. Die Polizistin, die sie hochbegleitet hatte, wandte sich an Leonie.

»Guten Tag, Oberkommissarin Felten. Die Herrschaften möchten zu euch. Sie suchen nach der Soko, die diese Babyentführungen bearbeitet, über die die Presse berichtet. Kann ich gehen und die beiden, sorry, die drei bei Ihnen lassen?«

»Alles in Ordnung, Kollegin. Ich kümmere mich darum.« Als sich die Beamtin Richtung Aufzug verabschiedet hatte, griff Leonie spontan an das Wolltuch, mit dem die junge Frau das Gesicht des Babys abgedeckt hatte.

»Ach Gott, wie süß. Junge oder Mädchen? Ist das ein nettes Kind. Was kann ich für Sie tun. Mein Name ist übrigens Oberkommissarin Leonie Felten. Mit wem spreche ich?«

»Dürfen wir bei Ihnen eine Aussage machen zu den Entführungsfällen? Das ist meine Frau Tanja, ich heiße Oliver Teuscher.«

»Sie meinen sicher die Babyentführungen? Aber sicher. Kommen Sie mit ins Büro. Da sind wir ungestört.«

Als Leonie in Begleitung des Paares eintrat, stahl sich ein Lächeln auf die Gesichter von Kai Wiesner und Mia Richter, die sofort das Baby entdeckten und aufsprangen. Es war ein mehr erzwungenes Lächeln, das die scheinbaren Eltern zeigten, als drei erwachsene Kripobeamte typische und albern klingende Geräusche und dazu passende Gesten machten, um die Aufmerksamkeit des recht jungen Bürgers zu erreichen. Schließlich beendete Leonie das seltsame Schauspiel und bot dem Paar Stühle an.

»Was genau können wir für Sie tun? Sie sagten, dass Sie eine Aussage zu den von uns behandelten Fällen machen können. Ich höre.«

»Eigentlich ist es keine direkte Aussage«, begann Oliver Teuscher zögernd, während er seine schmale Tasche öffnete, die er um den Körper geschlungen hatte. »Ich habe etwas überreicht bekommen von einer gewissen Melanie Kühn. Sie gab mir vor einigen Tagen ...«

»Moment, Herr Teuscher. Ich habe Sie richtig verstanden? Sie sprachen von einer Melanie Kühn?«

Als wäre ein Blitz eingeschlagen, zuckten alle Beamten im Raum zusammen und starrten auf den Mann, der soeben ihre volle Aufmerksamkeit eingefordert hatte. Kai und Mia erhoben sich und stellten sich neben Leonie hinter den Schreibtisch.

»Reden Sie bitte weiter und entschuldigen Sie, dass wir Sie unterbrochen haben.«

Leonie versuchte, sich zu konzentrieren, obwohl ihre Nerven zum Zerreißen gespannt waren.

»Ja, wie ich schon erwähnte, hat mir Frau Kühn vor Tagen einen Umschlag zur Aufbewahrung geben, den ich zur Polizei bringen sollte, falls ich an zwei aufeinanderfolgenden Tagen nichts von ihr höre. Wir hatten vereinbart, dass sie mir jeden Tag eine SMS schreiben würde. Jetzt fehlt nun diese Nachricht und ich dachte ...«

»Ist das der besagte Umschlag?«, unterbrach Kai den Mann und streckte seine Hand danach aus.

»Bevor Sie ihn öffnen, hätten wir noch eine andere Sache, die wir loswerden möchten, ich meine, worüber wir eine Aussage machen möchten.«

»Das können Sie gerne bei der Kollegin tun. Darf ich schon einmal den Umschlag an mich nehmen?«

Kaum hielt Kai den Umschlag in der Hand, wechselte er an seinen Schreibtisch und suchte verzweifelt nach dem Brieföffner, den ihm Mia Richter schließlich reichte. Beide starrten wie gebannt auf das, was ihrer Meinung nach all das enthalten würde, was den Fall zu einem Ende bringen konnte. Während die beiden unentschlossen vor dem Beweismittel saßen, richtete Leonie Felten ihre volle Aufmerksamkeit wieder auf die drei Besucher.

»Wie sind Sie in den Besitz dieser Unterlagen gelangt?«

»Wir hätten da aber noch gerne ...«

»Bitte lassen Sie uns die Dinge der Reihe nach angehen, Herr Teuscher. Wie war das mit der Übergabe? Schildern Sie uns bitte, in welcher Beziehung Sie zu Frau Kühn stehen.«

»Das wollte ich ja gerade tun. Wissen Sie, die beiden Aussagen stehen in einem direkten Zusammenhang. Ich möchte es Ihnen erklären, wenn ich darf.«

Leonie spürte, dass sie jetzt keinen Druck aufbauen durfte, da es den Besuchern sichtlich schwerfiel, die Zusammenhänge darzustellen. Gleichzeitig spürte sie ein unbestimmtes Kribbeln in der Magengegend, als ihr Blick auf die Frau fiel, die das Baby auffallend eng an ihren Körper presste. Ihre Augen wirkten fast panisch, mit denen sie ständig zwischen ihrem Mann und Leonie wechselte.

Jeden Augenblick war damit zu rechnen, dass sie aufsprang und das Büro verlassen würde.

»Bitte beruhigen Sie sich und berichten mir mit Ihren eigenen Worten. Lassen Sie sich Zeit und versuchen Sie, alles der Reihe nach zu erzählen. Wir waren bei Ihrer Beziehung zu Frau Kühn, als ich Sie unterbrach. Wäre es möglich, dass ich Ihre Aussage auf Band aufnehme? Daraus könnten wir später eine schriftliche Aussage erstellen.«

Wieder fiel ihr besorgter Blick auf Frau Teuscher, die sich sichtlich unwohl fühlte.

»Machen Sie nur«, bestätigte Oliver Teuscher und suchte nach Tanjas Hand, die er fest umfasste. Was Leonie zu hören bekam, machte sie auf der einen Seite traurig, ließ sie aber auf der anderen Seite innerlich jubeln. Sie hoffte inständig, dass die ausgehändigten Unterlagen sämtliche Rätsel lösen würden, die noch immer im Raum standen. Fast hätte sie die so wichtige Pointe versäumt, die sie schockierte.

»... deshalb haben wir uns dazu durchgerungen, das Kind der richtigen Mutter zurückzugeben. Es wird unser Herz zwar zerreißen, doch wir können es mit unserem Gewissen nicht vereinbaren, das Kind mit einer Lüge aufzuziehen.«

Mit großer Sorge betrachtete Leonie den Weinkrampf von Tanja Teuscher, die immer wieder ihr Gesicht in die Öffnung des Tuches versenkte, in dem sie ein fremdes unschuldiges Kind hielt. Leonie sprang auf, um einen Sturz des Kindes zu verhindern, da Frau Teuscher nun völlig außer Kontrolle geriet. Während Leonie um den Schreibtisch stürzte, signalisierte sie Mia, dass sie medizinische Hilfe anfordern sollte. Kai wiederum war damit beschäftigt, die mobile Telefonnummer von Amtsleiter Montain herauszusuchen. Endlich fand er sie und erreichte den Mann auf dem Weg zurück zum Amt.

»Wir brauchen Sie hier, Herr Montain. Es ist dringend, da sich vieles getan hat und wir mittlerweile Klarheit haben über sämtliche Vorgänge. Ich warte auf Sie.«

Kaum hatte er aufgelegt, als sich die Tür öffnete und zwei Rettungssanitäter den Raum betraten, im Schlepptau eine Ärztin, die sich sofort der jungen Frau annahm und zur Seite führte. Erst als die Wirkung der Beruhigungsspritze einsetzte, löste sich die Angst bei Oliver Teuscher, der immer wieder über die Wange seiner Frau strich und beruhigend auf sie einredete. Die Notärztin nahm Leonie zur Seite und erklärte ihr, dass sie auf jeden Fall empfehlen würde, die Patientin zur Beobachtung in eine Klinik bringen zu lassen. Das setzte aber deren Zustimmung voraus. Ansonsten wäre Frau Teuscher fürs Erste ruhiggestellt und könnte gefahrlos in Obhut ihres Mannes verbleiben. Von einer weiteren Befragung würde sie allerdings abraten, zumindest was die Frau beträfe. Voller Sorge betrachtete Leonie die Szene am Besprechungstisch, wo ein Mann versuchte, seine Frau zu beruhigen, und ein Baby laut glucksend auf einer Decke lag und fröhlich strampelte.

Was haben diese Schweine da angerichtet? Diese anständigen Menschen wollen sich aus Gewissensgründen von dem trennen, was sie scheinbar über alles in ihr Herz geschlossen haben. Was soll aus dem Kind werden?

Kaum hatte sie den Gedanken zu Ende gebracht, als sich die Tür öffnete und Amtsleiter Montain eintrat. Sein Blick irrte durch den Raum, bis ihn Kai zu sich holte und die Ereignisse zusammenfasste. Dabei klärte er ihn lediglich über die Pseudoeltern auf, die überhaupt nicht wahrgenommen hatten, was mittlerweile um sie herum geschehen war. Der Raum füllte sich noch mehr, als Gordon Rabe eintraf und sofort ins Bild gesetzt wurde. Alle wunderten sich darüber, dass er minutenlang den Amtsleiter zur Seite nahm und auf ihn einsprach. Niemand im Raum unterbrach die leise, aber trotzdem heftig geführte Diskussion zwischen ihnen. Schließlich sah Leonie ihre Hoffnung bestätigt, dass sich möglicherweise für den Moment etwas zum Guten wenden könnte. Oliver Teuscher erhob sich, als Montain an seine Seite trat und sowohl Oliver als auch Tanja Teuscher eine Hand auf die Schulter legte.

»Wie ich hörte, haben Sie von einer meiner Mitarbeiterinnen eine Pflegschaftsbestätigung erhalten, die, wie Sie selbst bestätigt haben, auf nicht legalem Weg zustande kam. Normalerweise würden wir jetzt das Kind in Obhut nehmen und es einer anderen Pflegefamilie zuführen müssen. Ich sagte normalerweise. Unsere Aufgabe besteht nun darin, die richtigen Eltern, zumindest die Mutter ausfindig zu machen. Das kann eine lange Zeit dauern, da wir es mit manipulierten Unterlagen zu tun haben.«

Sein Blick ruhte für kurze Zeit auf Gordon, der die Szene beobachtete.

»Man hat mich davon überzeugt, dass es vielleicht besser wäre, das Kind, bis Klarheit über dessen Herkunft besteht, bei Ihnen zu belassen. Ich würde also spontan befürworten, dass Sie vorübergehend einen Auftrag zur Übernahme einer Pflegschaft erhalten. Was die Zukunft bringt, kann ich zum jetzigen Zeitpunkt nicht beantworten. Nehmen Sie das Kind und kümmern Sie sich darum, wie Sie es bisher auch taten. Einer meiner Mitarbeiter wird Sie in den nächsten Tagen aufsuchen und die Unterlagen vorlegen. Ich hoffe, dass Sie sich einverstanden erklären. Ich sage es Ihnen jedoch schon jetzt. Es bestehen zum jetzigen Zeitpunkt keine Garantien dafür, dass Sie das Kind behalten dürfen. Es mag für Sie hart klingen, entspricht aber der Wahrheit.«

Alle im Raum sahen gerührt zu, wie sich zwei Arme um den Hals eines völlig konsterniert dastehenden Amtsleiters legten. Die Gesichtsröte entstand erst, als er den Kuss von Tanja Teuscher auf seiner Wange spürte. Weinen und Lachen vereinten sich bei dieser Frau, als sie sich über das immer noch fröhlich quiekende Menschenbündel warf. Tränen tropften auf das Gesicht des Jungen. Ihre Stimme ging unter in den vielen Gesprächen, die den Raum erfüllten. Leonie zog Oliver Teuscher auf die Seite.

»Bringen Sie jetzt bitte die beiden gut nach Hause. Würde es Ihnen etwas ausmachen, morgen vorbeizukommen und das Protokoll zu unterschreiben? Sollte Ihnen noch etwas zur Sache einfallen, dürfen Sie mich jederzeit anrufen.«

Sie drückte ihm ihre Visitenkarte in die Hand und schob die Drei aus dem Zimmer. Als sich auch Montain verabschieden wollte, hielt ihn Kai Wiesner zurück.

»Hören Sie, Montain. Ich, das heißt, wir alle hier, möchten uns für Ihr Entgegenkommen bei den Teuschers bedanken. Aber wir haben auch eine weitere gute Nachricht in der Adoptionsaffäre. Wir sind nun im Besitz von Beweismitteln gegen eine Gruppe von Ärzten, die ausreichen, um sie vorläufig in Untersuchungshaft nehmen zu können. Für Sie dürfte es interessant sein, wie Frau Kühn Ihr so sicher geglaubtes System ausgetrickst hat. Unsere IT-Technik wird Sie gerne diesbezüglich aufklären und helfen, das Ganze für die Zukunft zu sichern.«

37

»Schön, dass du mich abholst, Kai. Gestern lief die Kiste noch tadellos. Macht es dir etwas aus, wenn wir einen Abstecher machen? Ich möchte den Blumenstrauß bei den Teuschers abgeben, bevor wir ins Meeting gehen.«

»Und ich dachte schon, dass du dich auf eine besonders nette Art bei einem Kollegen bedanken möchtest, der dich in diesem Jahr schon zum elften Mal wegen eines defekten Autos abholt.«

»Dafür, lieber Kai, ist diese Tüte hier gedacht, in der fünf Berliner Ballen auf dich warten. Hör damit auf, zu weh-klagen, und gib Gas. In fünfzig Minuten wartet Kläver auf uns.«

Sekunden nach dem Klingeln erschien Tanja Teuscher, gekleidet in einen Morgenmantel mit dem kleinen Elias auf dem Arm in der Tür. Ihre Freude über den Besuch war echt, als sie zurücktrat, um die Polizisten hereinzubitten.

»Danke, danke, Frau Teuscher, wir können leider nicht bleiben. Der Dienst – Sie werden verstehen. Aber wir möchten Ihnen diese Blumen überreichen, da wir ebenfalls die gute Nachricht von Herrn Montain erhielten. Ist es nicht ein kleines Wunder, dass alles so gut ausging? Jetzt wissen auch Sie, wie uns die moderne Gentechnik nützlich sein kann. Keiner von uns hätte damit gerechnet, dass eine

Mutter nicht ausfindig gemacht werden konnte. Wir beide hatten schon darauf gewettet, dass es eine der Frauen gewesen sein könnte, denen man die Kinder nach der Geburt wegnahm. Aber das ist ja immer noch bei weiteren Untersuchungen der anderen Kinder möglich.«

»Ich weiß gar nicht, wie wir Ihnen allen danken können. Sie waren alle so nett und haben uns geholfen, als wir glaubten, dass es nicht mehr weiterging. In spätestens elf Monaten werden wir wissen, ob wir die Adoptionsbestätigung tatsächlich erhalten.«

»Da machen wir uns keine Sorgen, Frau Teuscher. Sie sind großartige Eltern. So, jetzt wird es Zeit. Machen Sie es gut und Grüße an Ihren Mann.«

Leonie strich ein letztes Mal über das Haar des vergnügt kreischenden Jungen, bevor sie Kai zum Wagen zog.

»Das hast du schön gesagt, Kai. Hätte ich nicht besser sagen können. Jetzt aber los, oder willst du als Sokoleiter der Letzte sein, der zum Meeting eintrifft?«

Nur kurz verstummte das allgemeine Gemurmel, als Leonie und Kai erschienen und sich einen Platz an dem langen Tisch suchten. Der dampfende Kaffee tat gut. Allerdings ruhte Kai Wiesners sehnsüchtiger Blick auf der Tüte mit Gebäck, die Leonie auf seinem Schreibtisch abgelegt hatte. Ihr Grinsen ärgerte ihn nur einen Moment, bis er feststellte, dass alle auf seine Eröffnung warteten.

»Dann möchte ich die Besprechung für den heutigen Tag eröffnen und sofort anmerken, dass wir endlich den vorläufigen Abschluss einer beschämenden Serie von Entführungen und schlimmsten Verbrechen gegen das Leben von Neugeborenen bekanntgeben können. Dazu begrüße ich heute ein weiteres Mal die Herren Kriminalrat Kläver und als besonderen Gast unseren geschätzten Rechtsmediziner, Herrn Dr. Lieken.«

Nachdem das Klopfen abebbte, fuhr Kai fort.

»Wir alle wissen, dass es sich um eine äußerst schwierige Ermittlung handelte, bei der wir des Öfteren in eine Sackgasse liefen und schon fast die Hoffnung aufgegeben hatten, jemals den Fall lösen zu können. Das Darknet wird uns alle wohl noch eine Weile beschäftigen, da die Kriminellen sich immer mehr dieser modernen Methoden bedienen und leider auch noch das deutsche Datenschutzrecht uns viele Möglichkeiten nimmt, nachzuspüren. In diesem speziellen Fall ist es uns allerdings gelungen, etwas Licht in den Fall zu bekommen. Es hört sich seltsam an, aber wir müssen uns bei einer der Haupttäterinnen bedanken, die uns ausreichend Material lieferte, um einige Beteiligte festsetzen zu können. Das Schicksal wollte es so, dass sie schon für ihre Taten bestraft wurde.«

Kai wartete wieder einen Moment, bis das Gemurmel verstummte.

»Kriminalrat Kläver hat mich gestern darüber in Kenntnis gesetzt, dass wir einen Teil der Verantwortlichen innerhalb eines schnellen Zugriffs festsetzen konnten. Mehr dazu wird er euch jetzt selbst mitteilen. Ach, bevor ich es vergesse. Gerade noch habe ich gemeinsam mit der Kollegin Felten die Familie Teuscher besucht und sie dazu beglückwünscht, dass sie mit großer Wahrscheinlichkeit den Jungen adoptieren dürfen. Das am Rande. Bitte, Herr Kriminalrat.«

»Mir bleibt eigentlich nur, Ihnen allen hier am Tisch für einen besonderen Einsatz zu danken, der uns scheinbar hier und da an Grenzen brachte, die ein Scheitern möglich erscheinen ließen. Doch haben uns auch besondere Maßnahmen dazu verholfen, Schritte einleiten zu können, die uns aus dieser Sackgasse wieder herausführten.«

Warum Kläver an dieser Stelle Gordon Rabe besonders im Blick hatte, wussten nur wenige Eingeweihte am Tisch. Gordons Grinsen zeigte, dass er den Hinweis wohl verstanden hatte.

»Allerdings, werte Kolleginnen und Kollegen, muss ich etwas Wasser in den Wein gießen, indem ich zugebe, dass es dreien aus dieser Ärztegruppe gelang, sich frühzeitig abzusetzen. Wie ihnen das gelang, entzieht sich unserer Kenntnis. Doch stehen sie mittlerweile auf der Fahndungsliste von Interpol. Irgendwann werden wir ihrer habhaft werden. Was mir jedoch einen gewaltigen Schock versetzen konnte, das gebe ich ehrlich zu, ist das, was wir über dieses schändliche Netzwerk in Erfahrung bringen konnten. Wie Ihnen mittlerweile bekannt sein dürfte, haben wir eine Razzia in einem Waisenhaus durchführen müssen, in dem Mädchen nach dem bekannten nigerianischen Muster wie Sklaven gehalten wurden. Für mich ist es immer noch unvorstellbar, dass so was in unserem Land überhaupt möglich sein kann. Wir glauben immer, dass wir mit unseren Gesetzen und dem Kontrollzwang das unmöglich machen würden. Das Verbrechen zeigt uns tagtäglich sein hässliches Gesicht und dass alles möglich erscheint. Mafiöse Strukturen breiten sich immer mehr in unserem Land aus und zerstören das, an das wir bisher glaubten. Wir konnten diese Mädchen befreien. Sie wurden vom Jugendamt in andere Häuser verteilt, wenn mögliche Angehörige nicht ausfindig gemacht werden konnten.«

»Inwieweit war denn die Heimleitung involviert«, wollte Dino Wohlert wissen.

»Das, Kollege Wohlert, wird jetzt intensiv erforscht. Wir vermuten natürlich in den Reihen der Verantwortlichen

Mitwisser und Helfer, können jedoch keinen Pauschalverdacht gegen das Personal aussprechen. Das begründet sich auch darin, dass die Mädchen, die übrigens zwischen fünfzehn und neunzehn Jahren waren, in einem separaten Gebäude untergebracht waren. Das durfte nur autorisiertes Personal betreten. Allerdings gab es Gerede unter den Mitarbeitern, weil es dort häufiger Besuch von männlichen Besuchern gab, die ständig dort ein und ausgingen. Aber das Nest ist ausgeräuchert. Ich denke jetzt schon mit Entsetzen an die Mammutprozesse, die in der Öffentlichkeit für Unruhe sorgen werden. Die Anklagen werden nicht unbedingt das Vertrauen in die Ärzteschaft und die Behörden stärken und Scharen von Anwaltskanzleien beschäftigen. Ob die schriftlichen eidesstattlichen Aussagen von Melanie Kühn ausreichen werden, um die Schweine hinter Gitter zu bringen, wage ich nicht zu beurteilen.«

»Aber sie werden zumindest erklären müssen, woher die vielen Zahlungen von wildfremden Menschen, die nicht zum Patientenkreis gehören, auf ihren Konten stammen. Gott sei Dank haben wir eine Liste der Auslandskonten und hoffen, dass die Banken mitspielen, wenn die entsprechenden Stellen Auskünfte einfordern. Außerdem erwarte ich belastende Aussagen der Eltern, denen wir möglicherweise die Kinder wieder wegnehmen müssen.«

Gordon erntete zustimmendes Kopfnicken für seinen Hinweis.

»Wo sich gerade unser Polizist in Teilzeit zu Wort meldet, möchte ich es nicht versäumen, mich im Namen der anderen Kollegen bei ihm für seinen kurzzeitigen Einsatz zu bedanken. Ich würde sagen, lieber Gordon Rabe: Immer wieder gerne in unseren Reihen, wenn Sie erneut das Gefühl überfällt, sich für das Gesetz einsetzen zu müssen. Wir sehen uns morgen beim mehrfach verschobenen Gartenfest bei Ihnen. Bin gespannt, wie sich unser Künstler Jonas entwickelt hat.«

Tosender Applaus beschloss die Rede des Kriminalrats. Kai Wiesner nutzte das entstandene Durcheinander, um sich die Tüte mit den Berlinern an den Tisch zu holen. Leonies freudiges Grinsen bemerkte er erst, als er sich zum ersten Mal den Zucker von den Lippen leckte.

Anmerkung des Autors!

Die Story basiert auf frei erfundenen Geschehnissen, die so in Deutschland mit größter Wahrscheinlichkeit niemals hätten stattfinden können. Sämtliche Namen und Örtlichkeiten (mit Ausnahme der Orte in Nigeria) sind vom Autor frei gewählt. Ähnlichkeiten oder Übereinstimmungen mit tatsächlich existierenden Personen sind rein zufällig.

Allerdings soll die Geschichte unsere Sinne schärfen für unvorstellbares Unrecht, das in vielen Ländern an unschuldigen Kindern in beschriebener oder ähnlicher Form tagtäglich begangen wird.

Unsere Kinder sind das größte und wichtigste Gut, das es stets zu bewahren gilt.

Ihr H.C. Scherf

Thrillerreihen und Einzeltitel des Autors

ISBN-13 978-3751901352
Teil 1 der Gordon Rabe-Reihe
Als Taschenbuch und E-Book in Online-Shops und
im Buchhandel

Inhalt
Sie gibt sich einem anderen hin!

Die Nachricht am Telefon pflanzt den Stachel der
Eifersucht in die Gedanken der Männer, die an die
ewige Liebe und Treue glauben. Eine perfide
Vorgehensweise eines brutalen Killers setzt eine Gewaltspirale in Gang,
die vielen Frauen im Ruhrgebiet den grausamen Tod bringt.
Lange bleibt das Motiv des Mörders im Nebel, während das Team um
Hauptkommissar Gordon Rabe versucht, eine erste Spur zu finden. Noch
nie begegnete er einem derart brutal und raffiniert agierenden Mörder.
Dessen Spur verliert sich immer wieder, ohne dass die Ermittler weitere
Morde verhindern können.
Erst eine schreckliche Entdeckung lockt den Serientäter aus seinem
Versteck. Die Stunde der Abrechnung scheint gekommen.

ISBN-13 978-3751950923
Teil 2 der Gordon Rabe-Reihe
Als Taschenbuch und E-Book in Online-Shops und
im Buchhandel

Inhalt
Erwacht das Böse in uns, stirbt zuerst die Seele

Die Erkenntnis darüber, dass sie sich im aktuellen
Fall mutmaßlich mit einem mordenden Pärchen
auseinandersetzen müssen, schockiert das Team um
Gordon Rabe.
Grausame Wunden, die alle Opfer aufweisen, zeigen, dass jemand lustvoll
tötet und von Hass besessen sein muss.
Wer bisher glaubte, dass nur Männer zu solchen Taten fähig sind, wird
sein Weltbild korrigieren müssen.
Ein Fall, der die Essener Soko vor Rätsel stellt, da die Täter perfekt
verstehen, ihre Spuren zu verwischen.
Als wäre das nicht ausreichend, muss sich Gordon um einen alten Fall
kümmern, der ihn in tödliche Gefahr bringt.

ISBN-13 978-3751980777
Teil 3 der Gordon Rabe-Reihe
Als Taschenbuch und E-Book in Online-Shops und im Buchhandel

Inhalt:
Zeigt sich der Schatten des Todes, verändert er die Prioritäten im Leben.

Als die blutleeren Körper junger Frauen gefunden werden, ahnt keiner aus dem Team um Gordon Rabe, welch schreckliches Geheimnis sich dahinter verbirgt.
Doch das allein bildet nicht die tödliche Gefahr, die auf alle lauert. Ein Rachefeldzug gilt einem alten Fall, der längst vergessen schien.
Wieder einmal ist der Tod in seiner gesamten Grausamkeit allgegenwärtig und nicht greifbar.
Eine Story, die brutal beweist, wie wichtig menschlicher Zusammenhalt für unser Leben sein kann.

ISBN-13 978-3752608762
Teil 4 der Gordon Rabe-Reihe
Als Taschenbuch und E-Book in Online-Shops und im Buchhandel

Inhalt:
»Die Würde des Menschen ist unantastbar«

Dieser wichtigste Artikel des Grundgesetzes wird in abstoßender Art und Weise von Menschenhändlern missachtet, als sie junge Frauen in Containern ins Land schmuggeln. Das Team um Gordon Rabe muss nicht nur um das Leben von unschuldigen Frauen bangen, die von brutalen Händlern zur Prostitution gezwungen werden. Ein scheinbarer Suizid wirft viele Fragen auf, deren Antworten ungeahnte Familiengeheimnisse preisgeben. Die Lösung scheint so einfach, bis eine unerwartete Wendung alle schockt.

ISBN-13 978-3752668946
Teil 5 der Gordon Rabe-Reihe

Als Taschenbuch und E-Book in Online-Shops und im Buchhandel

Inhalt:
„Gib und es wird dir gegeben"

Dem Bibel-Spruch folgend erhält Lisbeth Schöning ein lebensrettendes Organ. Gerne hätte sie der Spenderin dafür gedankt. Zu spät erfährt sie, dass brutale Händler im Bereich des weltweiten Organhandels die Finger im Spiel haben. Ein todbringender Fall, der dem Team um Gordon Rabe alles an Recherche abverlangt.

Damit nicht genug. Drohbriefe der Russenmafia gegen seine Familie führen den Hauptkommissar an die Grenze des Ertragbaren. Er muss seine Liebsten schützen und gleichzeitig den Verräter in den eigenen Reihen entlarven. Ein Katz- und Maus-Spiel beginnt.

ISBN-13 978-3753476087
Teil 6 der Gordon Rabe-Reihe

Als Taschenbuch und E-Book in Online-Shops und im Buchhandel

Inhalt:
Verwehre deinem Kind die Möglichkeit zur freien Entscheidung in der Liebe, und du nimmst ihm jegliche Würde. Brauchtum darf Würde niemals ersetzen.

Dass es dem Entführer des Firmenchefs Martin Schaffrath nicht um Lösegeld geht, ist selbst für das erfahrene Team um Hauptkommissar Gordon Rabe eine neue Erfahrung. Die Gründe dafür bekommt nicht nur der Entführte schmerzhaft zu spüren. Sein Geheimnis, von dem jedoch jeder weiß, wird ihm zum Verhängnis.
Der Suizidversuch einer jungen Frau, der anfangs keine gebührende Aufmerksamkeit erfährt, entwickelt sich besonders für Kommissarin Leonie Felten zu einem persönlichen Drama. Auch hier schockiert die traurige Wahrheit, die dieses Mädchen in die Hölle von verbotenen Ritualen führt.
Gordon Rabe, der seinen Abschied aus dem Polizeidienst plant, muss bis an die Grenzen gehen.

ISBN 978-3749410620
Band 1 aus der Reihe Liebig/Momsen

Als Taschenbuch und E-Book in allen Buchhandlungen und Online-Shops.

Inhalt:
»Du bist stärker als deine Angst! Sie spürt es und wird nachgeben.«

Die geflüsterten Worte sollen Sarah beruhigen, ihre Höhenangst endgültig besiegen. Ein Psychopath nutzt die Urängste der Menschen, um sie in den Tod zu treiben.

Sein perfider Plan geht bei den Schutzbedürftigen einer Selbsthilfegruppe auf, die ihre Phobien bekämpfen möchten.

Wird Peter Liebig, Hauptkommissar im Essener Morddezernat, die Pläne des Wahnsinnigen durchkreuzen können?

Der Täter hinterlässt keine Spuren. Erst als der erfahrene Beamte in die Hölle des Killers hinabsteigt, entdeckt er dessen Geheimnis.

Ein Psychoduell beginnt, das zwei völlig verschiedene Welten aufeinanderprallen lässt.

ISBN 978-3738622706
Band 2 aus der Reihe Liebig/Momsen
Als Taschenbuch und E-Book in allen Buchhandlungen und Online-Shops.

Inhalt:
»Die Qualen der Zelle liegen hinter ihr –
Doch die Hölle der Freiheit erwartet sie bereits«

Sieben Jahre teilte Daniela die Zelle mit Psychopathinnen. Totschlag war ihr Verbrechen, für das sie lange sühnte.

Nun steht sie vor dem Tor der JVA und einer Freiheit gegenüber, die keine ist. Unerbittlich begegnet ihr die Familie mit Ablehnung. Als sie in einen Strudel aus Gewalt gezogen wird, sehnt sie sich zurück in den Regelbetrieb des Strafvollzugs.

Ein perverser Serienmörder und ein brutaler Zuhälter reißen sie in den Vorhof zur Hölle.

Ausgerechnet ein Ermittler steht ihr zur Seite, den die Vergangenheit mit den Taten des perfiden Mörders verbindet.

ISBN 978-3749452163
Band 3 aus der Reihe Liebig/Momsen

Als Taschenbuch und E-Book in allen Buchhandlungen und Online-Shops.

Inhalt:
Das Feuer reinigt und lässt nur Asche zurück -
Doch das abgrundtief Böse hat es auch für sich entdeckt.

Während die tapferen Einsatzkräfte der Feuerwache ihr Leben aufs Spiel setzen, um Menschen vor dem Tod zu bewahren, lebt ein Psychopath seine kranken Leidenschaften aus, folgt dem Trieb, unvorstellbar grausam töten zu müssen.
Immer mehr verdichtet sich der Verdacht, dass dieser Wahnsinnige nicht nur medizinische Grundkenntnisse besitzen muss. Nein - es könnte ein Feuerteufel sein, der sogar aus dem engeren Umfeld der Feuerwehr kommt. Jeder ist plötzlich verdächtig. Ein Psychokampf beginnt und gefährdet Freundschaften. Das Ermittlerduo Liebig und Momsen steht vor dem bisher rätselhaftesten Fall, der sie selbst in tödliche Gefahr bringt.

ISBN 978-3749497850
Band 4 aus der Reihe Liebig/Momsen

Als Taschenbuch und E-Book in allen Buchhandlungen und Online-Shops.

Inhalt:
Das Ziel ist Rache - das Ergebnis ist Selbstzerstörung

Niemand kann zu diesem Zeitpunkt erahnen, welche Opfer ein Rachefeldzug noch fordert, als man die erste schrecklich zugerichtete Leiche findet. Die Frau wurde hingerichtet von einem Täter, der damit eine blutige Spur durch die Strafverfolgungsbehörden ankündigt. Dass er keine Spuren hinterlässt und sein Motiv Rätsel aufgibt, macht es dem bekannten Ermittlerteam um Peter Liebig und Rita Momsen nicht einfacher. Seine Todesliste arbeitet der Killer unerbittlich ab. Das Grauen findet seine Fortsetzung, obwohl sich Puzzlestücke zusammenfügen. Der Tod jedoch hat die sympathischen Kripobeamten längst eingeplant.

ISBN 978-3734726316
Band 5 aus der Reihe Liebig/Momsen

Als Taschenbuch und E-Book in allen Buchhandlungen und Online-Shops.

Inhalt:
Nichts ist vergessen. Die Zeit der Vergeltung ist gekommen.

Die Frauen besitzen alle das gleiche Äußere. Doch das ist nicht das einzig Gemeinsame. Sie sterben alle einen grausamen Tod. Der Serienmörder foltert seine Opfer bestialisch, ohne auch nur die geringste Spur zu hinterlassen. Er macht den ersten Fehler, als einem Opfer die Flucht aus dem schrecklichen Kerker gelingt. Doch die Ermittler Rita Momsen und Peter Liebig erleben eine tiefe Enttäuschung, als sie auf die Hilfe des Opfers und erste Spuren setzen. Der geheimnisvolle Mörder bleibt nicht nur weiter ein Phantom, sondern wird selbst für sie zur tödlichen Bedrohung.

IBN 978-3746067858
Band 1 aus der Serie Spelzer/Hollmann
Als Taschenbuch und E-Book in allen Buchhandlungen und Online-Shops.

Inhalt:
Der Wald rund um die Ruine der Essener Isenburg - eine Oase der Ruhe und des Friedens. Das ändert sich mit dem Fund einer ersten, grausam zugerichteten Leiche.

Kommissar Sven Spelzer, als erfahrener Leiter der Mordkommission, begegnet einem Serienkiller, der präzise seine unvorstellbaren Taten plant. Der Täter preist seine Morde als Kunstwerke.
Wenn bisher ein System sein Wirken steuerte, so ist es die Gier Außenstehender, die eine unfassbare Lawine der Gewalt auslöst.
Gemeinsam mit der Rechtsmedizinerin Karin Hollmann begibt sich Spelzer auf die Suche nach dem Wahnsinnigen. Sie ahnen nicht, welche Hölle die Bestie schon für sie vorbereitet hat.
Kalendermord - der erste Fall für dieses Ermittlerteam, der sie sofort an ihre Grenzen zwingt.

ISBN 978-3746055879
Band 2 aus der Serie Spelzer/Hollmann
Als Taschenbuch und E-Book in allen Buchhandlungen und Online-Shops.

Inhalt:
»Der ist definitiv ertrunken. Die haben ihn noch lebend ins Wasser geworfen, dabei nicht mal seine Hände gefesselt.«
Die Aussage der Rechtsmedizinerin Karin Hollmann ist klar und deutlich. Sven Spelzer, mit dem sie schon den Serienmörder Pehling zur Strecke brachte, weiß von Anfang an, wen er für diesen Zeugenmord zur Verantwortung ziehen muss.
Die Soko wurde gebildet, um den ›SERBEN‹, wie sie den Gewaltverbrecher nennen, nach Jahren der Erfolglosigkeit, endlich zur Strecke bringen zu können. Brutalster Drogen- und Menschenhandel wird ihm zur Last gelegt. Mögliche Belastungszeugen verschwinden meist spurlos. Doch wer ist der unsichtbare Helfer im Hintergrund?
Gibt es einen Maulwurf in den Reihen der Polizei?
Wieder werden die beiden Ermittler in einen Einsatz hineingezogen, der sie, wie schon im ersten Band dieser Reihe, an die Grenzen treibt. Als sie bereits an den sicheren Zugriff glauben, hat der Teufel längst die Falle gebaut.

H.C. SCHERF

ISBN 978-3752834215
Band 3 aus der Serie Spelzer/Hollmann

Als Taschenbuch und E-Book in allen Buchhandlungen und Online-Shops.

Inhalt:
»Da unten ist die Hölle«

Die Taucher der Essener Wasserschutzpolizei müssen weit über ihre psychischen Grenzen hinausgehen, als sie das Depot eines Killers in der Tiefe räumen.

Welcher Wahnsinnige versteckt die Toten im Essener Baldeneysee?
Wieder einmal stehen Rechtsmedizinerin Karin Hollmann und ihr Freund, Oberkommissar Sven Spelzer vor Mädchenleichen, die ihnen viele Rätsel aufgeben.
Wie weit geht ein skrupelloser Gangsterboss, um den gewaltsamen Tod seines Bruders zu rächen? Zwei scheinbar unabhängige Fälle bringen die Ermittler selbst in Lebensgefahr. Ein friedliches Naherholungsgebiet entpuppt sich als Spielwiese für einen irren Mörder.

H.C. SCHERF

ISBN 978-3752877953
Band 4 aus der Serie Spelzer/Hollmann

Als Taschenbuch und E-Book in allen Buchhandlungen und Online-Shops.

Inhalt:
»In mir hat der Satan ein Zuhause gefunden. Tust du nicht das, was ich von dir verlange, wirst du genau ihn von seiner fantasievollsten Seite kennenlernen.«

Die Drohungen treiben dem korrupten Polizisten kalte Schauer über den Rücken. Während Doktor Karin Hollmann und Oberkommissar Spelzer einen Satanisten verfolgen, der im Ruhrgebiet seine Opfer sucht und findet, versucht der Serienmörder Pehling, an seinem Zufluchtsort neue Gegner abzuwehren.
Aber nur, wenn sich die so unterschiedlichen Weggefährten zusammenschließen, haben sie eine verschwindend geringe Chance. Sie müssen verhindern, dass ein Satansjünger seine Visionen vom Reich des Antichristen verwirklichen kann.
Der Weg dahin fordert einen blutigen Tribut, denn der Gegner scheint nicht von dieser Welt.

ISBN 978-3752892178
Band 5 aus der Reihe Spelzer/Hollmann

Als Taschenbuch und E-Book in allen Buchhandlungen und Online-Shops.

Inhalt:
Der Frieden ist nur Schein - hinter ihm lauert der Tod

Eine ganze Region zittert vor ihr, obwohl sie Schutz versprach. Eine schöne Frau regiert nach dem Tod des Don unnachgiebig eine italienische Region. Nur einer durchschaut ihr Intrigenspiel, kennt ihr Geheimnis, das sie angreifbar macht. Geduldig wartet er auf den Tag der Abrechnung.
Ein grausamer Mafiakrieg, in den die Gerichtsmedizinerin Karin Hollmann, Hauptkommissar Spelzer und ein Serienkiller unaufhaltsam hineingezogen werden. Sie versuchen, Unschuldige zu schützen.

Obwohl die Handlungsabläufe in sich abgeschlossen sind, empfiehlt es sich, die Bücher in der Reihenfolge zu lesen.

ISBN 978-3744869997
Als Taschenbuch und E-Book in allen Buchhandlungen und Online-Shops.

Inhalt:
Seit Jahren verschwinden Prostituierte im Ruhrgebiet. Keine Leichen. Keine Spuren. Nichts kann den Killer aufhalten. Die erst 10-jährige Andrea Lesbe und ihr gleichaltriger Freund leiden schon in der Schule unter Mobbing. Die Mitschüler machen ihnen das Leben zur Hölle. Was die Kinder zu diesem Zeitpunkt nicht wissen können: Ein Hurenmörder beginnt gleichzeitig sein perfides Werk. Unaufhaltsam verbindet sich ihr Schicksal mit dem des irren Killers.

Als Andrea als Erwachsene wieder in ihre Heimatstadt Essen zieht, trifft sie nicht nur auf den einstigen treuen Freund. Sie begegnet auch einem geheimnisvollen Fremden, der sie magisch anzieht. Hauptkommissar Schlicht ermittelt mit seiner Soko seit 16 Jahren erfolglos im Fall eines vermissten Kindes und der beängstigenden Mordserie. Erst als der Killer die Abstände seiner grausamen Taten verkürzt, finden sich erste Spuren.

Damit das Geheimnis um den Serienkiller gelüftet werden kann, müssen die Beteiligten in den Vorhof zur Hölle hinabsteigen. Erst dort begegnen sie der grausamen Wahrheit.

»Ein Thriller, der die schmale Kluft zwischen Normalität und dem menschlichen Wahnsinn spannend beschreibt.«

ISBN 978-3752856873
Als Taschenbuch und E-Book in allen Buchhandlungen und Online-Shops.

Inhalt
Als sich die Zellentür für Dirk Rasper nach vielen Jahren vorzeitig öffnet, ahnt Hauptkommissar Klare nicht, welche Welle der Gewalt er damit auslöst. Nach seinen Recherchen saß der Mann über sieben Jahre unschuldig hinter Gittern.

Ein geheimnisvolles Versprechen aus der Vergangenheit band Rasper daran, die ihn möglicherweise entlastende Wahrheit zu verschweigen.

Als der Gefangene aus der Hölle des Strafvollzugs entlassen wird, treibt ihn die Liebe zu seiner kleinen Tochter und der Wunsch nach Rache an. Es mehren sich Zweifel daran, ob die Entscheidung, den Mann zu entlassen, nicht ein weiterer Fehler war.

Das Grauen findet einen neuen Anfang und endet im überraschenden Showdown.

ISBN 978-3753408507

Als Taschenbuch und E-Book in allen Buchhandlungen und Online-Shops.

Inhalt

Patrick Schreiber wollte eigentlich nur seine Schreibblockade überwinden, als er die Ruhe in der beschaulichen Umgebung des sauerländischen Winterberg sucht. Als er in den dichten Wäldern auf Leichenteile einer jungen Frau stößt, wird er unweigerlich in die Suche nach einem grausamen Serienmörder gerissen. Der Strudel aus Mord, Lynchjustiz und Intrigen droht ihn zu verschlingen. Hilfe erfährt er durch den charismatischen LKA-Kommissar Kalkove, der mehr durch Zufall den Fall zugeteilt bekommt. Die Jagd beginnt nach einem Wahnsinnigen, der absolut keine Spuren hinterlässt. Erst als Patricks alte Liebe unverhofft auftaucht und in die Hölle des Täters gerissen wird, scheint sich der Nebel um ein Motiv endlich zu lichten. Doch die Zeit arbeitet gegen die Ermittler. Nach der Lektüre werden wir die idyllischen Wälder des Sauerlandes mit anderen Augen sehen. Nichts wird mehr so sein wie vorher. Als Bonus erhalten Sie in diesem Buch die Kurzgeschichte Das Leiden Bogdans Lesen Sie vom Bemühen um eine gute Nachbarschaft. Nur ein Vorschlag, um einen verfahrenen Konflikt der Generationen zu lösen.

ISBN 978-3741299056

Als Taschenbuch und E-Book in allen Buchhandlungen und Online-Shops.

Inhalt:

Alfred Reimann, dreiunddreißig, Single, gut aussehend, Jungfrau.

Bis heute lief das Leben des liebenswerten Finanzbeamten und seiner Teddydame Bienchen in geordneten Bahnen. Noch weiß er nicht, dass sich dieser Zustand mit dem Einzug der süßen Nachbarin Verena ändern wird. Ein glücklicher Umstand führt sie zusammen.

Seine Mutter ist davon alles andere als begeistert, denn in ihren Augen wollen junge Frauen wie Verena nur das Eine. Und dieses Chaos wird sie zu verhindern wissen!

Mithilfe von Verena und dem kauzigen Pfarrer Hollerberg stolpert Alfred in das eine oder andere Abenteuer. Ob er auf den Reisen sein Glück findet, bleibt abzuwarten ... Ein rasanter Liebesroman mit dem gewissen Schmunzelfaktor.

ISBN 978-3741226458

Als Taschenbuch und E-Book in Online-Shops und im Buchhandel

Inhalt:

Als Nicole Manfred Kirchner begegnet, glaubt sie, den Richtigen für ein bleibendes Glück gefunden zu haben. Als das Monster die Maske fallen lässt, ist es schon zu spät. Nicole muss einen sehr hohen Preis bezahlen: Sexueller Missbrauch, grausame Misshandlung und kriminelle Machenschaften treiben Nicole fast in den Freitod.

Ihr Weg kreuzt den eines älteren Mannes. Nun erfährt sie, dass es auch Menschen gibt, die Hilfsbereitschaft und Freundschaft über ihre eigene Sehnsucht nach Liebe stellen. Doch Manfred Kirchner ist nicht der Mann, der sein Opfer so schnell aus den Klauen lässt. Das Schicksal treibt ein makabres Spiel und zwingt zwei Menschen an die Grenze des Zumutbaren.

Wird Nicole sich befreien können? Erkennt sie das wahre Glück und greift danach? Kennt das Glück wirklich kein Erbarmen?

Der Autor lässt den Leser wie schon in seinen beiden vorangegangenen Romanen tief in die dunklen Seiten des menschlichen Zusammenlebens eintauchen und bietet viel Stoff für Diskussionen.

ISBN 978-3746018317

Als Taschenbuch und E-Book in Online-Shops und im Buchhandel

Inhalt:

»Die Flossen hoch! Das ist ein Überfall!«

Die Aufforderung steht drohend im Raum des City Fitness, in dem auch die an MS erkrankte Rita Richter trainiert. Die in der Schalke-Arena gestählte Frau beweist den Brutalos, dass selbst Waffengewalt nichts ausrichtet gegen Lebensmut und derbe Schlagfertigkeit. Als die drei Kleinganoven Freddy, Richard und Massimo ihren Plan entwickeln, wissen sie noch nicht, welcher übermächtige Gegner sich ihnen in den Weg stellt. Eigentlich hatten sie eine Entführung geplant. Eigentlich! Da das Opfer unverschämterweise Urlaub macht, muss spontan umdisponiert werden. Alles ohne Plan B. Schneller, als es sich das Trio vorstellen kann, erscheint die Polizei auf der Bildfläche und eine ungewollte Geiselnahme nimmt ihre kuriose Fahrt auf. Schnell bekommen die Ganoven zu spüren, dass die Polizei nicht ihr ärgstes Problem darstellt.

Auch der leitende Hauptkommissar Holger Knoll wird diese ungewöhnliche Geiselnahme nie wieder vergessen können. Nichts ist vorhersehbar, alles läuft komplett aus dem Ruder. Die tatkräftige Hilfe kommt von einer Seite, die das Eingreifen des Polizeiteams fast überflüssig macht.

ISBN 978-3741261534

Als Taschenbuch und E-Book in Online-Shops und im Buchhandel

Inhalt:

Vera und Peter Sobier genießen mit ihrem zwölfjährigen Sohn Patrick ein sorgenfreies Familienglück. Das endet abrupt, als der erfolgreiche Rechtsanwalt einen folgenschweren Verkehrsunfall verursacht. Patrick erleidet ein Schädel-/Hirn-Trauma und fällt in ein Koma. Peter Sobier kommt mit leichten Verletzungen davon und sucht verzweifelt einen Weg, mit seiner schweren Schuld leben zu können. Die Liebe zu Vera wird auf eine harte Probe gestellt.

Die härteste Zerreißprobe ihres Lebens fordert den Eltern alles ab, denn das Schicksal kann grausam sein. Verzweiflung, Glaubenskonflikte und Hoffnungslosigkeit zerfressen den Geist des Vaters. Außergewöhnliche Signale, die der Sohn aus seiner finsteren Welt aussendet, verändern die Sicht aller Beteiligten.

Wird die Liebe der Eltern den vielen Prüfungen standhalten?

Hat Patrick eine Chance, jemals wieder zurück ins Leben zu finden?

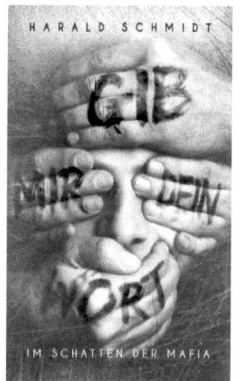

ISBN 978-3741225383

Als Taschenbuch und E-Book in Online-Shops und im Buchhandel

Inhalt:

Als der vierzehnjährige Claudio ungewollt durch einen Freund in die Drogengeschäfte der ›Organisation‹ hineingezogen wird, beginnt sein Leidensweg.

Verrat und Misstrauen bringen ihn in allergrößte Gefahr. Zu seiner eigenen Sicherheit muss er Kalabrien, Familie und Freunde verlassen. Auf sich selbst gestellt, begibt er sich auf den steinigen Weg nach Deutschland. Hier hofft er, sich aus dem Netz der Mafia, der Ndrangheta, befreien zu können. Doch das Leben zeigt ihm mit aller Härte, was es bedeutet, der Vergangenheit entfliehen zu wollen.

Kann Claudio untertauchen in einer für ihn völlig fremden Welt? Wird er eine Zukunft mit eigener Familie aufbauen können?

Findet er ›LA DOLCE VITA‹ auch in Deutschland?

Inspiriert von einer wahren Geschichte, schildert der Roman in ungeschönten Bildern, wie das Verbrechen Leben zerstören kann.

Ein Sumpf von Gewalt, Drogen und Korruption, aber auch tiefe Freundschaften begleiten den Jungen auf der Suche nach einer neuen Heimat.